Rien qu'une liaison…

*

La tentation du Dr Mitchell

JANICE LYNN

Rien qu'une liaison…

Traduction française de
BARNABÉ D'ALBES

Blanche

HARLEQUIN

Collection : Blanche

Titre original :
A NURSE TO TAME THE ER DOC

HARPERCOLLINS FRANCE
83-85, boulevard Vincent-Auriol, 75646 PARIS CEDEX 13
Service Lectrices — Tél. : 01 45 82 47 47

www.harlequin.fr

ISBN 978-2-2804-1477-7 — ISSN 0223-5056

1.

Oh oui, oui ! Quel soulagement ! Taylor Hall s'efforça de conserver un visage indifférent alors qu'intérieurement, elle jubilait. Une nouvelle fois, elle jeta un coup d'œil sur l'inconnu qui, assis à une vingtaine de mètres, portait un bermuda bleu marine et un T-shirt siglé « PERSONNEL MÉDICAL ».

Oh oui, quel bonheur…

Son corps n'était donc pas endormi pour toujours ! Juste là, à l'instant, elle l'avait senti sortir de son coma. La sensation était subtile mais si vivifiante que le doute n'était pas permis. Cette sorte de zeste électrisant qui passait dans sa chair, c'était… une réaction physique *à un homme*. Bien sûr, Taylor n'avait que vingt-cinq ans : a priori, il n'y avait aucune raison pour que sa libido soit inscrite aux abonnés absents. Mais son ex était sorti de sa vie depuis un an – une longue année au cours de laquelle elle avait eu tout le temps de dresser le bilan de ce qu'il avait détruit ou éteint en elle. Eh bien, pas ça !

Le plus discrètement possible, elle lança encore un regard à l'autre bout de l'immense tente de soins médicaux édifiée pour toute la durée du festival Rockin' Tyme. Aïe. L'homme avait dû sentir qu'on l'observait, et il se tourna vers elle. Ses yeux étaient d'un bleu si profond qu'elle se demanda s'il ne portait pas des verres de contact colorés. Et lorsqu'un large sourire illumina son visage, elle sentit une autre bouffée de chaleur la gagner.

Bon, il fallait qu'elle se calme… D'ailleurs, il était étonnant qu'un petit réflexe érotique, aussi banal que bénin, la mette dans tous ses états. Elle n'avait *pas* changé d'avis, elle ne bougeait pas de sa ligne : hors de question qu'elle s'engage dans une quelconque relation avant un bon bout de temps ! Ce petit phénomène hormonal avait juste le mérite de lui démontrer qu'elle restait une femme, et qu'elle avait fait du chemin depuis l'instant où elle s'était retrouvée dans la situation d'échec et de prostration d'une jeune divorcée.

En fait, elle avait énormément progressé, ces derniers mois. Désormais, elle se flattait d'être une femme indépendante et forte, qui n'avait pas besoin d'un homme pour se débrouiller dans la vie. Son avenir lui appartenait. Et elle ne le confierait à personne d'autre.

L'entretien d'embauche qu'elle avait passé dans la matinée lui prouvait – si elle avait encore besoin de preuves – qu'elle avait parfaitement repris son destin en main. Elle ne savait pas si elle serait acceptée, mais elle avait senti d'excellentes vibrations. Surtout, elle ne s'était pas laissé vaincre par la timidité. Fière de la détermination qu'elle avait exprimée, elle songea qu'elle tournait définitivement la page du passé pour se diriger d'un pas confiant vers de nouvelles et excitantes aventures.

Néanmoins, l'inconnu qui venait de réveiller sa libido si bien assoupie piquait sa curiosité. Elle le détailla non sans une certaine perplexité. Ce n'était pas l'homme le plus séduisant qu'elle ait jamais vu, et il était même très loin de posséder les atouts de dieu hollywoodien qui distinguaient son ex. Quelque chose, pourtant, chez cet homme avait immédiatement attiré le regard de Taylor, dès la seconde où elle avait franchi le seuil de la tente.

Son épaisse chevelure, dorée par le soleil, encadrait de mèches rebelles un front tanné. Il passait, à l'évidence, beaucoup de temps à l'extérieur. Cet homme-là ne se souciait pas beaucoup de son apparence, alors qu'il avait la chance d'être généreusement doté par la nature. Ses pommettes et sa mâchoire sculptaient ses traits à l'image d'un chef-d'œuvre de marbre italien. Il était grand, large d'épaules, et surtout, ses yeux et son sourire le rendaient irrésistible. Enfin, il était titulaire du meilleur des diplômes : sa meilleure amie l'appréciait beaucoup.

Amy avait averti Taylor qu'elle reconnaîtrait le Dr Jackson Morgan dès qu'elle le verrait. Eh bien, elle ne s'était pas trompée !

Franchissant la distance qui la séparait de lui, elle lui sourit, prête à le remercier d'avoir validé son recrutement pour cette brève mission. La voyant approcher, il posa son porte-documents sur la table et se leva de son siège. Avait-il lu dans ses pensées ? Allait-il lui souhaiter la bienvenue ? Lui ouvrir les bras et la plaquer contre son torse pour lui témoigner sa gratitude ?

En effet, il l'attira brièvement dans une embrassade polie, et tandis qu'une myriade de frissons couraient sur son épiderme, elle se mordit la lèvre.

Oh ! pas question d'aller trop loin. Éprouver un petit frémissement d'érotisme, laisser resurgir sa féminité, d'accord – mais son corps ne prendrait pas le dessus et sa résolution demeurait ferme et entière. Elle avait été bonne à ramasser à la petite cuiller, après sa rupture avec Neil, et cette épreuve douloureuse restait marquée au fer rouge dans sa mémoire. Certes, tous les hommes n'étaient pas comme Neil. Elle le savait. Mais en dépit de l'exquise montée de température qu'elle ressentait, le signal d'alarme était toujours allumé dans un coin de son cerveau. Elle comptait bien garder ses distances avec l'autre sexe.

Autrefois, elle s'était persuadée qu'elle avait besoin d'un homme… L'année qui venait de s'écouler lui prouvait le contraire. Le célibat lui convenait le mieux du monde, elle se portait très bien, merci.

Mieux que très bien !

— Taylor, c'est bien cela ? demanda-t-il en souriant.

Hypnotisée par les petites lignes au coin de ses yeux, elle réalisa qu'il avait un sourire très particulier. Désarmant, authentique, si chaleureux qu'il semblait impossible de ne pas en être contaminé.

— Amy Sellars m'a beaucoup parlé de vous, enchaîna-t-il, et elle m'a prié de veiller sur vous.

Dès qu'il prononça ces mots, Taylor sentit une nouvelle vague de regrets submerger son cœur, à l'idée qu'Amy ne serait pas auprès d'elle durant le festival. Elles étaient censées vivre cette mission ensemble, et en partager chaque instant. Naturellement, Amy n'y était pour rien si sa grand-mère s'était fracturé la hanche à plusieurs centaines de kilomètres de là… Pourtant, Taylor parvenait mal à digérer sa déception, tant elle s'était réjouie à la perspective de rattraper le temps perdu avec sa meilleure amie. Amy était certes venue jusque chez elle à Louisville, dans le Kentucky, l'été qui avait suivi le divorce de Taylor – mais elle avait l'impression qu'une éternité s'était écoulée depuis. Et sur le moment, Taylor n'avait pas vraiment été capable de faire autre chose que pleurer. Pleurer toutes les larmes de son corps sur ses rêves brisés, et sur le bonheur qui avait fui…

— Amy a une photo de vous deux posée sur sa cheminée, poursuivit-il. Je vous ai reconnue tout de suite.

Taylor savait à quel portrait il faisait référence car c'était le même qui trônait aussi chez elle, dans le minuscule appartement qu'elle louait depuis qu'elle avait quitté le palace de Neil. Il s'agissait d'un plan rapproché des deux jeunes femmes lors de la cérémonie officielle au cours de laquelle elles s'étaient vu remettre leur badge d'infirmière. C'était une journée merveilleuse, toutes deux souriaient au photographe, le cœur gonflé d'espoir, certaines que la vie allait tenir toutes ses promesses, combler leurs rêves.

Il y avait longtemps qu'Amy tentait de convaincre sa colocataire des années de fac de la rejoindre lors du célèbre festival de rock qui se tenait chaque été dans sa ville, au cœur du Tennessee. Cette fois, Taylor avait cédé aux suppliques de son amie, et… elle n'était pas là !

Or il fallait l'admettre : sa motivation pour venir travailler dans le cadre de cette manifestation, c'était la perspective de passer du temps avec Amy, bien plus que la généreuse rémunération offerte pour trois jours de service intensif. Même si elle saurait faire bon usage de ce complément de revenus. Et puis elle était contente d'avoir fait bonne impression lors de l'entretien de la matinée. Si tout allait bien – si elle était prise –, Amy et elle redeviendraient colocataires.

Déjà, l'été précédent, sa meilleure amie avait tenté de la convaincre de déménager et de s'installer avec elle. Mais Taylor avait besoin de reprendre seule les rênes de son existence. Il fallait qu'elle apprenne à se prendre en charge. Il aurait été trop facile de se reposer sur Amy et de se laisser aller à la passivité.

Justement, Taylor se reprochait d'avoir trop cédé à cette pulsion. Sa tendance à la docilité lui avait coûté cher. Depuis toute petite, elle avait fait ce qu'on attendait d'elle. D'abord avec ses parents, puis avec son mari. Elle n'avait jamais franchi la ligne que d'autres traçaient pour elle. Jusqu'à ce qu'elle trouve le courage de quitter Neil et de demander le divorce.

Même s'il lui restait encore beaucoup de choses à apprendre, elle était contente du chemin parcouru.

— Amy était folle de joie que vous acceptiez de venir travailler pour le festival, reprit-il.

Taylor releva les yeux vers l'homme qui la contemplait avec une attention soutenue. L'homme qui avait été dans l'appartement d'Amy. Est-ce qu'ils sortaient ensemble ? Sa meilleure amie n'avait rien laissé filtrer dans ce sens et semblait plutôt pousser Taylor à s'intéresser au fameux médecin qu'elle côtoyait lors de chaque édition de ce festival. En fait, Amy n'avait cessé de lui vanter ses mérites… alors que Taylor refusait d'approcher un homme depuis son divorce. Non seulement c'était beaucoup trop tôt, non seulement elle n'en avait pas envie, mais *un autre médecin* ? Ah ça non, jamais de la vie, c'était exclu !

— Enchanté. Jackson Morgan, déclara-t-il en lui tendant la main.

Taylor nota immédiatement qu'il n'avait pas employé son titre. Contrairement aux habitudes de son ex-mari…

— Ravie de vous rencontrer, Jackson, répondit-elle en lui rendant son sourire, tandis que de petites ondes brûlantes la parcouraient.

Bon sang, c'était à croire que ce type était chargé d'électricité statique ! Et le contact de sa main fraîche et douce contre la sienne ne faisait qu'augmenter son trouble.

— Mes amis m'appellent Jack, enchaîna-t-il.

— Jack, répéta-t-elle en hochant la tête. Oui. Vous êtes le fameux urgentiste itinérant qu'Amy retrouve à chaque édition du festival de rock.

— Je constate que ma réputation m'a précédé, observa-t-il en riant.

Cristallin, contagieux, son rire déposa en elle une nappe de chaleur exquise, et elle sourit plus largement encore. Quel être adorable… Elle regretta de ne pas avoir prêté une oreille plus attentive à ce que lui disait Amy à propos de cet homme. Elle avait cru que sa meilleure amie cherchait à jouer les entremetteuses, qu'elle tentait de la pousser dans les bras du beau Dr Morgan. Et si Taylor avait mal compris ? Et Si Amy était amoureuse de lui ? Voyons, qu'avait-elle dit *exactement* ? « Tu verras, il a un charme fou… Je meurs d'impatience que tu le rencontres ! Il va te plaire. Il est formidable. »

— Elle est plutôt bonne, affirma-t-elle en songeant que, s'ils étaient ensemble, elle était contente que sa meilleure amie ait porté son choix sur quelqu'un d'aussi sympathique.

Amy était une perle et n'importe quel homme aurait une chance folle de l'avoir pour petite amie. Si son amie l'aimait, Taylor l'aimerait, elle aussi, pour une raison bien différente de celle qui l'avait physiquement électrisée. Elle compterait sur lui pour rendre Amy heureuse.

— Bon, je suis content d'apprendre qu'elle ne dit pas des horreurs à mon sujet, dit-il en tournant les yeux vers un petit groupe de gens.

Plusieurs personnes de l'équipe étaient en train de bavarder au milieu de la tente.

— Je regrette qu'elle ne soit pas là, soupira-t-il. Et je regrette encore plus ce qui est arrivé à sa grand-mère.

— Oui, bienvenue au club.

Elle se retourna et balaya la grande tente du regard.

— Je me demande aussi dans quel bateau elle m'a embarquée, ajouta-t-elle.

— Oh ! ne vous inquiétez pas. Elle m'a fait promettre de m'occuper de vous.

— Ah ?

Comme il souriait, elle sentit des papillons fourmiller dans son bas-ventre.

— Oh oui, au moins une demi-douzaine de fois ! renchérit-il. Et je ne parle que de ce matin.

Taylor sentit un grand élan de tendresse la gagner. Son amie avait toujours été là pour elle. Si seulement elle l'avait écoutée… En tout cas, c'était son tour de s'assurer qu'elle serait bien traitée par l'élu de son cœur.

Or, un médecin itinérant n'était pas le petit ami idéal, d'un point de vue pratique.

— Vous parvenez à la voir souvent ? s'enquit-elle.

— Ma foi, je vois Amy plusieurs fois par semaine, dit-il en haussant les sourcils. Je me plais beaucoup à Warrenville. Je m'y plais tellement, pour tout dire, que je fais six mois ici. J'ai commencé il y a environ trois mois. Je remplace un confrère qui a dû prendre un congé pour raisons familiales.

— Ah, d'accord…

Un sourire au coin des lèvres, elle hocha doucement la tête. Ainsi, il restait pour son amie ! C'était fantastique. Mais pourquoi Amy ne lui avait-elle rien dit ? Non sans un pincement au cœur, elle se rappela qu'elle-même n'était guère exemplaire à cet égard. Durant des années, elle avait porté un masque, joué la comédie – même pour Amy. Alors qu'autrefois, elles se disaient tout… Avait-elle eu tellement honte qu'Amy découvre la vérité misérable de son couple ?

— Vous avez fait connaissance avec le reste de l'équipe ? s'enquit Jack.

— Non. Vous vous connaissez déjà tous ?

— Oui, pour l'essentiel, acquiesça-t-il. Bien sûr, il y a toujours quelques nouvelles têtes, mais le noyau dur revient chaque année. C'est une tradition ! Et vous verrez que notre petite bande est très sympathique. Nous faisons du bon travail, ensemble.

Taylor n'était pas très anxieuse à ce sujet, car leur mission ne durerait que quelques jours. Alors, même si ses collègues n'étaient pas les personnes les plus charmantes de la Terre, elle s'en remettrait. Du reste, elle était venue pour avoir du changement, de la nouveauté.

— Comment vous êtes-vous retrouvé à travailler pour ce festival ? demanda-t-elle en jetant un coup d'œil vers les grands palmiers en pot disposés un peu partout à l'extérieur, et visibles à l'entrée de la tente.

Sans doute étaient-ils destinés à rafraîchir l'intense chaleur de juillet. Décidément, oui : cette mission allait constituer une nouvelle expérience.

— Oh ! je dois dire que j'ai la musique et les festivals de rock dans les veines. Mes parents se sont rencontrés à Woodstock. Ils étaient hippies. Je traîne dans les festivals d'été depuis que je sais marcher ! Mes parents étaient certains que je deviendrais musicien, mais la médecine était une véritable vocation chez moi. Depuis la fin de mes études, j'ai exercé la fonction de médecin chef dans de nombreux festivals de ce genre, dans tout le pays, ce qui me permet de trouver un équilibre entre mon métier et ma passion pour la musique. Je joue un peu et en plus, ça me donne l'impression d'avoir beaucoup évolué depuis l'époque où je me contentais d'aller aux concerts en plein air avec une bande de copains dans une camionnette. À l'époque, il s'agissait seulement d'écouter du bon rock et de passer de bons moments. Désormais, je joins l'utile à l'agréable.

— Oui, je comprends… Vous devez y trouver une grande satisfaction.

À peine eut-elle prononcé ces mots qu'elle les jugea maladroits, mais ce qu'il lui décrivait appartenait à un autre monde que le sien. Ses parents, très stricts, avaient beaucoup de mal à joindre les deux bouts, et Taylor avait pris un premier petit boulot à l'âge de quinze ans. Depuis, elle n'avait jamais cessé de travailler. Même adolescente, elle n'avait pas eu l'argent ou le temps de voyager. Les grandes virées en voiture avec les copains, le soleil, la musique… Cela lui était étranger. Durant une brève parenthèse, au début de sa relation avec Neil, elle s'était sentie heureuse. Dès le mariage célébré… Non, elle n'avait pas eu un instant d'insouciance au cours de ces effroyables années.

— C'est génial, affirma-t-il. Suivez-moi, je vais vous présenter aux autres et vous expliquer comment fonctionnent nos soins médicaux, ici.

Taylor allait travailler le jeudi et le vendredi de 4 heures du matin à 16 heures, et le dimanche de 16 heures à 4 heures du matin.

— Nous avons les mêmes horaires et les mêmes jours, observa-t-elle en baissant les yeux sur le planning qu'il lui montrait.

— Cela n'a rien d'une coïncidence, reconnut-il sur-le-champ. Vous deviez être sur le même emploi du temps que le mien, Amy et vous, et je n'allais pas tout changer lorsqu'elle a dû annuler sa présence à la dernière minute. Du reste, comment pourrais-je tenir ma promesse si nous ne travaillions pas ensemble ?

— Certes, murmura-t-elle.

Au moins, elle aurait près d'elle quelqu'un de souriant durant ses heures de travail – car de toute évidence, Jack souriait toujours. Il avait l'air d'être très détendu… Peut-être même était-il la personne la plus détendue qu'elle ait eu l'occasion de rencontrer.

— Est-ce que les autres membres de notre équipe font comme vous et participent aussi au festival pendant leur temps libre ? s'enquit-elle.

Il haussa les épaules.

— C'est équilibré. La plupart vont écouter au moins un ou deux concerts. Certains quittent l'enceinte du festival et visitent les environs.

— C'est comme ça que vous avez eu envie de vous implanter ici un certain temps ? Vous avez exploré la région, et vous en êtes tombé amoureux ?

Il parut hésiter un instant et avoua :

— Amy a joué un rôle non négligeable dans ma décision.

Taylor déglutit. Sa gorge était sèche. Eh bien, si elle avait eu le moindre doute… Tout était maintenant très clair. Quelque chose de fort s'était noué entre son amie et Jack ! Malgré la déception qui la gagnait, elle se concentra sur l'essentiel. Bon, inutile de le nier, cet homme était extrêmement attirant, il possédait un sourire irrésistible, un regard magique, et il émanait de sa personnalité une énergie solaire, positive, rassurante. Seulement, c'était un médecin : il n'était pas pour elle. Amy et lui feraient un couple formidable.

— Je suis vraiment heureuse pour vous, déclara-t-elle en s'efforçant de s'en convaincre.

Durant une longue seconde, il la dévisagea avec ébahissement avant de s'exclamer :

— Oh ! non… Euh, je ne sais pas ce qu'Amy a pu vous dire, mais… Nous ne sommes que des amis, rien de plus ! Et je suis certain qu'elle voit les choses ainsi, de son côté.

Taylor sentit ses joues flamber. Probablement parce qu'une exquise vague de soulagement venait d'inonder sa poitrine.

— Oh…, souffla-t-elle.

— Vous pensiez qu'il y avait autre chose entre elle et moi ? insista-t-il, visiblement étonné.

Oh ! bon sang. Une goutte perlait à la racine de ses cheveux. Elle avait très chaud.

— Ma foi, euh, balbutia-t-elle, comme vous disiez que vous avez été dans son appartement, eh bien…

De nouveau, son sourire espiègle marqua le coin de ses lèvres.

— Ah, je vois. Mais c'était un simple apéritif qu'elle avait organisé chez elle pour toute la bande. Rien d'aussi torride que ce que vous avez imaginé !

Ses yeux d'un bleu intense brillaient de malice, et elle sentit sa gêne augmenter. Pourtant, elle parvint à la surmonter et à répliquer d'un ton faussement détaché :

— Eh bien, tant pis pour vous ! Amy est une vraie perle.

— Je partage entièrement votre avis, dit-il. D'ailleurs, Amy voit régulièrement mon meilleur ami depuis une quinzaine de jours. Rien ne me rendrait plus heureux que de les savoir ensemble.

Déconcertée, Taylor se contenta de hocher la tête. Pourquoi Amy ne lui avait-elle pas parlé de sa nouvelle relation ? S'étaient-elles à ce point éloignées l'une de l'autre ? Les dernières années avaient-elles creusé un fossé sans qu'elle s'en rende compte ? Elle se reprocha sa négligence. Elle s'était laissé accaparer par son mariage, puis par la honte de la situation dont elle se sentait prisonnière. Oui, il était exact qu'elle n'avait guère accordé de temps ni d'attention à ses amis… En revanche, Amy avait été au rendez-vous chaque fois que Taylor l'avait appelée, depuis le jour où elle avait rempli sa demande de divorce.

La culpabilité l'étreignit. Il fallait qu'elle se rattrape. Qu'elle redevienne une bonne amie, une amie attentive, qui écoute, qui devine.

— Ainsi, il n'y a vraiment rien entre vous deux ? insista-t-elle, tenant à ne laisser aucune place au doute.

— Rien sauf l'amitié, dit-il en souriant.

— J'en suis navrée.

Amy était une femme merveilleuse : elle méritait un homme merveilleux.

— Moi pas, répondit-il d'un ton flegmatique.

Elle haussa les sourcils.

— Ah non ? Pourquoi ça ?

Le regard de Jack étincelait toujours d'espièglerie.

— Eh bien, disons simplement que j'avais hâte de vous rencontrer.

Il prononça ces paroles en la regardant d'une façon qui lui laissait croire qu'elle était une ravissante coupe de glace, et qu'il rêvait de la déguster.

Un sentiment bizarre envahit Taylor… Pourtant, qu'y avait-il de bizarre ? C'était le bon vieux schéma, usé mais charmant, du garçon qui dit à une fille qu'elle lui plaît. Un schéma dont son propre corps semblait enfin se souvenir.

Oh ! Seigneur, elle n'était pas prête pour ça. Et à la réflexion, elle n'était plus si sûre de se réjouir du réveil soudain de sa libido !

2.

Dès que Jack vit Taylor pâlir, il regretta son audace. Il se montrait maladroit, trop rapide, et s'il ne changeait pas d'attitude, elle allait le prendre pour un dragueur patenté, dépourvu de toute finesse.

Mais était-ce sa faute, si la meilleure amie de cette fille ne lui avait parlé que de Taylor, Taylor, Taylor – durant des jours ? Et s'il avait fini par mourir d'impatience de rencontrer l'inconnue, de la voir en chair et en os ?

Sauf que son intérêt ne remontait pas à quelques jours, se rappela-t-il. Ni à plusieurs semaines, non. Il y avait maintenant des années qu'il avait posé les yeux pour la première fois sur cette photo. Comment expliquer ce qu'il avait ressenti ? Quelque chose, dans le regard et dans le sourire de cette jeune femme, avait fait vibrer une corde sensible en lui. Il avait été déçu d'apprendre qu'elle était mariée.

Puis, un an plus tôt, à la précédente édition du festival, Amy avait évoqué le divorce de son amie et Jack s'était senti intrigué de plus belle. Très désireux de rencontrer la mystérieuse Taylor. Pour voir si elle était aussi belle que sur la photo, mais surtout, pour découvrir si elle exercerait la même fascination sur lui.

La réponse était oui. Deux fois oui.

Taylor était une femme sublime. Sa chevelure de soie était magnifique, d'un blond si lumineux qu'il en était presque platiné. Elle avait une peau claire, délicatement ambrée, et des yeux couleur miel – un miel de montagne, profond, tirant sur le vert, empli de secrets. Depuis un bon moment, il avait du mal à lutter contre l'effet hypnotique de sa bouche pulpeuse et fraîche. Oh oui, de très loin, elle était l'une des plus belles femmes qu'il lui ait jamais été donné de croiser. Et même si son corps de déesse lui faisait friser l'œil un peu trop souvent, il suspectait que le trésor était ailleurs, que sa beauté plastique ne rendait pas justice à sa beauté intérieure.

Il conduisit la jeune femme auprès de chaque membre de l'équipe et la présenta, non sans préciser qu'elle était la sœur de cœur de leur chère Amy.

— Quel dommage qu'elle ne puisse pas être parmi nous cette année ! s'exclama une aide-soignante en serrant la main de Taylor.

— Quel dommage que sa grand-mère ait eu cet accident… J'espère qu'elle se remettra vite, commenta une autre.

Robert, qui était infirmier pour le Samu d'un comté voisin, sourit, prit la main de Taylor dans la sienne et la dévisagea exactement comme Jack aurait voulu être libre de le faire – avec une gourmandise non dissimulée.

— Bonjour, Taylor… Dites-moi que je suis le gars le plus chanceux de là planète et que vous êtes célibataire, lança-t-il sans hésiter.

Jack serra les dents. Brun, grand, carré, Robert était un vrai géant de trente ans. Ses traits manquaient de finesse mais les femmes lui trouvaient souvent du charme.

Taylor haussa les sourcils, probablement décontenancée par une attaque aussi frontale. Très vite, elle s'esclaffa et répliqua :

— Je suis célibataire.

Robert leva les yeux au ciel et joignit les mains pour exprimer sa gratitude.

— Mais je ne cherche pas à trouver un partenaire pendant le festival, enchaîna-t-elle, hilare.

— Oh nooon ! geignit Robert, aussi amusé qu'elle. Quel gâchis. Nous aurions pu passer des moments mémorables, vous et moi.

Jack appréciait le remarquable dévouement professionnel de Robert, ainsi que sa personnalité pétillante. Pourtant, en cet instant, il avait envie de l'étrangler.

— Ignorez-le, Taylor, conseilla-t-il. Il tolère mal la chaleur et il est évident qu'il a pris un bon coup de soleil.

La jeune femme rit encore.

— Ah, ça explique tout.

— Du reste, reprit-il, nous n'encourageons pas ce type d'échanges familiers parmi les membres du personnel.

Robert ouvrit des yeux ronds.

— Quoi ? C'est la première fois que j'entends ça. Personne ne m'a jamais découragé d'aller rendre hommage à une dame charmante, qu'elle travaille dans le corps médical ou ailleurs !

Jack soupira. Au fil des ans, il avait vu des liaisons se nouer dans l'équipe, et lui-même avait rencontré des femmes lors de la tenue du festival, mais… Il ne tenait pas à ce que Robert se fasse de fausses idées concernant Taylor.

Malgré lui, il songea : *chasse gardée*. Et aussitôt, il en eut honte. Allait-il arracher sa chemise et se frapper les pectoraux en guise de défi ? Il était ridicule.

— Bon, d'accord, Casanova, lâcha-t-il. Mais va courir d'autres jupons et laisse-moi présenter Taylor à Duffy.

En compagnie de cet infirmier chef itinérant qui devait avoisiner les cinquante-cinq ans, Jack avait participé à des douzaines de festivals et de concerts. Visiblement, ils étaient inséparables.

— Duffy Reynolds est l'homme vers qui vous devez vous tourner si je ne suis pas disponible, indiqua-t-il.

— Mais sachez que je suis là pour répondre à toutes vos questions, intervint Robert.

Jack le foudroya du regard.

— Je ne demande qu'à vous rendre service, persista l'infirmier. Ou à vous faire visiter la région, si vous cherchez un bon guide.

Ignorant l'offre de Robert, Taylor tendit la main à Duffy et déclara, tout sourires :

— Enchantée de vous rencontrer.

Après avoir présenté la jeune femme à l'ensemble de l'équipe, Jack lui montra les vingt lits disponibles dans les alcôves de la tente, le matériel, la pharmacie, les registres administratifs et les procédures.

— Vous avez demandé votre passe ? s'enquit-il.

— Euh, non. En arrivant, je me suis directement présentée au secteur médical, j'ai rempli ma fiche et me voici.

— Ah, vous allez camper ici ?

Elle acquiesça d'un hochement de tête.

— Le fait de camper toutes les deux, avec Amy, faisait partie du projet. Nous ne serions rentrées à son appartement que pour prendre une douche s'il y a trop de queue ici. Alors je vais camper en solitaire !

— Chut. Ne le dites pas trop fort, Robert risquerait de vous entendre. Et il s'empresserait de vous proposer une place sous sa tente.

Taylor s'esclaffa.

— Mais non, il plaisantait.

Elle semblait bien naïve, observa-t-il. Et il n'y avait aucune raison de l'effrayer – Robert n'était pas plus dangereux qu'un gros nounours. Pourtant, mieux valait qu'elle comprenne où elle mettait les pieds.

— Sans doute, concéda-t-il. Mais, Taylor, vous participez à un festival de rock en plein air. Il fait chaud, les gens viennent pour se détendre et passer du bon temps… Ne l'oubliez pas. Même si Robert a beaucoup d'humour, cela n'empêche qu'il cherche bel et bien une petite aventure ! Entrer dans son jeu revient à l'inviter à le poursuivre.

Alors si ce n'est pas votre intention... il vaudrait mieux garder vos distances.

Elle le considérait toujours avec un sourire amusé.

— C'est noté, assura-t-elle d'un ton taquin.

Il la dévisagea attentivement.

— C'est votre intention ? demanda-t-il.

— Quoi ? De m'offrir une petite aventure avec Robert ?

L'air grave, elle secoua la tête en signe de dénégation.

— Je suis venue passer du temps avec ma meilleure amie, et je n'ai aucune envie d'autre chose.

— Bon. Cela va me faciliter la tâche ! s'exclama-t-il.

Elle fronça les sourcils.

— Comment cela ? Robert est quelqu'un de dangereux ?

— Non, bien sûr que non ! répondit-il avec empressement. Collant, mais adorable. Je voulais simplement dire que je veux tenir la promesse que j'ai faite à Amy. Veiller sur vous. Elle serait furieuse si elle apprenait que vous avez eu le cœur brisé en son absence.

Le regard de la jeune femme ne le quittait pas.

— En effet, admit-elle, un demi-sourire aux lèvres. Mais bizarrement, j'ai comme l'impression que vous êtes bien plus dangereux que Robert.

Il se mit à rire. Bien. Il ne lui était donc pas indifférent !

— Allons, conclut-il, suivez-moi. Je vais vous faire visiter tout le secteur avant que la foule déferle. Car sachez-le, dès le premier concert, ce sera la cohue.

Taylor avait l'habitude des fortes chaleurs. Le Kentucky était presque aussi brûlant que le Tennessee au cœur de l'été, mais la canicule était plus moite dans cette partie du Sud américain. Warrenville n'avait rien d'une métropole, mais c'était tout de même une imposante bourgade. Pourtant, Taylor n'aurait jamais pensé trouver dans son fameux festival de rock annuel une organisation aussi soignée, des infrastructures aussi développées.

Chaque aspect de l'événement avait été étudié. Oui, décidément, c'était un gros festival, avec ses immenses podiums pour les groupes les plus importants et un nombre impressionnant de petites scènes pour les autres. Durant cinq soirées et jusque tard dans la nuit, des musiciens connus dans le monde entier et de jeunes talents espérant parvenir un jour au même statut allaient hanter ces lieux.

Le parc qui accueillait la manifestation couvrait une douzaine d'hectares. Il y avait plusieurs zones dédiées à l'alimentation et aux rafraîchissements avec des rangées entières de traiteurs, marchands de fast-food, et bars à salades. Partout des fontaines d'eau potable étaient en libre accès. Un petit chapiteau était réservé aux spectacles comiques retransmis en direct par une chaîne de télévision locale, une piste de danse était érigée sous un auvent, et il y avait encore des dizaines d'autres kiosques dédiés à toutes les déclinaisons de la musique. Certaines tentes de professionnels, notamment pour la presse, semblaient aussi sophistiquées que les studios d'une métropole, avec leurs propres générateurs d'électricité. Des yourtes servant de boutiques étaient munies de l'air conditionné, d'autres pas… C'était diversifié, grand, étonnant – une vraie petite ville dans la ville. Et au centre se tenait la place qu'on appelait l'oasis : un grand bassin entouré de chaises sous des palmiers. Déjà, tous les sièges étaient occupés par des jeunes filles qui bronzaient, des jeunes gens qui faisaient la sieste ou bavardaient à bâtons rompus.

Peu à peu, en voyant arriver les gens, Taylor comprit qu'en effet il y aurait *beaucoup* de monde.

— D'après vous, la foule doit se densifier encore ? demanda-t-elle comme ils finissaient leur visite. En général, combien de spectateurs comptez-vous ici ?

— Cent mille, répondit-il. Ce soir, les lieux seront noirs de gens.

Taylor hocha la tête. Elle s'attendait à ne voir que des adolescents, mais elle voyait arriver à peu près toutes les générations entre quinze et cinquante ans. Il y avait même de jeunes parents avec des enfants de cinq à dix ans.

— La plupart des cas que nous verrons en soin seront des formes légères de déshydratation et d'intoxication, mais il y a toujours quelques empoisonnements sévères, pour qu'on ne s'ennuie pas.

Taylor voyait très bien de quoi il parlait. Bien sûr, un contrôle à l'entrée filtrait les drogues, mais la plupart des excitants sous forme de comprimés parviendraient à circuler dans l'enceinte du festival. Et puis, il y avait l'alcool. Amy l'avait avertie, et Taylor savait qu'il était déjà arrivé que des overdoses mènent au décès de quelques festivaliers, au fil des ans.

— Si j'en crois ce qu'Amy m'a raconté, dit-elle, on ne s'ennuie jamais, ici.

Il sourit.

— C'est pourtant ce que j'espère.

— Ah bon ?

— Bien sûr, assura-t-il. L'ennui aux soins d'urgence est notre meilleur allié pour profiter des concerts.

— Oui, je comprends, dit-elle. Alors je fais ce vœu, moi aussi : pourvu qu'on s'ennuie un maximum !

Pourtant, en jetant un coup d'œil à l'homme avec qui elle venait de faire tout le tour du parc, elle sut que l'ennui ne figurerait pas au programme.

Taylor fronça les sourcils devant la pile de piquets et de pans de toile qu'elle venait de sortir du sac neuf. Elle était infirmière diplômée avec spécialité en soins intensifs : elle était capable de monter une tente. Sans difficulté.

Sauf que… elle se heurtait à une difficulté. En fait, chaque fois qu'elle insérait un piquet dans un œillet de la toile, celui du coin opposé sautait de son logement tel un bouchon de champagne. Il aurait fallu qu'elle dispose d'un…

— Vous avez besoin d'un coup de main ?

Sursautant, elle fit volte-face et se trouva nez à nez avec Jack. Son premier mouvement fut de lui rétorquer qu'elle était une femme indépendante et autonome, et qu'elle n'avait pas besoin d'un homme – non merci. Mais le bon sens l'en empêcha. Avait-elle réellement envie de consacrer une journée entière à des piquets en métal… Par orgueil ?

— Ma foi, admit-elle en souriant, je veux bien votre avis. J'ai fixé le tapis de sol, puis j'ai suivi les instructions et cherché des emplacements ni trop secs ni trop humides pour les piquets, mais la toile refuse de rester à sa place, dans les boutonnières, là, de ce côté et de l'autre.

— Dans les boutonnières ? répéta-t-il, ébahi.

Avant qu'elle ait eu le temps de protester, il se baissa, alla enfoncer chaque piquet dans le sens inverse et, en moins de cinq minutes, fixa la tente avec une aisance d'expert.

— Ah, ils étaient à l'envers, observa-t-elle en riant. Merci ! Quand vous le faites, ça a l'air d'un jeu d'enfant !

— Question d'habitude, répondit-il en revenant face à elle.

Une nouvelle fois, elle sentit de petites décharges électriques la traverser.

— Je peux faire autre chose pour vous ? proposa-t-il.

— Oh non, c'est déjà bien assez, répliqua-t-elle très vite. Je m'en veux de vous avoir obligé à faire ça. J'aurais dû mieux lire le mode d'emploi.

— Mais ça ne m'a pas dérangé du tout. Je regagnais ma tente pour boire un verre.

— Votre tente ?

Il lui désigna le dôme de toile beige situé à moins de quinze mètres de sa concession. Non… C'était une plaisanterie ? D'accord, le carré du camping réservé au personnel tout près du bâtiment médical n'était pas immense, mais… Quelle curieuse coïncidence !

— Bon, dit-elle. Dans ce cas, je veux bien que vous reveniez quand vous aurez pris votre verre.

— Avec le plus grand plaisir, répondit-il en la gratifiant d'un sourire enjôleur.

Comment était-il possible qu'un être humain possède une aura si positive, si lumineuse ? Jack avait décidément une personnalité à part, songea-t-elle. Mais elle n'était pas très à l'aise à l'idée qu'ils dorment si près l'un de l'autre. Le moindre bruit s'entendrait. Un éternuement, un bâillement… Tout.

Taylor sortit son matelas gonflable de l'emballage, plaça les piles dans le gonfleur et regarda, non sans soulagement, l'appareil se débrouiller tout seul pour donner forme à son lit. Un instant plus tard, elle posait son duvet dessus. Elle disposait d'un bel espace vacant dans la tente – là où il aurait dû y avoir le lit d'Amy.

— Est-ce que tout fonctionne comme vous voulez ? s'enquit Jack lorsqu'elle sortit pour aller ouvrir le coffre de sa voiture.

Il était assis sur une chaise de toile, une glacière à ses pieds et une barre de céréales à la main.

— Ma foi, jusqu'à maintenant, oui, répondit-elle.

Il porta le goulot de sa bouteille d'eau à ses lèvres et en avala une gorgée avant d'observer :

— Vous savez que j'en suis malade, de ne pas vous aider.

Taylor ne put s'empêcher de rire.

— Pourquoi ? Vous souffrez du syndrome du chevalier servant ?

Il haussa les épaules.

— Ma mère l'appelait la vertu de se rendre utile.

— Alors je prends pitié de vous, dit-elle en riant. Vous pouvez m'aider.

À peine eut-elle prononcé ces mots qu'il se leva d'un bond de son siège et la rejoignit. Il sortit les paquets du coffre et déclara :

— Voyons si nous pouvons installer tout ceci facilement. Je suis à vos ordres. Par quoi voulez-vous commencer ?

— La table ? suggéra-t-elle.

— Bien, madame !

Amusée, elle le regarda serrer les boulons des pieds et disposer le meuble sur le sol avec beaucoup plus d'habileté qu'elle n'aurait su le faire.

— Ensuite ? demanda-t-il.

— La marquise.

Amy avait pensé à tout, et par cette chaleur, la moustiquaire et l'ombrage procurés par cette installation ne seraient pas un luxe, du moins si elle comptait dormir quelques heures entre ses journées bien remplies.

— Et j'ai trouvé ça, aussi, dit-elle avec un air perplexe en désignant une énorme toile pliée. Je crois qu'Amy voulait en faire une barrière rafraîchissante, mais je ne sais pas comment le système est censé fonctionner.

Il lui prit la toile épaisse des mains et indiqua :

— Non, c'est une sorte de parapluie. Au cas où le temps ferait des caprices et qu'un déluge nous tombe dessus. C'est indispensable si vous ne voulez pas retrouver toutes vos affaires trempées, mais je vais juste en fixer la partie supérieure sur la marquise. S'il pleut, vous n'aurez plus qu'à la dérouler.

— Oh… Non, c'est inutile, dit-elle. S'il pleut, je dormirai dans ma voiture.

— Vous ne seriez pas la première à préférer cette option, répondit Jack.

Après avoir rangé la toile dans le coffre, il leva une mine intriguée vers elle.

— Comment se fait-il que vous ayez décidé de camper quand même, lorsque vous avez su que vous seriez seule ? Vous pourriez dormir chez Amy.

Taylor hocha la tête en souriant.

— Mais justement, figurez-vous que c'est Amy qui a insisté pour que je m'en tienne à notre plan. Elle m'a dit que c'était le seul moyen de vivre pleinement ce festival. Et comme c'est la première fois que je viens à un événement de ce genre…

— Vraiment ? la coupa-t-il, sidéré. C'est votre premier festival de musique ?

Elle se sentit rougir et acquiesça.

— Alors ça change tout ! s'exclama-t-il.

— Ah bon ? s'étonna-t-elle.

— Oui. Parce que je considère qu'il relève de ma responsabilité de faire en sorte que vous attrapiez le virus.

Une sensation délicieuse la parcourut. Quand avait-elle eu le sentiment qu'un homme voulait être aux petits soins pour elle ?

Probablement jamais…

Déstabilisée, elle leva vers lui un regard inquiet.

— Je vais tout faire pour vous donner envie de revenir, assura-t-il. Nous ne sommes pas de garde ce soir… Vous m'accompagnez ? Je vous emmène voir deux ou trois spectacles ?

Une nuée de papillons s'envola au creux du ventre de Taylor. Tout cela était nouveau. Inattendu. Excitant.

Exactement ce qu'elle recherchait.

— Volontiers, murmura-t-elle.

3.

Eh bien, à sa propre surprise, Taylor devait en convenir : elle se sentait capable de devenir une fanatique des festivals de musique ! Même si cette toute nouvelle passion semblait indissociable de son guide, aux petits soins pour elle. Du coin de l'œil elle l'observa. Elle avait une chance incroyable de pouvoir compter sur lui, en l'absence d'Amy. En fait, sans lui, elle aurait probablement renoncé pour rentrer chez elle.

Un peu plus tôt dans la journée, son amie lui avait envoyé un message téléphonique pour s'assurer qu'elle était bien arrivée, que tout se déroulait comme prévu. Dans sa réponse, Taylor n'avait pas fait mention de Jack, se contentant d'affirmer que tout allait pour le mieux.

Si Jack n'avait pas été médecin, alors oui, peut-être que Taylor se serait laissé griser par son charme, s'autorisant une petite extravagance estivale.

Assise dans l'herbe, elle enroula les bras autour de ses jambes et leva les yeux vers le podium où un groupe venait d'inaugurer les festivités par son tube le plus connu.

Partout sur la pelouse, autour d'eux, des gens étaient installés sur des couvertures. Certains, comme Taylor, portaient un T-shirt et un bermuda, d'autres étaient habillés de façon plus sophistiquée, et il y en avait même qui déambulaient dans le parc en maillot de bain.

— Est-ce que ça vous plaît ? demanda Jack.

Incapable de crier assez fort pour couvrir la musique,

elle hocha vigoureusement la tête pour témoigner de son enthousiasme.

— C'est un groupe génial ! renchérit-il.

Une nouvelle fois, elle acquiesça en silence. Elle ne connaissait pas le rock, mais elle écoutait toujours de la musique en voiture, et elle aimait chanter sous la douche.

Un moment plus tard, quand le groupe prit congé de son public pour céder la place au suivant, Jack s'enquit :

— Vous voulez rester pour écouter le prochain groupe ou vous préférez aller manger quelque chose ?

Depuis une demi-heure, l'estomac de Taylor se plaignait.

— Manger ! répliqua-t-elle en se levant.

— Très bien. Qu'est-ce qui vous plairait ?

— Je ne sais pas… Quelles options avons-nous ?

— Toutes les déclinaisons de viande depuis le burger jusqu'à la grillade de luxe, dit-il. Et je connais un stand où le chef vous servira tout ce que vous lui demanderez. Venez, allons faire le tour. Vous verrez ce qui vous donne envie.

— Entendu.

Ils finirent par porter leur choix sur un curry cuisiné façon cajun qu'ils dégustèrent juchés sur des tabourets de bar, à une petite table disposée à l'écart de la foule.

— C'est délicieux !

Ravie, elle dévorait son plat de bon appétit en veillant soigneusement à ne pas se tacher.

— Oui, c'est un bon cuisinier qui travaille ici, répondit son compagnon en lui coulant une œillade complice.

Il y avait longtemps que Taylor ne s'était pas sentie aussi détendue. Ce devait être par contamination. Jack était si facile à vivre, si souple de caractère…

— Est-ce que vous avez repéré un groupe sur le programme de ce soir ? demanda-t-elle, gênée à l'idée que ses pensées se lisent sur son visage.

— Oui, un, dit-il.

Le nom qu'il prononça lui disait vaguement quelque

chose, même si elle était incapable de citer une seule chanson de ce groupe. Décidément, elle réalisait que depuis l'obtention de son diplôme elle avait pour ainsi dire vécu tel un ours dans sa caverne. Et peut-être même avant…

Oui. Elle avait rasé les murs du temps où elle vivait avec ses parents, et elle avait suivi le même schéma avec Neil. Au cours de l'année qui venait de s'écouler, elle avait pris des décisions importantes afin de réorienter sa vie. Et désormais, elle savait qu'elle n'avait besoin de personne pour assumer ses choix. Si elle se trompait, eh bien, tant pis : ce serait son erreur, elle l'accepterait et elle s'en remettrait. De toute façon, sa vie n'appartenait qu'à elle.

— Est-ce que ça vous tente ? enchaîna-t-il.

— Oui, beaucoup !

— Mais si vous avez repéré quelque chose de votre côté, je serais ravi de vous accompagner. Je suis ouvert à toute proposition.

— Bon, c'est noté, répondit-elle en souriant.

« Ouvert à toute proposition. » S'agissait-il d'un propos innocent ou d'une invitation formelle ? Taylor plongea son regard dans celui de son compagnon. Aussitôt, une onde brûlante inonda son bas-ventre.

Le bleu intense du regard de Jack étincelait de mille éclats d'or. À la réflexion, sa suggestion n'avait rien d'innocent.

— Comment se fait-il que vous n'ayez jamais mis les pieds dans un festival de musique auparavant ? s'étonna-t-il.

Ce n'était pas la première fois qu'il semblait lire dans ses pensées. Taylor détourna les yeux.

— Je ne sais pas. L'occasion ne s'est pas présentée, je suppose.

— Je suis heureux que vous puissiez participer à celui-ci.

— Oui, moi aussi.

Elle ne regrettait pas d'avoir quitté Louisville pour venir jusqu'ici. Le sourire de Jack était plus éclatant que la boule à facettes du dancing, et elle sentait la joie de vivre irradier tout son corps.

Grâce à lui. Grâce au fait qu'elle avait enfin repris les rênes de son existence. Grâce à sa confiance toute neuve, qui l'autorisait à se tromper, à s'éloigner du chemin – pourvu que le détour provienne d'une envie, d'un désir bien à elle.

Elle tourna les yeux vers le profil du médecin. Il avait les cheveux si blonds, si longs... Il ne ressemblait à aucune autre personne qu'elle ait connue. Et si elle s'autorisait à vivre sa prochaine aventure avec lui ?

Vraiment ? Une liaison avec un homme ? Dans un coin de sa tête, une petite voix lui souffla de garder un peu de prudence. Car le fantasme qui commençait à s'incruster dans son imagination représentait un grand pas en avant.

Cette nuit-là, Taylor dormit mal. Ce n'était pas dû au confort de son lit, tout à fait acceptable. Ce n'était pas non plus à cause d'une chaleur moite – l'air était très respirable, la température presque fraîche.

Non, ce qui l'avait tenue éveillée, c'étaient les bruits nocturnes dans tout le parc. De toute évidence, Jack et elle étaient les seules personnes à vouloir dormir – car les festivaliers joyeux et ravis d'exprimer leur satisfaction le plus fort possible seraient peu nombreux à se lever à 4 heures du matin !

Sautant dans un bermuda kaki, Taylor enfila un T-shirt, remonta ses cheveux en queue-de-cheval et sortit de sa tente. Malgré elle, comme sous l'effet d'un automatisme, elle tourna la tête vers celle de Jack. Grâce à la lune et aux réverbères, elle put constater qu'il était levé. Il se tenait à quelques mètres de sa tente et lui fit un petit signe de la main.

Un fourmillement plaintif se manifesta dans son estomac, et Taylor comprit que Jack cuisinait quelque chose… Quelque chose qui sentait délicieusement bon ! On aurait dit des œufs et des galettes de maïs !

Eh bien, tant pis… Elle devrait se contenter de ce qu'elle trouverait à la cafétéria de l'équipe médicale, pensa-t-elle à regret. Sans doute des biscuits en sachets.

— J'en ai fait pour deux, si ça vous intéresse ! lança-t-il.

Taylor ignora le léger remue-ménage autour d'elle. Au sein de leur campement, les membres de l'équipe de jour se préparaient. Les zips des tentes et les bruissements des vêtements animaient l'atmosphère.

— Oui, volontiers ! répondit-elle de bon cœur.

Un moment après, elle fermait les yeux en savourant les œufs pochés que Jack leur avait servis avec du bacon et des galettes.

— C'est vraiment délicieux, commenta-t-elle.

— « Vraiment » ? répéta-t-il d'un ton moqueur. Vous pensiez que ce serait immangeable ?

— Oh non ! Rien qu'à l'odeur, j'étais certaine de me régaler, affirma-t-elle. Vous êtes un cordon-bleu.

Après avoir débarrassé et fait la vaisselle, ils se dirigèrent vers la tente et se préparèrent à enfiler les T-shirts propres à l'équipe. Les hommes se changeaient dans la pièce principale, les femmes dans les alcôves. Taylor se dirigea lentement vers l'une de celles-ci, prenant le temps de jeter un coup d'œil appréciateur sur la musculature de Jack. Elle déglutit en découvrant ses abdominaux impeccablement dessinés. Et pour son plus vif embarras, il lui décocha un regard complice – comme s'il s'était aperçu qu'elle le contemplait et qu'il en était enchanté.

Tandis qu'elle s'enfermait dans l'une des alcôves qui servaient de salle d'examen, elle se demanda comment il était possible qu'elle soit passée si vite d'une phase d'insensibilité totale à un état d'excitation permanent. Et pourquoi, oh pourquoi fallait-il que son corps ait décidé de se réveiller à la vue d'un médecin ? Elle s'en était fait le serment : un homme en blouse blanche, oh non, plus jamais !

Les membres de l'équipe de nuit furent déchargés de leurs responsabilités, et Taylor se concentra sur le compte rendu de deux intoxications. À mesure que le soleil se levait, et que la température augmentait, quelques nouveaux patients firent leur apparition.

Deux jeunes filles franchirent le seuil de la tente des soins médicaux. L'une avait besoin de faire nettoyer et bander une plaie sur la jambe après une chute. L'autre la soutenait.

Taylor voulut la prendre en charge, mais Duffy l'en empêcha d'un autoritaire :

— Laisse, je m'en occupe.

Deux autres jeunes femmes firent alors leur entrée. Cette fois, l'accompagnatrice devait mobiliser toutes ses forces pour soutenir la malade.

— Elle a failli s'évanouir, mais elle n'a pas totalement perdu connaissance, expliqua-t-elle. J'ai l'impression qu'elle délire, elle dit n'importe quoi… Comme si elle avait pris quelque chose, vous voyez ? Mais je vous assure qu'elle n'a pas consommé de drogue !

Taylor s'efforça de faire taire ce moulin à paroles pour examiner convenablement la patiente. Elle les conduisit toutes les deux vers le dortoir.

— J'ai eu vraiment peur, reprit la jeune fille. Je n'étais pas sûre que ses jambes la porteraient jusqu'ici. Et alors, qu'est-ce que j'aurais dû faire ?

— Ce n'est rien, maugréa son amie d'une voix empâtée. J'ai très chaud, c'est tout. Et mal à la tête.

— Votre nom ? s'enquit Taylor.

— Cindy Frazier, répondit son amie à sa place. Nous avons dix-neuf ans toutes les deux. Je m'appelle Lori. On vient du Maine.

Du Maine ? C'était un très long voyage pour assister

à un festival de rock, songea Taylor tout en créant une fiche au nom de Cindy. Dès que ce fut fait, elle posa un thermomètre sur le front de la malade.

Catastrophe. Elle avait 40,5.

Cherchant des yeux quelqu'un de libre pour aller lui chercher un bloc de glace, elle ne vit personne à part Jack.

— Docteur Morgan ? héla-t-elle.

Il était étrange de l'appeler ainsi, mais Taylor avait pour habitude de suivre scrupuleusement le protocole hospitalier.

À l'autre bout de la salle, Jack leva les yeux de son dossier et planta son regard bleu dans le sien. Taylor s'approcha de lui.

— J'ai une hyperthermie, déclara-t-elle. Température à 40,5. Pourriez-vous m'apporter de la glace, s'il vous plaît, pendant que je vérifie tous les organes vitaux ?

Ce n'était pas la tâche d'un médecin, mais Jack n'émit aucune protestation et se hâta vers la réserve.

Taylor considéra le visage de Cindy avec attention et palpa son estomac.

— Vous vous sentez nauséeuse ?

La patiente, pâle comme un linge, hocha la tête.

— Oui. Je crois que je vais vomir.

Jack revint, tendit la glace à Taylor et annonça :

— Je vais chercher ce qu'il faut.

Taylor enroula la poche de glace autour du cou de la jeune fille.

— Ah ! C'est froid ! s'exclama-t-elle.

— Oui. Désolée, mais il faut que nous fassions baisser votre température. Vous avez pris un coup de chaleur et vous êtes déshydratée. C'est pourquoi vous vous sentez aussi mal.

De retour, Jack lui tendit un bassin en inox, avant de sortir sa lampe pour examiner les yeux, le nez puis la bouche de Cindy. Puis, il vérifia son cœur et ses poumons au stéthoscope.

— Elle fait de la tachycardie, observa-t-il.

Taylor ouvrit une bouteille d'eau fraîche qu'elle tendit à la patiente en disant :

— Je veux que vous en absorbiez le plus possible.

— Mais je vais vomir !

— Vous avez un récipient juste là, si nécessaire. Mais il faut boire.

Se retournant vers Jack, elle s'enquit :

— Voulez-vous que je lui installe tout de suite le cathéter de réhydratation avec un antiémétique en supplément ?

— Oui. Vous m'ôtez les mots de la bouche, répondit-il.

Elle installa Cindy le plus confortablement possible sur le lit, et prépara le goutte-à-goutte.

Lorsque Jack reprit la température de la jeune fille une dizaine de minutes plus tard, il fronça les sourcils.

— Elle est toujours à 40,5, dit-il.

— C'est grave ? s'enquit Lori avec une vive inquiétude.

Elle se tordait les mains d'angoisse en les regardant s'agiter autour de son amie.

— Sa température n'a pas augmenté : c'est déjà ça, répondit Taylor pour la rassurer. Dès que son corps se mettra à absorber ce fluide réhydratant, elle devrait aller mieux.

Sinon, songea-t-elle, il faudrait recourir à la baignoire de glace.

— Je… Je n'arrive plus à respirer ! geignit Cindy.

— Mais si, assura Jack qui ne la quittait pas des yeux. Redressez-vous légèrement. Voilà. Prenez lentement votre inspiration. Tout doucement.

La jeune fille suivit ses instructions, comme hypnotisée par sa voix. Taylor admirait ce don naturel : il se montrait persuasif sans manifester une quelconque autorité.

Enfin, le dispositif était prêt. Elle n'avait plus qu'à piquer, et elle prit doucement l'avant-bras de la patiente.

— J'ai peur, avoua Cindy avant de fondre en larmes, tandis que Lori semblait paniquer.

— Ne bougez pas, Lori, dit Taylor. Attendez une minute.

— Regardez-moi, Cindy, ordonna Jack.

Dès que Taylor vit la jeune fille arrimer son regard à celui de Jack, elle la piqua.

— Voilà, c'est terminé, dit-elle d'une voix réconfortante. Il ne vous reste qu'à vous détendre. Lori, vous pouvez revenir auprès d'elle.

— Oh ! il n'y a pas qu'elle qui a eu peur ! s'exclama Lori. J'ai entendu dire qu'il y avait parfois des morts à des concerts en plein air, mais je pensais que ça n'arrivait qu'aux autres…

Cindy se redressa d'un bond, et Taylor la maintint fermement sur son lit, tout en plaçant la bassine sous son menton. La jeune fille vomit.

— Oh non ! geignit Lori. C'est encore plus grave que ce que je pensais !

— Mais non, calmez-vous. Il n'est pas rare qu'on vomisse quand on fait une crise d'hyperthermie. Donnez-lui dix minutes, vous verrez…

Jack disparut pour aller s'assurer que les autres patients étaient bien pris en charge. Il s'agissait d'égratignures ou d'intoxications sans caractère de gravité.

Un quart d'heure plus tard, lorsqu'il revint vers elles, il s'enquit :

— Quelle température, maintenant ?

— 37,5.

— Parfait ! se réjouit-il en posant la main sur l'épaule de Taylor en signe d'encouragement.

Puis, il se tourna vers sa patiente et conclut :

— Vous êtes presque de retour à la normale.

Taylor se sentit infiniment soulagée, même si sa propre température avait pris le chemin inverse de celle de Cindy lorsque la main de Jack s'était posée sur elle. Comment était-il possible que son corps réagisse à ce point à un contact aussi inoffensif ?

Elle cherchait encore la réponse à cette question lorsque Jack serra son épaule. Une véritable décharge électrique passa entre eux, et elle sursauta. Ils se regardèrent sans rien dire… L'avait-il sentie, lui aussi ? Ou bien perdait-elle la tête ? Était-ce dans son imagination ?

Taylor déglutit et contempla Cindy qui finissait doucement sa bouteille d'eau.

Elle la félicita d'un sourire et proposa :

— Je vous en ouvre une autre ?

La jeune fille restait très pâle.

— Est-ce que ça m'aidera à me remettre plus vite ? demanda-t-elle.

— Cindy, il va vous falloir quelques jours pour vous remettre, indiqua Jack. Mais oui, l'hydratation est essentielle.

Il reprit son stéthoscope pour vérifier son cœur.

— C'est impeccable, dit-il. Vous avez retrouvé une pulsation à 88.

— Et c'est bien ? s'enquit Lori.

Taylor ne put réprimer un sourire, mais elle portait au crédit de Lori sa grande loyauté. Elle n'avait pas quitté son amie, et lui tenait la main depuis maintenant vingt minutes.

Après avoir discuté quelques instants avec les deux filles, elle s'assura encore que Cindy était stabilisée, puis partit voir si on avait besoin d'elle avec d'autres patients.

— Bravo, beau travail, lança Jack dès qu'elle le rejoignit.

— Merci, répondit-elle, les joues roses de fierté.

Comme il venait de prendre un nouveau patient en charge, et qu'il s'agissait d'une tâche impartie aux infirmières, elle le libéra de la procédure pour s'en charger.

Leurs regards se rencontrèrent.

— Merci, murmura-t-il.

Ignorant les petites bulles qui fusaient partout en elle, Taylor se concentra sur le nouveau venu. Hormis le fait que le jeune homme avait chaud, il s'avérait incapable de citer un autre symptôme, et Taylor l'abandonna bientôt sur son siège avec la consigne d'avaler lentement une bouteille d'eau.

Un quart d'heure plus tard, lorsqu'elle revint voir comment il se portait, elle le trouva profondément endormi. Ainsi que le lui avait dit Amy, il n'était pas rare de voir arriver des jeunes gens en pleine santé – mais à bout de forces parce qu'ils avaient enchaîné deux nuits blanches.

— Tant mieux, soupira-t-elle tout en notant ses observations sur la fiche du patient.

— C'est typique, dit Jack. En fait, ils savent qu'ils trouveront ici du calme, des soins et de l'air conditionné. Et avec un peu de chance, un vrai lit !

— C'est vraiment un monde à part, n'est-ce pas ? répondit-elle. Je n'avais jamais vu ce genre de choses.

— Vous n'êtes pas au bout de vos peines, alors, railla Jack. Le festival vient de commencer. Vous verrez ce soir, quand la nuit va tomber, dès que nous irons aux premiers concerts. Ils sont nombreux à se changer en loups-garous. Ces gentils étudiants deviennent des bêtes sauvages…

Taylor battit des cils en le dévisageant. Avait-elle bien compris ? Il comptait encore l'inviter à l'accompagner à des concerts ce soir ?

— La musique, enchaîna-t-il, porté par sa propre excitation, le sentiment d'appartenir à une grande foule, l'ivresse de la communauté, la chaleur !

Il rit et ajouta :

— Ce soir, les festivaliers auront pris leurs marques. Ils seront plus détendus. Il y aura plus d'alcool, plus de sexe, plus de drogues… Plus de tout.

Malgré elle, elle sentait ses joues chauffer.

— Vraiment ? lâcha-t-elle d'un ton à peine audible.

— Oh ! ne vous inquiétez pas. En majorité, ils viennent pour s'amuser. Et nous sommes là pour vérifier qu'ils ne prennent pas de risque inconsidéré.

Son sourire était tellement communicatif… Taylor en

avait le souffle coupé. Surtout, même si elle se répétait qu'il était médecin, elle n'arrivait pas à se convaincre qu'il s'agissait d'un problème. De toute évidence, son vœu de ne plus jamais fréquenter un homme en blouse blanche – de même que sa détermination à demeurer à sage distance d'un homme tout court – n'avait pas résisté. Seul son corps prenait les décisions. Or il avait décidé qu'il débordait de jeunesse, de santé, d'hormones. Non seulement il exigeait qu'elle lui accorde toute son attention, mais il exigeait aussi celle de Jack.

Elle se sentait céder… Après tout, ce festival n'allait durer que quelques jours. Dans une parenthèse, une brève aventure ; pourquoi pas ? Du reste, n'était-elle pas venue ici pour vivre de nouvelles expériences, se forcer à s'extirper de la routine et des vieux réflexes ?

Jack Morgan était le meilleur passeport pour une excursion loin des sentiers battus.

Au moins, avec lui, elle avait la garantie de vivre une expérience toute nouvelle.

4.

Jamais une douche ne lui avait paru plus bienfaisante ! Taylor avait fait la queue pendant plus d'une heure, mais la récompense de ses efforts s'avérait merveilleuse. Ne plus sentir ses cheveux pleins de poussière et pouvoir enfiler, fraîche et pimpante, des vêtements propres, c'était le paradis !

Lorsqu'elle revint au campement, elle trouva Jack, Duffy, Robert et quelques autres en train de jouer de la guitare devant la tente de Jack. Duffy entonnait une chanson de country qui parlait de femmes très extraverties aimant beaucoup boire.

Taylor prit un siège et s'installa parmi eux. Tout en les écoutant chanter l'un après l'autre, elle noua ses cheveux mouillés en grosse natte. Dès qu'elle eut fini de se coiffer, elle s'aperçut que le regard de Jack était rivé sur elle.

Il la fixait. Avec bien plus qu'un intérêt distrait.

Tant mieux, pensa-t-elle. Car les étincelles qui fusaient entre eux à tout moment de la journée n'avaient rien de banal.

Il lui adressa un clin d'œil et, au lieu d'en être intimidée, elle garda les yeux arrimés à lui et sourit avant de lui rendre son clin d'œil.

C'était quelque chose qu'elle n'avait jamais fait. Son ex-mari n'était pas le genre d'hommes à lancer un clin d'œil, ni à sa femme, ni probablement à quiconque. De toute façon, Neil n'était pas joueur. Non, il ne l'avait jamais été.

Jack était joueur, drôle, détendu.

Il avait visiblement réussi à prendre une douche, lui aussi. Dans son pantalon de toile bleu marine et son T-shirt beige, les cheveux ramenés en arrière, une petite mèche lui barrant le front, il était d'une séduction redoutable. C'était lui qui accompagnait Duffy à la guitare. N'ayant jamais joué elle-même d'un instrument, Taylor fut émerveillée par son talent. Habiles et légères, ses mains semblaient danser sur le bois ambré de la vieille guitare folk, exécutant toutes sortes de figures complexes sur les cordes.

Elle n'était pas au bout de ses surprises, car lorsque la voix rocailleuse de Duffy se tut et que ce fut au tour de Jack d'entonner un blues, elle sentit une boule de feu se former dans son ventre. Il avait une voix… magique, hypnotique ! Un timbre grave et une aisance à moduler chaque note. Mystérieux et mélancolique, son chant évoquait un départ qui pouvait être celui d'une femme ou de la vie. Fascinée, elle l'écouta et, bouleversée par la beauté du morceau, elle finit par fermer les yeux pour se laisser bercer par le mariage de sa voix si juste avec le son clair de la guitare.

Quand il eut terminé, elle applaudit chaleureusement et alla jusqu'à émettre un sifflement appréciateur, sans même s'en rendre compte ! Ses joues se mirent à chauffer, elle rit, et elle siffla une seconde fois.

— Je crois que tu as une groupie ! s'exclama Duffy.

À son étonnement, elle s'aperçut que les autres la regardaient. Sans doute parce qu'ils avaient cessé d'applaudir depuis un moment, et qu'elle restait pour sa part complètement… *groupie*.

— Il était temps, Duffy, tu ne crois pas ? répliqua Jack. Il m'en faut une pour bondir de joie à mon arrivée et pleurer si je ne fais pas un quatrième rappel !

Toute la bande s'esclaffa. Rouge comme une écrevisse, Taylor rit de bon cœur, elle aussi, et se défendit :

— Ouh, là, là, je ne sais pas si je veux être une vraie groupie, je préfère demander ma carte de membre au fan-club.

— Tu t'amuseras beaucoup moins, rétorqua Robert.

— Quoi qu'il en soit, ajouta-t-elle, un peu embarrassée, ne vous arrêtez pas pour moi. J'adore vous écouter.

— Tu joues d'un instrument ? s'enquit Duffy en désignant une guitare posée derrière lui.

Il était déjà prêt à la lui tendre.

— Non, je ne suis pas musicienne, avoua-t-elle, non sans regret.

C'était peut-être une nouvelle activité à ajouter à la liste de celles qu'elle tentait de pratiquer depuis un an. Elle s'était inscrite à un cours de beaux-arts qui lui plaisait énormément, prenait des leçons de pâtisserie, et suivait un programme d'initiation à l'italien en ligne. Non dans l'intention de changer de carrière – elle était toujours aussi passionnée par son métier – mais parce qu'elle avait eu besoin d'élargir ses horizons.

— Tu chantes ? insista Robert.

— Non plus, dit-elle en secouant la tête. Sauf si tu veux qu'il pleuve.

— Nous aimons juste passer un bon moment ensemble, intervint une aide-soignante, alors si tu veux te joindre aux chœurs, surtout n'hésite pas.

Après trois autres chansons que Taylor écouta avec un grand plaisir, la bande se dispersa, chacun ayant un concert à son programme ou des amis à retrouver devant un verre quelque part dans le festival. Robert, lui, avait repéré une jeune infirmière arrivée le matin.

Taylor se retrouva seule avec Jack.

— Est-ce que c'est vrai ? demanda-t-il avec douceur. Vous ne jouez pas du tout ? Ou bien vous n'étiez pas à l'aise devant le petit groupe ?

Elle sourit.

— Je vous assure que vous aviez tous à gagner à ce que je garde la bouche fermée.

— Je n'en suis pas si sûr. En fait, je crois que j'aimerais beaucoup vous entendre chanter.

— Oh non ! dit-elle en détournant les yeux.

— Taylor… Vous ne chantez pas, vous ne faites pas de musique, vous venez pour la première fois de votre vie assister à un festival de rock. Dites-moi, que faites-vous pendant vos loisirs ?

Elle déglutit. Excellente question. Une question à laquelle, des années plus tôt, elle avait choisi de répondre que son seul but dans la vie était de rendre son époux heureux. Ensuite, il s'agissait plutôt d'empêcher son mariage en roue libre de sombrer totalement, et de le réorienter vers les rêves auxquels elle s'accrochait encore. Enfin, elle avait occupé ses heures de « loisir » à pleurer toutes les larmes de son corps, et à se reprocher d'avoir épousé quasiment sur un coup de tête un homme qu'elle connaissait à peine, sous prétexte qu'elle n'en revenait pas qu'un chirurgien beau comme un dieu ait pu jeter son dévolu sur une fille aussi insipide qu'elle.

Dans son malheur, sa seule chance, c'était d'avoir toujours refusé une chose à Neil : renoncer à travailler. Elle avait accepté de passer à mi-temps, et ses patients du service de soins intensifs avaient été sa bouée de sauvetage, son roc. En dehors de ses heures de service à l'hôpital, elle n'était que Mme Neil Norris, la femme du médecin.

— Je cours, répondit-elle.

Une habitude prise juste après son divorce.

— Ah ? En compétition ?

— Non, rétorqua-t-elle en riant. Je cours pour mon plaisir, pour l'exercice, pour me vider la tête.

Ce qui avait d'abord été une façon de se maintenir en forme était devenu une véritable thérapie.

— Donc… Vous travaillez, vous dormez, vous courez.

Jack fronça les sourcils et enchaîna :

— Ce n'est pas une vie franchement excitante que vous me décrivez là, Taylor. J'imagine qu'il y a plus ?

— Je n'ai jamais prétendu mener une vie excitante, répliqua-t-elle sèchement. Mais puisque vous voulez tout savoir…

Elle poussa un long soupir et avoua :

— Je fais de la sculpture.

Le regard bleu de Jack ne l'avait pas quittée. Il s'anima soudain de mille petites paillettes d'or.

— Vraiment ? Vous sculptez ?

Elle confirma d'un hochement de tête et sourit. C'était l'un de ses plus beaux souvenirs. Le jour où, à son cours des beaux-arts, elle avait plongé les doigts pour la première fois dans de l'argile.

— Des hommes nus ? demanda-t-il en haussant un sourcil taquin.

Levant les yeux au ciel, elle soupira :

— Pourquoi les garçons posent-ils toujours cette question ?

Il rit.

— Je ne sais pas. Mais alors ? Vous sculptez à partir de modèles nus en chair et en os ?

— Oui, admit-elle. Cela m'est arrivé deux fois.

L'amusement de Jack était communicatif. Elle sentit ses joues rosir, même s'il n'y avait aucune raison !

— Et naturellement, reprit-il, vous ne les avez regardés qu'avec des yeux d'artiste… Et non avec les yeux d'une femme !

Malgré elle, elle éclata de rire. Elle voyait bien qu'il la taquinait pour le seul plaisir de cette complicité.

— Les modèles des écoles artistiques sont souvent des étudiants, répondit-elle d'un ton nonchalant. Ils sont très jeunes, élancés, bronzés… Ce serait un vrai gâchis de ne pas les regarder !

En réalité, pensa-t-elle, il s'agissait d'un exercice très difficile, où elle restait concentrée durant des heures sur le rendu d'un muscle, d'une courbe. Elle n'avait aucun souvenir des modèles eux-mêmes.

— J'aimerais beaucoup voir l'une de vos œuvres, un jour, continua-t-il.

Elle haussa les sourcils. Il était peu probable que l'occasion se présente. Toutes ses sculptures étaient stockées chez elle, à Louisville, et elle ne les montrait à personne – sauf celle qu'elle avait offerte à Amy.

— Ou alors, suggéra-t-il d'une voix enjôleuse, si un jour vous souhaitiez un modèle rien que pour vous…

Ah oui, si Jack posait pour elle, elle accorderait toute son attention au modèle, c'était certain !

Amusée, elle prit un air ingénu et demanda :

— C'est vrai ? Vous m'aideriez à convaincre Robert de faire ça pour moi ?

Jack partit d'un grand rire.

— Vous y parviendrez très bien sans moi, assura-t-il.

— Oh ! maintenant qu'il a jeté son dévolu sur la jeune infirmière, soupira-t-elle en prenant une mine faussement déçue.

— Oui, c'est compromis.

Leurs regards se croisèrent. Elle aimait ce petit jeu entre eux. C'était exquis.

— Vous n'avez pas faim ? J'ai des sandwichs aux crudités au frais, mais si vous voulez, nous pouvons trouver une table au festival ?

— Attendez, vous m'avez déjà nourrie ce matin… Que puis-je vous proposer ? Ah ! je sais ! J'ai des cookies pour le dessert.

Ils étaient toujours soigneusement emballés dans leur boîte étanche. Elle avait suivi la recette préférée d'Amy, et imaginé qu'elles les dévoreraient sur leurs lits, sous la tente, en se racontant leur vie.

— Vous les avez faits vous-même ? demanda-t-il.

— Oui.

Elle alla chercher la boîte qu'elle posa dans l'herbe et Jack l'ouvrit pour mordre à belles dents dans son premier cookie.

— Délicieux ! s'exclama-t-il.

Il la considéra d'un air accusateur et s'exclama :

— Vous ne m'aviez pas dit que vous étiez une excellente cuisinière !

— Je vous aurais menti. Je fais seulement un peu de pâtisserie à mes heures perdues. Mais dites donc, votre mère ne vous a jamais dit qu'on ne mangeait pas des gâteaux avant de dîner ?

Il haussa les épaules.

— Ma mère aurait été la première à m'encourager à savourer ce qui se présente, parce que la vie est courte.

Impressionnée, elle hocha la tête. Ses parents à elle, très conformistes, n'auraient jamais regardé la chose sous cet angle.

— Vous avez dû avoir une enfance joyeuse…

— Oui. Mais pas des repas très équilibrés.

Jack étendit une couverture sur la pelouse à bonne distance de la scène. Ils auraient pu s'installer beaucoup plus près, Taylor et lui, mais au milieu d'une foule plus dense. Il avait envie qu'ils restent un peu abrités du monde.

Les bras enroulés autour de ses genoux, la jeune femme contemplait avec fascination les musiciens, comme si c'était la première fois qu'elle voyait un groupe jouer en *live*. Ses hanches et sa tête oscillaient légèrement, en rythme.

— J'ai bien peur que notre petite session de tout à l'heure vous laisse l'impression d'une bande de nigauds empotés, maintenant que vous avez vu ça, soupira-t-il.

— Au contraire. Vous m'avez beaucoup impressionnée, Jack.

— Merci. C'est gentil.

Elle leva vers lui un regard intrigué.

— Vous n'avez jamais eu envie de jouer de façon professionnelle ?

— Ma foi… Tous les garçons qui commencent à jouer de la guitare rêvent de devenir la prochaine plus grande star de rock de la planète. Mais si vous vouliez savoir si j'ai déjà joué avec une formation, la réponse est oui. J'en ai eu plusieurs au fil des années.

— Ah ? Alors que s'est-il passé ?

— Premièrement, nous n'étions pas assez bons. Ensuite, je suis tombé amoureux de la médecine.

— La musique et la médecine pour passions… C'est très original ! remarqua-t-elle.

— Si j'avais été un excellent guitariste, peut-être que les choses se seraient déroulées autrement, avoua-t-il. Quoi qu'il en soit, dès que j'ai découvert de quoi la médecine était capable, la question ne se posait plus. Mon choix était fait.

L'intensité de cette vocation ne l'avait jamais quitté depuis – pas une seule fois il n'avait eu l'occasion de regretter son choix.

Elle le contemplait d'un regard intense. Avec une attention soutenue. Ses yeux de miel étaient presque noirs.

— C'est rare de rencontrer quelqu'un qui voue un tel amour à deux activités si différentes… C'est formidable que vous ayez trouvé le moyen d'associer les deux, en travaillant dans les festivals. Vous devez en tirer une satisfaction profonde, non ?

— Oh oui, dit-il. Je profite pleinement de la vie. J'aime la vie.

C'était la vérité. En dépit de ce qu'il avait traversé quelques années plus tôt. Il lui avait fallu du temps, beaucoup de temps, pour se remettre de ce qui s'était passé avec Courtney.

— Très peu de gens sont capables de dire cela, dit-elle, admirative.

— Ah bon ? Pas vous ?

Elle parut réfléchir un long moment. Enfin, elle lâcha :

— Oh oui. J'aime profondément la vie. Merci.

Sa voix vibrait d'une émotion si inattendue qu'il lui prit la main pour répondre :

— J'en suis très heureux, Taylor.

Il se sentit encore plus heureux de constater qu'elle ne lui reprenait pas sa main, et il la garda jalousement dans la sienne. Lentement, ils entrelacèrent leurs doigts.

La gorge de Jack se serra. Il considérait comme un honneur le fait de participer, même très humblement, à rendre cette jeune femme heureuse en cet instant. Car elle était fragile. Vulnérable. Il s'en apercevait peu à peu, et son besoin de protection le déstabilisait.

D'ordinaire, lorsqu'il se sentait attiré par une femme, eh bien, l'attirance était toujours réciproque et il lui suffisait de se laisser guider par son instinct. Oh ! il n'était pas un saint. Loin de là.

Or, dans le cas de Taylor, c'était plus compliqué. Elle éprouvait une certaine attirance pour lui – il le savait, il la sentait, cela ne faisait pas le moindre doute. D'ailleurs, elle ne cherchait pas à dissimuler l'intérêt qu'elle lui portait. En revanche, il percevait aussi ses regards fuyants, le rosissement soudain de ses joues, sa timidité. Il n'avait pas vraiment pour habitude de tomber sur des filles vulnérables, et il n'était pas sûr d'avoir envie de tenir le rôle de protecteur envers quelqu'un qu'il ne reverrait plus après quelques jours.

Malgré cela – bon sang, malgré cela, il avait follement envie de l'embrasser !

Où était le mal ? Partout autour d'eux, pendant les

concerts, un homme et une femme pouvaient échanger un baiser sans que cela prête à conséquence… Oui, mais n'aurait-il pas envie de l'embrasser davantage ? D'aller plus loin ?

5.

Il y avait longtemps, très longtemps, que Taylor n'était pas sortie avec un homme pour passer une soirée romantique. Des années, en fait. Son dernier rendez-vous galant, c'était avec Neil.

Neil, toujours impeccable dans l'un de ses costumes italiens, avec ses chemises blanches amidonnées, ses cheveux savamment coiffés, son rasage parfait, son style et son panache. Neil qui l'avait invitée dans les meilleurs restaurants de Louisville, et à des grandes soirées de gala, à des avant-premières au théâtre… Dire qu'elle croyait alors qu'il cherchait à l'impressionner ! Pas du tout. Il était comme ça. Il consacrait toute sa vie à s'exhiber sous son meilleur jour, à parader, et il était certain de mériter le meilleur en tout, dans tous les domaines. À ses yeux, le monde tournait autour de lui.

Elle se rappela comment, à l'époque où il lui faisait la cour, elle excitait la jalousie de toutes ses consœurs, à l'hôpital, qui étaient, comme elle, en dernière année, en train d'effectuer leur stage avant titularisation. Il lui offrait des vêtements, des bijoux, il la comblait de cadeaux – et en réalité, la seule personne dont il était follement amoureux, c'était lui-même.

Encore aujourd'hui, elle n'aurait su dire pour quelle raison il avait porté son choix sur elle. C'était d'autant plus étrange qu'il voulait qu'elle change du tout au tout. Peut-être cherchait-il une poupée, peut-être souffrait-il d'un complexe de Pygmalion… En tout cas, elle avait pris l'habitude de tout faire pour contenter ses parents, et elle avait suivi le même mouvement avec lui.

Lorsqu'il lui avait demandé sa main, elle avait pensé qu'elle était la fille la plus chanceuse de la Terre. Elle, une fille transparente, sans personnalité, allait devenir l'épouse du chirurgien le plus en vue de l'hôpital, un homme qui la comblait.

Oui, elle avait suscité l'envie de toutes ses amies. Avant de réaliser qu'elle n'était qu'une pièce dans la collection de réussites de Neil. Un nouveau succès à son tableau de chasse. Si elle ne l'avait pas surpris dans les bras d'une autre, elle serait peut-être encore en train de vivre son existence misérable, à marcher sur des œufs du matin au soir.

— Taylor, je ne sais pas où vous êtes mais je vous en prie, revenez.

Elle releva les yeux vers l'homme qui lui tenait la main. Un homme vêtu d'un pantalon de toile et d'un T-shirt, dont les cheveux longs et sexy révélaient un mode de vie très décontracté. Un homme dont l'intense regard bleu lui donnait des frissons.

Un homme qui ne cherchait pas à l'impressionner, mais qui l'impressionnait par son appétit de vivre et sa simplicité à jouir de plaisirs simples.

Un homme qui lui faisait l'effet d'une grande bouffée d'air frais.

— D'accord, dit-elle en souriant.

— Parfait. Vous me serriez si fort que j'étais sur le point de me rendre à notre tente pour faire examiner mes hématomes.

— Oh… Désolée.

Elle se mordit la lèvre et s'aperçut qu'en effet elle lui broyait les doigts. Elle aimait ses mains. Elles étaient douces et fortes.

Elle secoua la tête et reprit :

— Excusez-moi, Jack, je ne sais pas ce qui m'a pris.

Doucement, il releva leurs mains toujours entrelacées et déposa un baiser très doux sur ses doigts.

— Vous êtes tout excusée, dit-il en arrimant son regard au sien.

Elle sentit son cœur battre si vite qu'elle fut certaine qu'il l'entendait. Seigneur, il avait des yeux tellement… rassurants. C'était plus fort qu'elle, impossible de ne pas le comparer à Neil.

— Si facilement ? murmura-t-elle. Vous n'allez pas me contraindre à vous supplier de m'accorder votre pardon ?

À son étonnement, son compagnon, au lieu de sourire, la dévisagea d'un air grave.

— Le pardon ne figure pas sur la liste de ce que j'aimerais vous entendre me supplier de vous offrir, Taylor.

Elle blêmit. De quoi parlait-il ? De sexe ?

Oui, évidemment. Si Jack venait d'embrasser ses doigts, cela signifiait forcément qu'il avait envie d'aller plus loin… Elle n'avait qu'un mot à dire. C'était clair.

Mais même s'il l'attirait de façon aussi intense qu'inattendue, en cet instant, elle sentait sa timidité la submerger. Elle n'avait fait l'amour qu'avec un homme : Neil. Sans doute était-ce la raison pour laquelle il l'avait épousée – sa virginité. Lorsqu'elle lui avait annoncé qu'elle se réservait pour sa nuit de noces, il avait décidé que son innocence serait *son* trophée, *sa* conquête. Et bien sûr, une fois qu'il avait obtenu ce qu'il voulait, sa jeune épouse était devenue bien moins intéressante, bien moins…

— Comment s'appelle-t-il ?

Taylor sursauta et releva la tête vers Jack.

— Qui donc ?

— L'homme qui monopolise vos pensées, précisa-t-il.

Elle se mordit la lèvre en lui décochant un regard navré. Car elle l'était. Décidément, elle ne savait pas déguiser ses émotions.

— Je suis désolée, affirma-t-elle.

— Vos pensées n'étaient pas joyeuses, Taylor.

— Est-ce que je viens de vous broyer encore la main ?

Confuse, elle regarda ses phalanges blanchies par la pression.

— Oh ! je suis incorrigible. Excusez-moi, Jack. Je ne l'ai pas fait exprès, il ne me viendrait pas à l'idée de vous faire du mal délibérément.

— Bien que nous ne nous connaissions que depuis deux jours, je vous crois sur parole, dit-il.

Elle écarquilla les yeux.

— C'est vrai ? Pourquoi ?

Il haussa les épaules.

— Je le sais, c'est tout. De la même façon que je sais que jamais je ne vous blesserais intentionnellement.

Elle hocha la tête, comme pour lui dire qu'elle le savait aussi – ce qui était de la pure démence. Elle ne le connaissait pas. Ils venaient à peine de se rencontrer. Et elle s'était promis d'étudier scrupuleusement le terrain avant d'accorder une nouvelle fois sa confiance à un homme.

Pourtant, elle se sentait en sécurité avec Jack. Parce que Amy le connaissait bien ? Non. C'était plus profond que ça.

— Et si on allait marcher ? suggéra-t-elle. J'ai besoin de me dégourdir un peu les jambes.

— Oui, allons marcher, acquiesça-t-il en ramassant la couverture.

Ils se promenèrent parmi la foule, plus éparse à cette heure de la nuit. Quelques spectacles devaient encore commencer, des queues se formaient à l'entrée de petits chapiteaux.

— Désolée de vous avoir fait rater la fin du concert, dit-elle.

— Pas du tout. Je préfère être avec vous.

— Vraiment ? s'étonna-t-elle.

— Oui, vraiment ! répondit-il, visiblement sûr de lui.

C'était sans doute la chose la plus gentille qu'un homme

lui ait dite, et elle lutta contre l'émotion qui l'assaillait pour murmurer :

— Merci, Jack.

— De quoi ?

— De votre gentillesse.

— C'est Amy qu'il faut remercier. Je lui ai promis de veiller sur vous et de vous divertir.

— Je vois... Vous vous contentez d'honorer votre promesse, rien de plus, railla-t-elle.

Jack parut réfléchir un instant. Enfin, il arrima son regard au sien et déclara :

— Amy est quelqu'un que j'apprécie beaucoup, mais je n'irais pas jusqu'à m'engager physiquement avec une inconnue uniquement pour lui faire plaisir.

Cette fois, elle sentit une boule de feu partir de son ventre et remonter jusque dans sa poitrine. Incapable de soutenir son regard, elle fixa l'ondulation des palmes sous la brise chaude.

— Un engagement physique avec une inconnue ? répéta-t-elle comme pour conjurer chaque mot. Vous n'êtes pas un peu présomptueux ?

— Je ne sais pas, Taylor. À vous de me le dire. Vous n'en avez pas envie ?

— Je...

Il la contraignait à le regarder, et elle finit par relever la tête vers lui. Le bleu intense de ses yeux avait viré au cobalt. Sa mâchoire semblait très carrée, dans le noir. Plus virile. Et sa bouche plus érotique...

— Les nuits sans lendemain ne sont pas ma tasse de thé, déclara-t-elle avec fermeté.

Ce qu'elle ressentait avec Jack lui prouvait qu'elle savait éprouver du désir, qu'elle était encore une femme... normale. Pas question pour autant de se métamorphoser en quelqu'un qu'elle n'était pas. Elle n'avait pas envie de s'offrir pour quelques heures. Elle voulait retrouver une vie sexuelle épanouie dans une vie épanouie à tous les égards.

— Tant mieux, répondit-il. Ce n'est pas la mienne non plus.

— Non, je veux dire… C'est tout à fait exclu, en ce qui me concerne, insista-t-elle.

Elle tenait absolument à ce qu'il comprenne. Il *fallait* qu'il comprenne.

— Voyez-vous, reprit-elle, au risque d'avoir l'air très vieux jeu, je n'ai *jamais* eu une aventure sans lendemain. Je n'ai pas connu d'autre homme que mon mari.

Comme Jack haussait les sourcils, elle corrigea :

— Mon *ex-mari*.

— Taylor, soupira-t-il, le fait que vous ne soyez pas du genre à papillonner n'est pas un défaut à mes yeux.

— Mais… Vous ne seriez pas opposé à ce que nous nous « engagions physiquement » ?

Un sourire amusé s'étira sur les lèvres de Jack.

— C'est une question piège ? demanda-t-il.

Elle reprit sa main dans la sienne et secoua doucement la tête en signe de dénégation.

— Je veux une réponse franche, Jack.

— Je vous l'ai déjà donnée, je crois. Et puis vous le savez très bien.

— Comment cela ?

La rumeur des différents concerts se faisait lointaine. La nuit était tiède et calme. Elle sentait son rythme cardiaque s'affoler, et l'aura de ce corps d'homme, massif et amical, la plongeait dans un trouble de plus en plus profond.

— Dès que nos regards se sont croisés, sous la tente, à votre arrivée… J'ai senti une connexion. Et vous aussi. Si je me suis imaginé des choses, il faut me le dire tout de suite.

Taylor avait du mal à croire qu'ils se disaient tout cela alors qu'ils se connaissaient depuis la veille.

— Non, Jack, vous ne l'avez pas imaginé, avoua-t-elle. Je l'ai senti aussi.

À sa surprise, il se contenta de hocher la tête et de l'entraîner vers l'oasis, où il faisait un peu plus frais.

— Depuis quand êtes-vous divorcée, Taylor ?

Pour la première fois, elle se demanda ce qu'Amy avait bien pu lui dire. Qu'elle avait épousé un homme creux et sans épaisseur ? Qu'elle avait vécu un mariage malheureux et solitaire ? Qu'elle avait du mal à s'en remettre ? Sur ce dernier point, elle avait évolué. Oh oui, elle avait beaucoup changé depuis ses retrouvailles avec Amy. La nouvelle Taylor ne progressait peut-être pas aussi vite qu'elle l'aurait souhaité, mais elle avait envie de la protéger. De tenir compte de ses efforts, de ses accomplissements. De ne pas tout jeter par-dessus bord dès la première rencontre avec un homme séduisant.

— Depuis un an, dit-elle.

— Et vous n'avez pas, euh… Vous n'avez pas eu d'aventure depuis ? Pas même un flirt ? Ne serait-ce qu'une petite histoire de remise à zéro ?

— De remise à zéro ? répéta-t-elle, décontenancée.

— Je veux dire… Vous savez, ces histoires légères qu'on peut avoir après une rupture douloureuse : une passade, une bluette qui ne compte pas mais qui vous rend confiance en vous. Appelons cela une liaison de convalescence, si vous préférez.

— Non, soupira-t-elle. Je vois ce que vous voulez dire, mais je n'ai pas eu droit à ça. Tout le monde n'a pas besoin de sexe tout le temps, vous savez.

Il la considéra avec stupeur.

— C'est l'impression que je vous donne ?

— Je ne sais pas, dit-elle en riant, même si elle avait l'impression que leur conversation était importante.

Qu'ils étaient en train de se dire des choses essentielles.

— Après tout, enchaîna-t-elle, vous passez votre temps

dans des festivals de musique où les gens cherchent la détente, le plaisir. Vous n'en avez jamais profité ?

Il se retourna vers elle et resta un instant silencieux avant de répliquer :

— Vous voulez savoir si j'ai déjà eu des aventures lors de ce type d'événements ? Oui. Plus d'une fois. J'ai une vie sexuelle épanouie et je n'ai pas honte de le dire, Taylor. Est-ce que cela change la façon dont vous me considérez ?

Il n'y avait plus grand monde autour de l'oasis. Longtemps, elle savoura l'air frais et parfumé. Le silence qu'ils partageaient n'avait rien d'un silence gêné. C'était un moment privilégié.

— Parmi les raisons qui font que je n'ai pas eu d'histoire au cours de l'année écoulée, énonça-t-elle, la principale, c'est que je n'en ai pas ressenti le désir. Jusqu'à maintenant.

Elle prit une longue inspiration et poursuivit :

— Vous êtes le premier à m'inspirer un désir physique depuis mon divorce. C'est à la fois très excitant et terrifiant.

Voilà. C'était dit. Puisqu'il lui avait parlé en toute franchise, elle venait de lui rendre la politesse. Au moins, cette fois, les choses étaient claires, contrairement à l'époque où elle se laissait courtiser par Neil.

Elle plaisait à Jack. Il avait senti une connexion dès le premier regard… Eh bien, c'était réciproque, et elle n'avait aucune raison de s'en cacher.

Lorsqu'elle tourna la tête vers lui, il la contemplait avec gravité.

— Ce serait mal de vous avouer que je me sens honoré ? demanda-t-il d'une voix rauque.

— Non…

Précédant son mouvement, elle ferma les yeux pour accueillir son baiser. Ses lèvres étaient si douces, si fermes, qu'elle en éprouva un léger vertige. Le cœur battant à se rompre, elle se laissa attirer plus étroitement entre ses bras. Elle aimait la pression de sa bouche si masculine, et la façon langoureuse dont il enroulait sa langue autour de la sienne. C'était un baiser incroyablement romantique et… voluptueux.

Le bassin était désert, les palmes faisaient entendre un murmure au-dessus de leurs têtes, sous la voûte étoilée.

Pour la première fois depuis longtemps, elle embrassait un homme. Elle lui rendait l'ardeur de cette étreinte, plongeant les doigts dans l'épaisseur soyeuse de ses longs cheveux dorés, savourant la force de sa nuque. Ses lèvres avaient un goût d'herbe coupée – d'été.

Elle se sentait revivre. Chaque parcelle de son corps semblait se remplir de sève au contact de Jack. Des ondes exquises caressaient son épiderme, une vague brûlante emportait son bas-ventre, et elle sentait ses seins durcir.

Elle s'abandonnait entièrement à leur baiser – émerveillée, heureuse.

Le cœur battant, elle le laissa reprendre sa main, tandis qu'ils retournaient lentement, en silence, vers le campement du personnel médical.

C'était une nuit chaude et paisible. Une nuit idéale pour renaître dans son corps de femme. Car en elle, un volcan s'était éveillé. Elle voulait encore et encore sentir la bouche de Jack happer la sienne. Elle avait envie de ses mains sur elle, de ses caresses, d'une étreinte qui n'en finirait pas.

Jack.

Elle leva les yeux vers celui qui la rendait à la vie. Elle appréciait sa franchise. Sa simplicité. Il l'intriguait, et elle avait envie de mieux le connaître, de lui poser mille questions sur ses goûts, ses attentes, ses rêves…

Comme ils étaient parvenus juste entre leurs tentes respectives, elle retint son souffle.

Il déposa un baiser sur son front et conclut :

— Bonne nuit, Taylor.

Sidérée, elle resta interdite plusieurs secondes. Mais comme il venait de défaire la fermeture de sa tente pour s'y engouffrer, elle balbutia, déçue :

— Bonne nuit, Jack.

6.

— Tu es jolie comme un cœur ! s'exclama Duffy en voyant Taylor arriver le lendemain après le service.

Elle s'efforça de ne pas devenir écarlate.

— Merci.

Elle avait revêtu sa longue robe d'été à dégradé de couleurs, ainsi que des sandales spartiates qu'elle avait achetées tout spécialement pour l'occasion. Afin d'être à l'aise, elle avait relevé ses cheveux en chignon.

En cette fin d'après-midi, la chaleur du Tennessee démontrait que sa réputation n'était pas usurpée. Pourtant, Taylor se sentait légère comme un papillon. Jack l'avait une nouvelle fois invitée à passer la soirée avec lui, et elle avait eu envie de porter autre chose qu'un bermuda et un T-shirt. En fait, elle avait même soigné son maquillage.

— Tu es sûre que tu ne cherches pas un homme pour la fin du festival ? s'enquit Robert en la dévorant des yeux. Tu n'as qu'un mot à dire et j'oublie Amber.

Taylor lui retourna un sourire moqueur.

— Oui, oui, des paroles, toujours des paroles… Hélas, j'ai bien vu qu'elle monopolisait ton attention ! Tu l'as suivie comme un petit chien du début jusqu'à la fin du service, aujourd'hui. Je vais devoir renoncer à notre histoire.

Robert rit de bon cœur avec elle et renchérit.

— C'est vrai, je la suivrais au bout du monde… Elle est délicieuse, tu ne trouves pas ?

Elle hocha vigoureusement la tête. Amber était une auxiliaire de soins très efficace, pleine d'énergie, et son regard pétillait de joie de vivre.

Le petit groupe s'était rassemblé au campement pour chanter et jouer de la guitare, et Taylor tourna la tête vers Jack. Malgré la journée stressante qu'ils venaient tous de vivre, il avait l'air détendu. Pourtant, en tant que médecin chef, il avait été sursollicité. Ils avaient dû faire face à une bonne douzaine de déshydratations sévères. Le jeune homme qui avait fait une overdose était stabilisé. Un patient avait fait un malaise cardiaque – il se trouvait à l'hôpital de Warrenville. En somme, leur petite équipe n'avait pas chômé.

Après avoir terminé sa chanson, Jack rangea son instrument et sourit à Taylor.

— Le premier groupe que j'aimerais écouter commence à 19 heures, dit-il. Il faut partir tout de suite. Vous êtes toujours partante ?

— Oui, répondit-elle sans hésiter.

Elle chaussa ses lunettes de soleil, passa la lanière de son sac sur son épaule et enfonça son chapeau de paille sur sa tête. Cette fois, ils s'installèrent le plus près possible de la scène.

— C'est incroyable, maugréa-t-elle alors que la foule se pressait autour d'eux. Les gens vous marcheraient dessus ! C'est un miracle que nous n'ayons pas encore vu des dizaines de patients écrabouillés !

Il sourit.

— C'est exact, et pourtant, je n'ai jamais entendu personne se plaindre !

Il l'invita à s'asseoir sur le plaid et la rejoignit un moment plus tard avec de grandes parts de pizza et des bières.

Ravie, Taylor pencha la tête en arrière, offrant son visage au soleil. Quelle vie trépidante ! Elle commençait à attraper le virus des festivals de musique.

En attendant l'arrivée du groupe sur scène, ils discutèrent à bâtons rompus – de leurs rencontres respectives avec Amy, de la relation que celle-ci semblait nouer avec Greg. Enfin, lorsque les musiciens firent leur entrée, un tonnerre d'applaudissements retentit, recouvert par des hurlements de joie.

Il s'agissait d'une formation pop très connue, et Taylor se surprit à crier en chœur les paroles de deux morceaux qu'elle avait entendus cent fois à la radio. L'énergie qui circulait parmi les spectateurs la galvanisait. La bière devait tenir son rôle aussi, ainsi que la chaleur, le tempo, mais… par-dessus tout, elle savait que la présence de Jack lui procurait une extraordinaire sensation de bien-être.

Ivre de plaisir, elle se mit à danser devant lui. Avec lui. Elle se sentait joyeuse, libre. Oui, libre ! Les morceaux s'enchaînaient, et elle ne sentait venir aucune fatigue. Jack dansait avec une aisance presque déroutante, comme s'il s'agissait du mode d'expression le plus naturel pour lui. Cette virtuosité aurait dû la mettre mal à l'aise, mais c'était tout le contraire. Elle virevoltait, elle riait, comme si elle avait douze ans.

Jack ! Oh ! Jack, Jack…

— Jack !

Elle réalisa qu'elle venait de crier son nom et, dans son élan, sans cesser de tourbillonner, elle planta très vite un baiser sur ses lèvres.

Ses yeux bleus s'animèrent d'une lueur magique et il s'enquit :

— Est-ce que ça veut dire que vous vous sentez bien ?

— Oh oui ! Immensément ! dit-elle en passant les bras autour de son cou.

Elle fit un tour sur elle-même et sautilla de deux pas. Un spectateur lui prit alors la main, la fit danser quelques pas et retourna vers une autre partenaire. Taylor éclata de rire et chercha le regard de Jack. Il souriait, visiblement ravi de la voir s'amuser.

Jamais cela ne se serait passé ainsi avec Neil. Il lui

aurait fait une scène. Une scène qui se serait conclue sur une gifle retentissante et une menace du genre « Ne me refais jamais ça ! »

C'était arrivé quatre fois. Quatre fois, elle avait reçu une claque de son mari. Taylor savait qu'elle aurait dû partir dès la première. Partir et déposer plainte. Elle ne l'avait pas fait. Et elle s'estimait heureuse d'avoir mis un point final à leur mariage avant que la violence conjugale franchisse un autre seuil.

— Merci, murmura-t-elle en plongeant son regard dans celui de Jack.

Il parut interloqué.

— De quoi ?

— De ne pas vous fâcher.

Sa confusion augmenta encore.

— Je ne comprends pas, Taylor… J'ai raté un épisode ? Pourquoi voulez-vous que je sois fâché ?

Comme elle ne répondait pas, il chercha et trouva sans doute la réponse à la question. Agrippant sa main, il l'attira vers lui et dit :

— Je veux que vous passiez un bon moment. C'est tout.

— Je sais. Parce que vous l'avez promis à Amy, c'est ça ?

— Amy qui ? plaisanta-t-il.

Elle sourit.

— Venez ! On danse, ordonna-t-il en l'invitant à suivre le rythme rock du nouveau morceau.

Elle ne se le fit pas dire deux fois. Ils dansèrent, chantèrent, rirent… Et Taylor prit tant de plaisir à laisser enfin son corps s'exprimer sans gêne au rythme de la musique qu'elle ne vit pas le temps passer.

— Oh, mon Dieu ! s'exclama-t-elle en voyant l'heure sur la montre de Jack. Il est déjà minuit ?

Il haussa les épaules.

— Oui, et alors ? Vous avez un rendez-vous ?

— Non, mais… nous sommes debout depuis 4 heures du matin, lui rappela-t-elle.

— Vous êtes fatiguée ?

Elle avait le sentiment qu'elle pourrait encore danser des jours et des jours sans se lasser. Mais c'était *son* premier festival de musique : Jack était immunisé contre l'excitation de la nouveauté, et il fallait qu'elle en tienne compte. Il était aux petits soins avec elle, aussi devait-elle manifester un minimum de sollicitude.

— Oui, dit-elle. Un peu.

Fronçant les sourcils, il planta son regard dans le sien. Elle s'efforça de demeurer impassible.

À son étonnement, il conclut :

— Hum. Si vous êtes d'accord, j'aimerais bien écouter quelques morceaux du prochain groupe.

Il était presque 3 heures du matin quand ils retournèrent vers les tentes. Ils avaient dansé, encore dansé, follement dansé. Taylor ne sentait plus ses pieds, mais elle était heureuse. Heureuse et… un brin anxieuse.

Ils étaient arrivés au campement. L'heure était venue de se quitter. Ou de *ne pas* se quitter. Devait-elle amorcer le baiser de bonne nuit, ou espérer qu'il prenne les devants ? Et à partir de là, qu'allait-il se passer ? Que devait-elle *laisser se passer* ?

Elle l'avait embrassé au milieu du concert, ils s'étaient tenu la main, mais au cours de la soirée, à aucun moment ils n'avaient échangé un baiser aussi passionné que celui de la veille. Elle en avait encore des frissons. Jamais elle n'avait connu le fameux « baiser parfait », avant la nuit précédente.

Une onde de désir la traversa. Embarrassée, elle murmura :

— Bon, eh bien…

Il se pencha vers elle et, alors qu'elle tendait déjà ses lèvres, le cœur battant, il déposa un baiser innocent sur son front et lâcha :

— Bonne nuit.

— Euh… Oui, bonne nuit, Jack.

Si Taylor ne s'était pas sentie si épuisée, elle aurait passé la nuit à tenter de se remettre de cette déception.

Le samedi était la journée de repos, et comme il leur avait été permis de faire la grasse matinée, Taylor accepta volontiers de partager un brunch avec Jack. Affamés, ils avalèrent des pancakes, une omelette et des fruits dans un excellent bistro du festival. Puis, Jack l'entraîna vers le chapiteau des spectacles comiques où Taylor écouta une humoriste raconter son existence pitoyable… Le talent de la jeune femme et son ton caustique la firent hurler de rire.

Enfin, alors qu'ils arrivaient près du lac, tout proche du parc où se tenait le festival, ils aperçurent des joueurs de badminton qui les supplièrent de compléter leurs équipes.

Taylor commença par décliner. Par affirmer que la position de spectatrice lui convenait très bien. Regarder les autres jouer suffisait à son plaisir… Mais l'insistance de Jack porta ses fruits.

Maintenant, elle se réjouissait d'avoir donné sa chance à la nouvelle Taylor. Celle qui cessait de s'excuser et de tout s'interdire si elle n'était pas parfaite. Celle qui ne se contentait pas d'exister, mais qui voulait vivre, palpiter de toute sa chair !

Ainsi, depuis une heure, ravie, elle retrouvait ses réflexes dans un jeu qu'elle n'avait plus pratiqué depuis ses années de fac. Elle s'apercevait que ce type de détente lui avait manqué, et qu'elle l'adorait. Même si elle n'était qu'une joueuse très moyenne !

En plus des étudiants qui les avaient priés de se joindre à eux, il y avait Will, un quadragénaire qui était venu accompagner ses deux fils – ils faisaient du canoë sur le lac. Et Marcy, une trentenaire de New York venue passer quelques jours ici – une très belle brune en maillot une-pièce blanc qui révélait tout de son anatomie sculpturale.

Comme un membre de la bande des étudiants les rejoignait avec des frisbees, ils firent une pause avant de changer de jeu. Taylor alla chercher sa crème solaire dans son panier de plage, et commença à s'enduire les bras. Elle portait un débardeur en lin et un short en coton très léger. Jack s'approcha.

— Je peux vous aider ? Dans le dos ?

Elle allait lui répondre qu'elle pouvait se débrouiller seule quand elle songea que c'était un geste bien innocent.

— Volontiers, répondit-elle.

Il faisait chaud, le ciel avait pris une couleur bleu roi, et le soleil étincelait de tous ses feux. Le lac n'était pas grand, et comme il n'était pas profond non plus, il servait plutôt d'aire de jeux aux enfants et aux adolescents. Mais il y avait des courts de tennis et de grandes aires réservées aux jeux de plage. Aujourd'hui, en ce début d'après-midi, il n'y avait pas grand monde. Les gens devaient faire la sieste avant de partir au concert.

Taylor regarda Jack déposer une généreuse quantité de crème entre ses mains, et prendre la précaution de la réchauffer.

— C'est une charmante attention, dit-elle en riant, bien que je ne pense pas que ce soit nécessaire aujourd'hui !

C'était un homme toujours prévenant, attentionné, et elle adorait ça.

— Oui, vous avez raison.

Lorsqu'elle sentit la peau douce de ses paumes se poser sur ses épaules, elle en eut la chair de poule. Ce n'était pas de froid, oh non… Et de nouveaux frissons électriques passèrent sur son épiderme tandis qu'il faisait pénétrer la crème en mouvements circulaires.

Elle ferma les yeux. Un léger vertige la gagnait. Il s'insinuait sous les bretelles de son débardeur, remontait au niveau de la nuque…

— Tournez-vous.

Sa voix semblait un peu éraillée.

Elle s'exécuta et, retenant son souffle, le laissa enduire son cou. Ses doigts se posèrent avec une infinie délicatesse sur l'arête de son nez, sur ses pommettes.

— Voilà, c'est fait. Vous êtes une très jolie femme, Taylor.

Elle n'avait pas de maquillage, les jeux de plage l'avaient complètement décoiffée, et elle portait une tenue informe… Mais il avait choisi ce moment pour lui faire ce compliment. Elle en fut infiniment touchée.

— Merci, répondit-elle dans un filet de voix. Vous voulez que je m'occupe de vous ?

Réalisant que ses paroles pouvaient avoir un double sens, elle se hâta de préciser :

— Que je vous mette de la crème ?

— Non, ça ira, dit-il en souriant.

Ils échangèrent un regard complice. Un regard si explicite qu'elle sentit une nuée de papillons s'échapper au creux de son ventre.

— Allons, venez, l'encouragea-t-il. Vous voulez être dans l'équipe « T-shirt », ou dans l'équipe « torse nu » ?

Elle éclata de rire et alla rejoindre Marcy, Will et deux autres joueurs pour le lancer de frisbee. Naturellement, Jack s'était rangé dans l'équipe « torse nu », et elle eut une infinie difficulté à ne pas garder les yeux rivés sur lui.

Il avait des épaules carrées. Des pectoraux saillants, aussi bien dessinés que ses abdominaux. Sa peau était fine et bronzée.

Taylor parvint à se laisser happer par leur match. Jack semblait prendre un malin plaisir à tenter de l'empêcher de marquer, mais elle courait assez vite pour le distancer.

Comme son équipe avait égalisé et que Jack allait encore marquer, ce fut elle qui se jeta sur lui pour l'empêcher d'attraper le disque.

Ils roulèrent dans le sable, riant aux éclats, et Jack la plaqua dos au sol.

— Oh, Taylor ! C'est un coup bas ! s'écria-t-il.

— Oups... C'est vrai ? Je n'étais pas censée faire ça ? demanda-t-elle d'un ton faussement ingénu.

Hilare, elle serrait le frisbee et courait déjà loin de lui.

— Je suis libre ! s'écria-t-elle, victorieuse, en rapportant le frisbee dans son équipe.

— Sûrement pas ! protesta Jack en l'attrapant par-derrière pour la faire décoller du sol.

— Trop tard ! On a gagné ! On a gagné !

Des cris de joie fusaient autour d'elle, et Marcy et Will dansaient en répétant en chœur :

— On a gagné, on a gagné !

En revanche, les membres de l'équipe de Jack grondaient de frustration.

— Qu'est-ce que je fais de cette sale gosse ? demanda-t-il en riant, s'adressant aux siens. Elle a mérité une punition, n'est-ce pas ?

— Jackson Morgan ! Lâchez-moi tout de suite ! ordonna-t-elle en riant.

Il la tenait si serrée contre lui qu'elle sentait ses mains frôler sa poitrine. Lorsqu'il déposa de petites claques sur ses fesses, elle sentit un brasier s'allumer en elle.

— Taylor, vous méritez une fessée...

— Non, non ! s'écria-t-elle dans son fou rire.

Comme il la lâchait, il plongea son regard dans le sien et ajouta :

— Rappelez-vous que vous l'avez bien cherché...

À ces mots, le passé la submergea, son cœur se mit à battre à coups redoublés, et elle leva les bras pour se protéger le visage. Par réflexe.

Or, Jack se penchait sur elle pour déposer un baiser sur son front.

Oh ! Seigneur... Un *baiser*... Sur son *front*.

C'était la punition.

Tous ses muscles se détendirent. La tension qui venait de pétrifier son corps fuit, aussi vite qu'elle était apparue.

Elle avait perdu la tête : il n'y avait aucune raison de redouter quoi que ce soit.

Décidément, certaines habitudes étaient difficiles à perdre.

7.

Taylor s'amusait. Énormément. Ce concert lui plaisait au moins autant que leur partie de frisbee sur la plage. Depuis que le groupe était monté sur scène, elle chantait à tue-tête, dansait, tournoyait sur elle-même.

Il s'agissait du groupe vedette du festival. La foule était si dense qu'il n'avait pas été possible de s'installer sur une couverture. Ils étaient debout, à une douzaine de mètres du podium, à se griser du son clair des guitares et de la voix du jeune chanteur.

Jack aimait la regarder, contempler son corps qui ondulait en rythme. Plus que tout, il adorait la voir enfin lâcher prise, se détendre, profiter de l'instant présent. Oui, il chérissait ces moments où son visage n'exprimait rien d'autre que le bien-être, la joie de vivre.

Pourtant, il n'oubliait pas cet instant terrible, sur la plage. Lorsqu'il avait croisé son regard terrifié, cette expression d'animal traqué… Son sourire s'était évanoui, il n'y avait plus de place pour une autre émotion que la peur.

Jack avait compris. Bon sang, son ex-mari avait à répondre de bien des choses ! Il comprenait mieux d'où venait cette réaction de la jeune femme. Ses manières farouches.

En tout cas, observa-t-il, pour l'heure, elle avait repris confiance. C'était exactement ce qu'il souhaitait obtenir : sa confiance. S'en montrer assez digne pour que plus jamais, *jamais*, elle n'ait la crainte, ne serait-ce que durant une fraction de seconde, qu'il puisse lui faire du mal.

Il avait envie d'elle. Depuis plusieurs jours le désir montait en lui, atteignant désormais un point de non-retour. Hélas, c'était impensable ici. Le reste de l'équipe médicale s'en rendrait compte tout de suite. Oh ! bien sûr il se fichait de ce que les autres pensaient, mais le fait que Taylor soit surprise au petit matin en train de sortir de sa tente, ou lui de la sienne… Non, cela donnerait à leur relation une connotation triviale. Il aurait le sentiment de dégrader ce qu'ils partageaient. D'abaisser Taylor au rang de l'une de ces aventures d'une nuit qu'il avait parfois dans un festival.

Justement, ce n'était pas le cas. Avec Taylor, c'était différent.

Elle était différente.

Il l'avait su dès l'instant où il avait contemplé son visage, sur la photo exposée chez Amy. Celle-ci n'avait pas manqué de lui avouer combien Taylor lui manquait depuis qu'elle s'était mariée, combien elle s'inquiétait pour elle, devinant que son amie ne vivait pas du tout le conte de fées qu'elle décrivait.

Apprenant que cette femme était mariée, Jack l'avait aussitôt chassée de ses pensées. Pourtant, son sourire, sur cette photo, avait refusé de quitter sa mémoire.

Le sourire qu'il retrouvait ce soir. Qu'il retrouvait de plus en plus, depuis qu'elle commençait à se détendre auprès de lui. Taylor ne ressemblait à personne et ce qu'il éprouvait en sa présence ne ressemblait à rien de familier non plus.

Aussi allait-il se contenter de l'instant présent. Comme résonnait l'introduction d'un morceau très connu du groupe, tous les spectateurs se mirent à bondir, et il prit la main de Taylor pour bondir avec elle, danser, chahuter et rire.

Plus elle souriait, plus il riait, et vice versa. C'était une soirée merveilleuse. Une nuit merveilleuse qu'il aurait voulu retenir pour qu'elle ne finisse pas.

Voilà, l'heure H avait sonné. C'était maintenant ou jamais. Comme ils étaient arrivés devant leurs tentes, Taylor se tourna vers l'homme qui avait pris tant d'importance dans sa vie en un temps record.

— Je ne veux pas que cette soirée s'achève, murmura-t-elle en plongeant son regard dans le sien. Pas encore.

Elle n'était pas très sûre de ce à quoi elle pouvait s'attendre de sa part : il restait immobile, silencieux. Il ferma les yeux.

— Jack… J'ai envie de toi, ajouta-t-elle.

Ses paupières se relevèrent lentement, révélant son regard tourmenté. Le doute s'insinua en elle.

— Je…

Elle s'interrompit, ne sachant ce qu'elle devait dire. Ne comprenant pas pourquoi il semblait si loin, tout à coup.

Il se pencha vers elle et posa son front contre le sien.

— Tu n'as aucune idée de ce que cela signifie pour moi de t'entendre dire ça, déclara-t-il.

Elle sentait, à la tonalité grave de sa voix, que c'était la vérité. Que son aveu le touchait.

— Mais je n'irai pas dans la tente avec toi, ajouta-t-il.

Taylor sentit son cœur chavirer. Pourquoi ? Était-elle si effroyable au jeu de la séduction ? Avait-elle commis une erreur impardonnable ? Aurait-elle dû se hisser sur la pointe des pieds pour l'embrasser avant de lui révéler combien il l'attirait ?

— Ne crois pas que je n'en ai pas envie, enchaîna-t-il d'une voix à peine audible. Parce que… je t'assure que oui. J'en brûle.

Elle n'en croyait pas ses oreilles.

— Alors pourquoi ? demanda-t-elle, désespérée. Cela n'a aucun sens !

Sa frustration était plus que perceptible, mais elle s'en fichait. Et même, c'était tant mieux : tant mieux s'il mesurait la déception qu'il lui causait.

— Parce que j'ai trop envie de toi, dit-il. Désolé si ça te semble étrange… C'est la vérité.

Il s'éloigna et ouvrit le zip de sa tente.

— Bonne nuit, Taylor. À demain, conclut-il.

Sidérée, elle le regarda lui tourner le dos, s'engouffrer chez lui et disparaître. *Quoi ?* C'était une plaisanterie ? Il comptait se coucher et dormir, sans autre forme de procès ? Sans lui fournir une explication valable ?

La marche à suivre la fit hésiter un instant. Une part d'elle éprouvait la furieuse envie d'ouvrir cette fermeture Éclair et de le rejoindre même sans invitation.

Après tout, que signifiaient les journées qu'ils venaient de passer ensemble ? Il refusait de coucher avec elle ? Le lendemain, ils ne commenceraient le service qu'à 16 heures. Où était le problème ?

Il avait peut-être fini par considérer qu'ils étaient faits pour être amis, et non amants. Hum… Non. Elle avait senti comment il posait les mains sur elle. Comment il l'embrassait. Comment il plongeait son regard bleu et confiant dans le sien. Jack avait envie d'elle, elle en était certaine.

Mais bon sang, dans ce cas, pourquoi venait-il de s'enfermer dans sa tente tout seul ? Était-ce une sorte d'acte de noblesse ? Un geste chevaleresque ? Pour la protéger de quoi ? De son propre désir ?

Elle jeta un coup d'œil derrière elle, sur sa tente. Elle n'avait pas envie d'être une petite chose vulnérable à traiter avec des pincettes. Elle ne voulait pas de sa noblesse. Elle voulait le sentir nu contre elle. En elle.

Se mordant la lèvre, elle se rappela qu'elle n'avait jamais été une séductrice. D'ailleurs, Neil, qui semblait ravi par son manque d'expérience au début, ne s'était pas privé par la suite de lui en faire le reproche. Elle ne savait pas s'y prendre pour donner du plaisir à un homme…

Mais elle refusait de se laisser plus longtemps intimider, rabaisser par ce que Neil lui avait dit par le passé. Il ne s'agissait pas de lui.

Il s'agissait d'elle. Du désir intense que Jack éveillait en elle. De la vie nouvelle qu'elle avait commencé à bâtir – une vie dans laquelle Taylor Hall s'assumait en tant que femme.

Dans un coin de sa tête, une petite voix lui demanda si elle aurait le courage d'obtenir ce qu'elle voulait. De s'en donner les moyens. C'était maintenant ou jamais. Préférait-elle en rester à sa timidité maladive ? Se préparer de longs regrets au lieu d'un merveilleux souvenir ?

Jack ôta son T-shirt, son pantalon, et s'allongea sur son matelas en s'efforçant d'ignorer la présence de Taylor de l'autre côté de la porte en toile. Car la jeune femme n'avait pas bougé. Il le savait.

Elle semblait tellement stupéfaite… Il n'avait pas été dans son intention de la blesser. Bien au contraire. Il refusait de donner à leur histoire l'apparence d'une simple aventure.

Il poussa un profond soupir. Dès le lendemain, il lui livrerait une explication plus satisfaisante. Il trouverait les mots justes. Ce soir, il n'avait pas su rép…

Non !

Était-il fou ? La fermeture de la tente était-elle en train de glisser ?

Oui. Et non, il n'était pas fou.

Le cœur battant, Jack se redressa sur les coudes et regarda la silhouette de Taylor se découper dans l'obscurité. Puis, comme si elle ne le voyait pas, elle se déshabilla. Complètement. Débardeur, soutien-gorge, short, slip.

Bon sang.

Sidéré, il la contempla. Quoi qu'il arrive, jusqu'à son dernier souffle, jamais il n'oublierait cette vision, songea-t-il.

— Taylor… Qu'est-ce que tu fais ?

Elle se retourna. La lune projetait juste assez de lumière pour qu'il discerne la rondeur de ses seins. La finesse de sa taille. Ses hanches généreuses, ses jambes longues – interminables, admirablement fuselées.

Sans répondre, elle s'approcha du lit, vint s'étendre et se serra contre lui.

Il était trop tard. Son cerveau pouvait bien mouliner, protester, il était trop tard. Vaincu, il cueillit le baiser qu'elle lui offrait et savoura la fraîcheur de ses lèvres.

Il avait tellement envie d'elle qu'il en avait mal.

D'abord tendre, leur baiser se fit plus passionné, et il entendit la jeune femme gémir dès qu'il posa les mains sur ses seins. Il traça des cercles brûlants autour de leurs aréoles, puis happa ses mamelons de la bouche, prolongeant le plus longtemps possible cette caresse, jusqu'à ce que Taylor se cambre sous lui… Il insinua alors une main entre ses cuisses, sur la peau si douce, si chaude, vers la moiteur ardente de son sexe. Elle bascula la tête en arrière et lâcha un cri dès qu'il inséra un doigt dans sa chair.

Il n'eut que le temps d'enfiler un préservatif. Elle arrimait un regard suppliant au sien, et il la pénétra d'un puissant coup de reins. Leur corps à corps fut enfiévré, fougueux.

Trempés de sueur, ils retombèrent l'un contre l'autre sur le matelas.

Mais Jack redoutait d'être trop lourd, et il roula près d'elle afin de la soulager de son poids.

— Oh non, reste…, murmura-t-elle. Laisse-moi profiter encore un peu de ton corps, avant que tu t'endormes.

Jack la considéra avec stupeur. Est-ce qu'elle se moquait de lui ? Est-ce qu'elle pensait sincèrement qu'il avait l'intention de dormir ? Alors qu'il venait de céder au désir lancinant qui le torturait depuis plusieurs jours ? Alors que, maintenant, il avait tout le temps d'explorer ce corps merveilleux, d'en exciter chaque parcelle, d'en découvrir les plaines et les vallées ? Il avait la ferme intention de connaître le goût de sa peau, la douceur de sa peau, les mystères de sa peau – de ses seins à ses cuisses, de sa nuque à sa taille, de son ventre à ses chevilles.

— Oh ! tu vas en profiter, promit-il en se penchant sur elle. Tant que tu en auras envie. Parce que sois certaine d'une chose : je n'ai pas sommeil, Taylor.

Jack n'aurait su dire à quelle heure Taylor avait quitté sa tente. Il se réveilla seul, nu, et dans un état infiniment plus délicieux que celui qu'il connaissait depuis plusieurs jours… Car son corps semblait enfin repu – provisoirement.

Il se leva du matelas gonflable, s'étira et tâcha de deviner l'heure à la température qui régnait sous la toile. L'après-midi avait commencé.

Prestement, il enfila des vêtements et sortit, jetant aussitôt un regard sur la tente de Taylor. Elle n'avait pas l'air de se trouver dans les environs.

— Je ne l'ai pas revue depuis ce matin. Il était tôt.

Passant une main dans ses cheveux, Jack se retourna et vit Duffy. Son vieil ami était assis dans un fauteuil, une canette dans la main, son portable dans l'autre.

— Ah ? Et quelle heure était-il, d'après toi ?

Duffy lui décocha un regard de défi.

— De quand parles-tu ? Du moment où elle s'est faufilée hors de ta tente pour rentrer dans la sienne, ou du moment où elle est partie prendre sa douche ?

Comme Jack lui retournait un regard impatienté, Duffy enchaîna :

— Ou plus tard ? De celui où elle est revenue, et où elle a pris ses affaires avant de fuir, plutôt que de bavarder avec moi ?

Il aurait fallu qu'il soit sourd pour ne pas sentir la lourde accusation qui pesait dans la voix de son ami. Jack prit la glacière et alla rejoindre Duffy.

Il s'assit près de lui, prit un jus d'orange et lui désigna le reste d'un geste explicite.

— Sers-toi, je t'en prie.

Duffy lui retourna l'expression scandalisée de quelqu'un qu'on tente de corrompre à bas prix.

— Tu vas faire du mal à cette fille, Jack ?

Bon sang, est-ce que *tout le monde* avait vu Taylor quitter sa tente à l'aube ? Ou bien n'y avait-il eu que Duffy ?

— Bien sûr que non. Et cela n'a jamais été mon intention, se défendit-il. Pourquoi dis-tu une chose pareille ?

— Elle te plaît, répliqua vivement son ami. Je le vois. Tu l'aimes bien…

Jack leva les yeux au ciel, avala une gorgée de jus d'orange et soupira :

— Oui. Je l'aime bien. Alors tu as raison, je vais probablement lui faire du mal.

Il tentait de prendre les choses à la légère, mais peu à peu, il comprenait que Duffy avait raison. Taylor n'avait pas eu de relation avec un homme depuis son divorce. Elle était vulnérable. Elle avait besoin d'être protégée – y compris de Jack.

— Remarque, elle pourrait me faire du mal, elle aussi, observa-t-il.

Duffy se mit à rire.

— Mais oui, c'est ça, railla-t-il.

— Oui ! Je ne vois pas ce qui te semble si étrange. On a vu des événements bien moins invraisemblables se produire.

Duffy lui décocha un coup d'œil sévère.

— Malheureusement non, dit-il. Justement. Il ne s'est jamais rien produit de tel depuis Courtney. Tu n'as jamais permis à quiconque de t'atteindre… Et donc de te blesser.

Jack commençait à détester le tour que prenait cette conversation, pour bien des raisons… Et Duffy le savait. Duffy le savait *mieux que personne*, puisqu'il tenait le premier rôle dans sa vie depuis des lustres.

N'était-ce pas grâce à lui qu'il était devenu médecin ?

8.

— Duffy, reprit Jack d'un ton ferme, nous avions un accord. Je refuse de parler de Courtney.

Son ami le considéra d'un œil torve et protesta :

— Je n'ai jamais rien dit de la sorte.

— Bon, nous n'en sommes peut-être pas convenus de manière formelle, mais c'était un accord tacite, insista Jack. Je croyais que tu l'avais compris.

— Oh ! je comprends beaucoup de choses, assura Duffy. Par exemple, je comprends que tu t'interdis toute relation véritable avec une femme, que tu ne les laisses jamais t'approcher, que tu restes soigneusement à distance… Et je m'inquiète de ce qui se passe avec la jeune Taylor.

— Tu es injuste. J'ai des proches, et je me soucie d'eux.

— Tu sais parfaitement que ce n'est pas ce dont je parlais, protesta son ami d'un ton las. Alors discutons un peu de Courtney, s'il te plaît. Ensuite, je te dirai ce que j'ai pensé quand j'ai surpris Taylor en train de sortir de ta tente.

Jack décocha un long regard à son vieil ami.

— Duffy, tu as bu autre chose que du soda, ce matin ? C'est ce qui te rend mélancolique, et tu as décidé de m'extorquer une confession complète pour satisfaire ton humeur ?

L'expression de son ami se durcit. Il le considéra d'un air cynique.

Oh ! bon sang !

Posant la canette vide, Jack se leva de son siège et déclara :

— J'en ai soupé de cette conversation. Du reste je ne sais toujours pas pourquoi nous l'avons entamée.

— À cause de ce que j'ai vu ce matin.

Exaspéré, Jack leva les bras au ciel.

— Quoi ? Taylor qui sortait de ma tente ? Eh bien ? La belle affaire ! Ce n'est pas la première fois que tu vois une femme sortir de ma tente au petit matin, et ce n'est certainement pas la dernière ! Tu n'as jamais éprouvé le besoin de m'infliger un commentaire, alors s'il te plaît, ne commence pas aujourd'hui, parce que ce que tu as vu n'avait *aucune signification particulière*, d'accord ?

Il n'avait jamais été dans l'intention de Taylor de surprendre la discussion entre Duffy et Jack, mais… elle n'avait pas pu faire autrement. Elle était trop près, et l'agitation de Jack l'avait intriguée.

Oh ! certes, elle ne savait pas comment il réagirait au lendemain de leur nuit, quelle serait son attitude, s'il était ravi ou embarrassé… Mais elle ne s'attendait certainement pas à ça. À retrouver un homme en colère, qui renvoyait ce qu'ils avaient partagé au rang d'un détail insignifiant.

Incapable de trouver le sommeil, elle avait entendu l'équipe de jour s'agiter aux alentours de 4 heures du matin. Dès que le campement était redevenu silencieux, elle s'était glissée hors de la tente de Jack pour retourner à la sienne. Elle n'avait pas repéré Duffy, même si, de toute évidence, à ce qu'elle venait d'entendre, lui l'avait vue.

Et dès qu'il l'avait avoué à Jack, elle s'était rendu compte qu'elle s'en moquait comme d'une guigne. Oui, c'était le cadet de ses soucis. Elle était adulte, elle n'avait pas honte de mener sa vie de femme, et les autres pouvaient en penser ce qu'ils voulaient. Rien ne lui ferait regretter la nuit qu'elle venait de vivre : elle avait connu plus de plaisir qu'elle ne l'imaginait possible… Par deux fois !

Alors il n'était pas question qu'elle laisse quelqu'un lui en faire honte, ou salir ces moments magiques. L'ancienne Taylor aurait peut-être rasé les murs… Pas la nouvelle.

Mieux : elle était ravie d'avoir pris l'initiative, ravie d'être entrée sous la tente de Jack malgré son attitude incompréhensible.

Oh ! elle n'était pas naïve. Elle ne se grisait pas de rêves irréalisables. Jack avait raison : une femme qui quittait furtivement sa tente à l'aube, au milieu d'un festival de musique… cela ne signifiait rien de spécial. Elle ne s'était pas bercée de l'espoir qu'il verrait les choses autrement.

Relevant le menton, elle passa devant eux pour retourner à sa concession.

Duffy et Jack échangèrent un regard entendu, puis ce dernier se précipita à sa rencontre.

— Tu as tout entendu, n'est-ce pas ? s'enquit-il, un pli d'inquiétude lui barrant le front. Oh… Pourquoi est-ce que je pose la question ? Évidemment, tu as tout entendu.

Elle ne put réprimer un sourire. En revanche, elle en dissimula l'amertume. De toutes ses forces, elle se contraignit à avoir l'air décontractée, tranquille, sereine.

— Entendu quoi ? demanda-t-elle en plantant une bise sur sa joue, comme s'il s'agissait du geste le plus naturel du monde.

Et comme si son cœur ne battait pas la chamade en cet instant. Comme si tout son corps n'était pas bouleversé.

Elle leva triomphalement les bras pour désigner les sacs qu'elle portait et ajouta :

— Tu ne devineras jamais quelles merveilles j'ai trouvées ce matin !

Duffy les avait rejoints. Il la considérait d'un regard perçant. Il savait. Il n'était pas dupe de son bluff. Et il avait froncé les sourcils à l'instant où elle claquait une bise ordinaire à Jack.

Pourquoi avait-elle fait cela ?

Soudain, la vérité la frappa avec une évidence fulgurante. Oh ! Seigneur. Elle venait de faire ce qu'elle avait toujours fait avec Neil. Prétendre que rien ne s'était passé. Faire comme si. Espérer que, si elle n'affrontait pas la réalité, il n'y aurait pas de scène. Et qu'elle échapperait ainsi à sa rage.

Déstabilisée, elle releva lentement la tête vers Jack. Que ressentait-elle ? Du bonheur ? Un sentiment de sécurité ? Oh non. Et ce qu'il lui avait inspiré depuis la veille, la confiance, avait également disparu. Ce qu'elle éprouvait, de façon entière, absolue c'était de la colère.

Une colère tout autant dirigée contre celui qui la traitait comme la première venue que contre elle, parce qu'elle renouait avec ses vieux réflexes lamentables.

Laissant soudain tomber les sacs à ses pieds, elle changea radicalement d'attitude et déclara :

— En fait, tu sais quoi ? Oui, j'ai entendu votre discussion. Et je saisis mal pourquoi ça te met dans un tel état. Tu as absolument raison : ça n'avait aucune signification particulière. Ni pour toi ni pour moi.

Bon, ce n'était pas exactement la vérité, mais ça faisait du bien !

— À aucun moment je n'ai imaginé qu'il y aurait une suite à cette nuit. Je n'en éprouve pas l'envie non plus. Alors qu'est-ce que ça peut faire, que j'aie entendu quelque chose que je savais déjà et que j'approuve à cent pour cent ?

Le visage de Jack se crispa de façon notable.

— Viens avec moi, plaida-t-il. Il faut qu'on parle.

— C'est ce que nous sommes en train de faire, rétorqua-t-elle, voyant du coin de l'œil que Duffy lui adressait des félicitations muettes.

— Pas ici. Tout le monde nous entend, objecta-t-il.

Elle fit mine de jeter un regard autour d'elle.

— S'il y a des gens dans le coin, je ne crois pas que notre conversation les passionne.

— Oh ! moi, si, assura Duffy.

— Toi ! s'exclama Jack en le menaçant de l'index. Toi…

— Quoi ? Tu sais que j'ai raison ! se défendit-il.

— Raison à propos de quoi ? explosa Jack.

Son ami désigna Taylor d'un regard insistant.

Jack passa une main dans ses cheveux et lâcha d'un ton las :

— Bon. Je crois que tu as raison.

Taylor n'avait pas l'intention d'en entendre davantage, et elle alla ranger ses affaires dans le coffre de sa voiture. Elle ne risquait pas d'être d'humeur à porter la robe et le maillot de bain qu'elle avait achetés dans une boutique de jeunes créateurs.

Ce qu'ils avaient partagé *ne signifiait rien de particulier*. Bah, elle l'avait toujours su. C'était une bluette. Une passade. Une aventure sans lendemain. Et c'était très bien comme ça. C'était ce qu'elle avait voulu aussi.

— Je suis désolé.

Taylor fronça les sourcils en voyant Jack venir vers elle. Moins de vingt minutes s'étaient écoulées depuis son retour. Son sang pulsait encore très vite dans ses veines. Elle venait de sortir de sa tente, un bon roman dans son sac, prête à aller trouver un coin tranquille, sous un arbre, avant le début du service du soir.

— Désolé de quoi ? demanda-t-elle sèchement.

— Mais tu le sais très bien, Taylor…

— Non. Cela n'a aucune importance, je t'assure.

— Si tu savais à quel point je regrette que tu aies entendu ça, insista-t-il.

Elle haussa les épaules.

— Tu ne devrais pas. L'un comme l'autre, nous savons que c'est la vérité.

Elle prit une inspiration pour enchaîner :

— N'essaie pas de le nier. Pour toi, je suis une simple aventure au cours d'un festival et pour moi, tu es la liaison de convalescence d'après le divorce. Comme je te l'ai déjà dit, il n'y a rien à regretter. Nous avons eu ce que nous voulions, toi et moi. Point final. Affaire classée.

Désignant la couverture qu'elle tenait pliée sur son avant-bras, il s'enquit :

— Je peux venir m'asseoir avec toi ?

Elle fit la grimace.

— Tu vas me voir durant tout le service, rappela-t-elle.

— J'ai besoin de te parler avant. De te dire que je suis désolé. Sincèrement. Dis-moi que je n'ai pas tout gâché… Est-ce que j'ai tout gâché, Taylor ?

— Gâcher quoi ? Nous avons partagé une nuit formidable. Maintenant, nous allons partir travailler et demain, je rentre dans le Kentucky. Fin de l'histoire.

— Je ne veux pas que ça finisse comme ça.

Oh ! Seigneur… Quand il lui jetait ce genre de regard, elle avait l'impression que tout son corps vibrait d'un séisme. Le bleu si pur, si intense, de ses yeux l'aspirait.

Elle aurait préféré que l'histoire ne finisse pas ainsi. Peut-être… qu'elle ne finisse pas du tout. Mais les jeux étaient faits depuis longtemps. Oh oui, dès son arrivée, elle avait su qu'ils ne pouvaient rien vivre d'autre que du provisoire.

Si elle restait, elle allait pleurer. Plutôt mourir.

— Les choses sont très bien ainsi, dit-elle avec un sourire forcé. Nous pourrons nous dire au revoir demain matin. À plus tard, Jack, je dois y aller.

Et sans lui laisser une chance de la retenir, elle se dirigea à grands pas vers l'oasis.

La tente des soins médicaux était en effervescence lorsque Taylor y fit son entrée à 15 h 30. Elle arrivait en avance de façon délibérée, et elle se hâta d'aller enfiler le T-shirt protocolaire.

Se concentrer sur son travail et sur les autres lui ferait du bien, songea-t-elle, avant l'arrivée de Jack.

Jack. Il s'en voulait tellement. Ne lui avait-il pas demandé pardon cinquante fois ? Elle était assez grande pour savoir que, parfois, on pouvait s'énerver en discutant avec un ami, et s'exprimer de façon peu conforme à sa pensée. Non, elle ne lui en voulait pas. Mais il avait raison : ils ne pouvaient rien partager d'autre qu'une aventure, elle et lui.

Une aventure dont elle lui serait éternellement reconnaissante. Il lui avait montré qu'il existait des hommes décontractés, faciles à vivre, de bonne composition, pleins d'attentions. Il lui avait prouvé qu'elle savait se laisser aller, vivre au gré de ses désirs, sans gêne, sans embarras. Et puis… Pour la première fois de sa vie, entre ses bras, elle s'était véritablement sentie comme une femme épanouie. Elle avait connu l'orgasme.

Grâce à Jack, elle se sentait métamorphosée en femme désirable et respectable. Elle n'était ni froide, ni insensible aux hommes, ni morte dans sa chair.

Tout au contraire, elle se découvrait pleine de vie, audacieuse, gourmande, prête à tout croquer à pleines dents.

Oui, cette nuit tellement érotique, tellement voluptueuse, avait débloqué quelque chose. Elle avait le sentiment d'avoir libéré ce que son mariage avait mis en cage durant de trop nombreuses années. Pas seulement son mariage. Sa vie de jeune fille soumise auprès de parents trop stricts avait également pesé de tout son poids. Or ce poids venait de disparaître. Jack l'avait rendue à cette part d'elle-même qui ne demandait qu'à s'envoler.

Alors même si la fin était abrupte, et amère… Même si elle sentait un déchirement dans son cœur, elle savait que Jack ne méritait qu'une chose : sa gratitude.

9.

— Alors ? Comment ça s'est passé entre vous deux ? Vous vous êtes bien entendus ? Ça a été le coup de foudre ?

Amy la bombardait de questions au téléphone, et Taylor ne put réprimer un sourire.

C'était le lundi soir. Taylor avait tout juste eu le temps de poser son sac de voyage chez elle, de prendre une douche et de s'allonger dans son canapé pour se détendre quelques minutes quand son portable s'était mis à sonner.

— J'ai demandé à Duffy si tout s'était bien passé, insista Amy, mais impossible d'obtenir une réponse claire. Et ni toi ni Jack n'avez répondu à mes textos…

Taylor s'éclaircit la gorge, mal à l'aise.

— Qu'est-ce que Duffy a dit ? s'enquit-elle, ne sachant comment interpréter le silence de Jack envers Amy.

Au petit matin, ils s'étaient quittés en bons termes. En aussi bons termes, du moins, qu'il était possible d'espérer après la façon dont ils avaient mis fin à leur relation. Une nouvelle fois, Jack s'était confondu en excuses, répétant qu'il regrettait ce qu'elle l'avait entendu dire à Duffy. Une certaine gêne s'était installée, mais… Taylor, elle, n'éprouvait aucun regret. Ni au sujet de leur aventure ni au sujet de leur rupture.

— Hormis que tout le monde t'a appréciée, et que tu as eu l'air de bien t'amuser pendant le festival, je n'ai eu droit à aucun détail, se plaignit son amie.

Comme elle réfléchissait à ce qu'elle allait pouvoir lui répondre, Amy reprit :

— La question, Taylor, c'est : qu'est-ce qu'il aurait *dû* me dire ?

Un jour, elle raconterait probablement tout à Amy. Elle lui ferait le récit détaillé de sa rencontre avec Jack. De leurs soirées. De la nuit merveilleuse qu'ils avaient passée ensemble. Mais pas maintenant. Pas tout de suite. Elle avait besoin de garder cela pour elle. D'en faire quelque chose de privé qui sortait de l'ordinaire.

— Eh bien, ce que Duffy aurait dû te faire comprendre, soupira-t-elle, c'est que, chaque fois que je me suis retrouvée à travailler avec eux, j'ai trouvé que lui et Jack étaient merveilleux. De grands professionnels, et d'excellents camarades. En plus, j'ai été très admirative de leurs talents de musiciens.

C'était la vérité, après tout, songea-t-elle, sans parvenir à réprimer une légère culpabilité.

— C'est tout ? demanda son amie d'une voix où perçait une profonde déception.

Taylor en eut un pincement au cœur.

— Si tu veux savoir si tes talents d'entremetteuse ont été couronnés de succès, Amy, la réponse est la suivante : je crois que mon histoire avec Neil m'a immunisée pour toujours. En tout cas en ce qui concerne les médecins. Tu sais que je ne veux plus entendre parler d'une relation personnelle avec un membre du corps médical… C'est comme ça.

— Oui, je le sais. Tu me l'as dit et répété cent fois. C'est juste que… avec Jack, je croyais que…

— Et Jack m'a appris que tu sortais avec son meilleur ami, reprit-elle, retournant le jeu de son amie contre elle. Tu ne m'as jamais rien raconté… Je veux que tu me dises tout !

Amy éclata de rire.

— D'accord, je l'ai mérité. Mais si je ne t'en ai pas parlé, c'est parce qu'il n'y a pas grand-chose à en dire.

— Ce n'est pas l'avis de Jack, riposta-t-elle. Il dit que vous êtes sortis ensemble plusieurs fois.

— Oui, c'est vrai, dit Amy. Greg me plaît énormément. Mais il habite à Nashville, autrement dit à plus d'une heure et demie de route de Warrenville. Les relations à longue distance, c'est très compliqué.

Une autre bonne raison d'avoir interrompu la liaison avec Jack, songea Taylor. Car même si elle venait de trouver le courrier officiel de l'hôpital dans sa boîte aux lettres… de toute façon, le temps de donner son préavis ici, à l'hôpital de Louisville, et d'arriver dans le Tennessee pour prendre son poste, Jack aurait pratiquement terminé son remplacement. Peut-être même serait-il reparti vers d'autres aventures – dans tous les sens du terme.

Taylor sentit son estomac se soulever douloureusement.

— À propos de longue distance, reprit Amy, comment s'est déroulé ton entretien à l'hôpital ?

— Ma foi… Tellement bien que j'ai déjà reçu la réponse par courrier, avoua-t-elle. Je suis prise, Amy ! Au service des urgences.

— Quoi ? cria son amie. Youpi ! Mais c'est génial ! Pourquoi tu ne me l'as pas dit tout de suite ?

Taylor se mit à rire.

— Comment aurais-je pu ? Tu voulais à tout prix connaître chaque détail de ma relation avec Jack.

— Oh ! excuse-moi de m'être montrée aussi insistante. Je me suis conduite comme un éléphant, j'aurais pu te témoigner un peu plus de délicatesse… C'est seulement que j'étais sûre, *absolument sûre*, que vous étiez faits pour vous entendre. Eh bien, je me suis trompée, voilà tout. Oublie Jack. J'ai tellement hâte que tu sois là, et que nous redevenions colocataires ! Je vais faire nettoyer l'autre chambre de fond en comble.

À la vérité, Taylor n'était pas moins excitée que son

amie. Elle ne demandait qu'à quitter Louisville et ses mauvais souvenirs pour entamer un nouveau chapitre avec Amy, dans un autre hôpital, auprès d'autres confrères.

— Il est grand temps que tu laisses derrière toi ta vie avec Neil, renchérit Amy, comme si elle avait lu dans ses pensées.

— Oh ! pour ça, tu n'as pas d'inquiétude à te faire ! assura Taylor. Il a été bien assez difficile de le faire sortir de ma vie. Maintenant, je ne laisserai plus jamais un homme, ni lui ni personne, me voler ma joie de vivre.

— Bravo ! Bien dit ! Je suis ravie que tu te sois reprise en main avec tant d'enthousiasme.

N'était-ce pas un peu grâce à Jack ? Oui, évidemment. Elle ne l'oubliait pas.

— Oh ! ça va être formidable, quand tu seras là ! On va bien s'amuser, toutes les deux. Et puis tu vas avoir véritablement l'occasion de mieux connaître Jack !

— Amy, s'il te plaît, arrête, maintenant ! Jack est très sympathique, je te remercie de l'avoir prié de jouer les baby-sitters parce que j'ai vu d'excellents concerts avec lui… Et maintenant, ta mission est terminée. Trouves-en une autre.

— Bon, j'ai compris, répondit Amy en riant. Message reçu. Sache seulement que c'est un ami et qu'il sera encore en poste en tant que médecin chef quand tu arriveras.

Taylor ne l'avait pas oublié. Et cela ne changeait en rien ses sentiments. Elle était impatiente de commencer sa nouvelle vie à Warrenville !

Si Jack voyait d'un mauvais œil qu'elle se trouve tout près, eh bien… tant pis pour lui.

Il repartirait vers ses festivals, et elle ne le verrait plus, songea-t-elle, vaguement contrariée par le tour que prenaient ses pensées.

*
* *

— Taylor fait sa journée d'apprentissage aujourd'hui ! C'est génial, non ?

Jack s'interdit de lever les yeux du compte rendu qu'il finissait de rédiger. Depuis quatre semaines, Amy ne parlait pratiquement de rien d'autre que de l'arrivée de son amie. Son excitation semblait neuve, intacte, à chaque journée qu'ils partageaient – c'est-à-dire cinq jours par semaine, puisqu'ils officiaient dans le même service. Et le week-end, lorsqu'ils se retrouvaient avec une bonne partie de leur petite bande.

Formidable, se dit-il avec ironie.

Pourtant, il le pensait. Lui aussi avait hâte de revoir Taylor. Ils n'avaient même pas échangé leurs numéros de téléphone, ne s'étaient plus reparlé depuis la fin du festival Rockin' Tyme.

Pour sa part, il lui restait deux mois à effectuer à l'hôpital de Warrenville. Deux mois forcément bouleversés par la présence de la belle blonde qui hantait régulièrement ses nuits depuis leur séparation trop abrupte.

Taylor était belle, oui, très belle. Sexy. Et il avait passé avec elle des moments merveilleux. Si seulement elle n'avait pas surpris sa stupide conversation avec Duffy, Jack n'aurait probablement éprouvé aucun regret.

Car Duffy avait raison. Taylor méritait mieux qu'une petite bluette pendant un festival, or Jack n'était pas le genre d'homme en mesure de lui offrir mieux. Il n'en demeurait pas moins persuadé que leur nuit avait été exceptionnelle.

Jamais il n'avait éprouvé autant de plaisir avec une femme, et il avait eu l'intuition que Taylor avait ressenti la même chose que lui.

Depuis un certain temps, il se demandait pourquoi elle n'avait pas dit à Amy qu'ils avaient passé une nuit ensemble. Avait-elle honte ? C'était pourtant lui qui avait quelque chose à se reprocher.

Dire qu'il avait d'abord refusé que Taylor vienne dans sa tente dans l'intention de la protéger… Quel échec ! Les mots cruels qu'il avait prononcés se révélaient bien pires. Des mots adressés à un homme qui le connaissait mieux que n'importe qui, et qui savait quelle valeur leur accorder… Mais Taylor, elle, n'en savait rien.

Il se rappela comment Duffy lui avait renvoyé son histoire avec Courtney en plein visage, sachant pertinemment que cela revenait à retourner le couteau dans la plaie. S'il voulait se montrer honnête, il devait admettre que, depuis Courtney, il n'avait plus éprouvé le même plaisir à se trouver en compagnie d'une femme – jusqu'à sa rencontre avec Taylor.

Car avant… Non, aucune de celles qu'il avait connues n'avait été près de rivaliser avec ce qu'ils partageaient, Courtney et lui. Courtney était son âme sœur, lorsqu'il avait dix-sept ans.

Elle avait été la première femme dans sa vie, lui le dernier homme de la sienne.

Malgré lui, il sentit un voile se former devant ses yeux, et il prit une longue inspiration pour chasser les souvenirs.

Il n'était qu'un type de passage traînant un passé douloureux. Bientôt, il se trouverait loin de Warrenville. Et Taylor avait bien assez souffert, de son côté. Quoi qu'il fasse, il ne ferait qu'augmenter son malheur. Il avait vu sa confiance s'épanouir comme une fleur s'ouvrant sous le soleil, au fil des jours, et il avait tout gâché en quelques secondes, par les paroles acerbes qu'il avait prononcées.

Le seul apaisement qu'il trouvait en se remémorant cet épisode, c'était la réaction de Taylor. Elle avait gardé la tête haute. Elle avait eu du cran.

Levant la tête de ses papiers, il comprit qu'Amy attendait

toujours une réaction de sa part. Elle le dévisageait avec perplexité.

— Tu as entendu ce que j'ai dit, Jack ? demanda-t-elle.

Les mains sur les hanches, elle fronçait les sourcils, le dévisageant d'une façon qu'elle réservait, d'ordinaire, aux patients récalcitrants.

Il fut sauvé par l'arrivée d'une patiente qui aurait dû rester alitée, mais qu'il avait promis de venir voir dès que possible. Sans hésiter, il passa devant Amy et reconduisit la malade dans sa chambre.

Le lundi matin, Taylor pénétra dans le hall d'accueil de l'hôpital de Warrenville afin d'y effectuer sa journée d'initiation.

Un mois s'était écoulé depuis le festival Rockin' Tyme. Cela lui avait laissé le temps d'empaqueter ses affaires, de donner ce qu'elle ne gardait pas à des associations caritatives, de quitter son appartement et de venir s'installer dans le Tennessee avec sa meilleure amie.

Les démarches avaient été faciles et rapides, car elle n'avait conservé que le strict nécessaire, l'appartement d'Amy étant déjà complètement meublé.

Au cours de cette première journée de travail, elle ferait connaissance avec chaque membre de l'équipe, on lui apprendrait le protocole en vigueur dans l'établissement, elle visiterait les chambres individuelles, les dortoirs, les salles d'attente, les cabinets de consultation, elle serait informée de toutes les dispositions requises par la pharmacie... Bref, elle devrait mémoriser une foule d'informations.

Depuis qu'elle avait obtenu son diplôme, elle avait toujours exercé en soins intensifs, même s'il lui était arrivé de donner ponctuellement un coup de main aux urgences. Elle ne redoutait pas cette nouvelle affectation, et n'oubliait jamais qu'elle était une bonne infirmière.

Ses patients ne manquaient pas de la complimenter sur la douceur de ses gestes et la rigueur de son travail.

La seule chose qui l'inquiétait, c'était… Jack.

Comment prenait-il le fait qu'elle habite à Warrenville et qu'elle travaille avec lui ? Combien de temps comptait-il lui-même rester ici ? Quelques mois, pas davantage, c'était certain. Elle se rassurait en se répétant que cela passerait vite.

Mais lorsque la journée entière s'écoula sans qu'elle l'eût croisé ni aperçu nulle part, elle comprit qu'il ne quittait pas pour autant son esprit.

Le soir, dans son lit, elle ne put s'empêcher de penser encore à lui. Pourquoi ? Au fond d'elle-même, une petite voix lui souffla ce qu'elle refusait d'admettre : elle était déçue.

Le lendemain matin, Taylor ne s'attendait pas à tomber nez à nez avec Jack au moment de son entrée au service des urgences.

— Jack ! s'exclama-t-elle en évitant de justesse de le percuter.

Un séisme se fit en elle lorsqu'elle se retrouva face à l'intense regard bleu du médecin aux cheveux rebelles. Une longue mèche blonde tombait sur son front bronzé. Et son sourire lui fit chavirer le cœur.

Oh non. Bon sang. C'était exactement comme le jour où elle l'avait vu pour la première fois. Des étoiles dansaient sous sa peau, elle était irradiée d'une douce chaleur, et sa chair semblait s'éveiller d'un long sommeil…

— Désolée, je ne regardais pas où j'allais, reprit-elle.

— Bonjour, Taylor.

Sa voix. Sa voix aussi faisait naître une myriade de frissons le long de sa nuque. Leurs étreintes lui revinrent en mémoire. Elle se rappela son corps nu et puissant, leur va-et-vient lancinant, le baiser torride qu'ils avaient échangé dans la jouissance.

Il fallait qu'elle se reprenne… Tout de suite ! *Calme-toi, Taylor*, s'enjoignit-elle.

— J'ai appris que tu avais commencé ton service à l'hôpital, lança-t-il.

Elle s'efforça d'afficher un sourire à la fois chaleureux et professionnel.

— Oui, Amy a dû se montrer un peu bavarde, je suppose.

Désarçonnée elle-même par sa réaction, elle se rendait compte qu'elle ne s'était pas du tout préparée à ces retrouvailles. Elle se sentait brûlante de désir, atrocement mal à l'aise, et si cela avait été possible, elle serait volontiers allée se verser un seau d'eau froide sur la tête avant de poursuivre cette conversation.

— Juste pour ton information, je tiens à ce que tu saches que j'avais postulé ici avant de te connaître. Enfin, avant de venir au festival.

Elle déglutit, ignora la nouvelle bouffée de chaleur qui s'emparait d'elle et enchaîna d'un ton empressé :

— Donc, tu vois : ma présence ici n'a rien à voir avec toi. Enfin, avec ce qui s'est passé. Au festival.

Il sourit et répondit tranquillement :

— Je comprends.

Vraiment ? Elle l'espérait.

— Ah, merci. Tant mieux. Parce que, euh… même si je suis contente de te voir, et ça me fait plaisir, vraiment, je ne voulais pas que tu t'imagines, enfin, euh… que tu croies que je suis venue ici à cause de toi. Ce n'est pas le cas.

Elle se mit à rire nerveusement. Seigneur, elle se ridiculisait. Il aurait mieux valu ne rien dire du tout ! Mais elle était comme possédée par un démon stupide qui lui faisait débiter des propos sans queue ni tête, et elle poursuivit :

— Parce que, bon, euh… dans ces circonstances, il aurait mieux valu que nous ne tombions plus l'un sur l'autre. Mais ce n'est pas grave : tu vas partir bientôt, n'est-ce pas ?

10.

Jack fixait avec intensité la jeune femme qui le hantait depuis quatre longues semaines.

Non, depuis plus longtemps que ça. Depuis qu'il l'avait vue en photo chez Amy. Était-ce une sorte de prémonition ?

Elle lui avait manqué. Atrocement manqué. C'était fou. Ils n'avaient pas passé plus de quelques jours ensemble, et elle s'était gravée en lui de façon indélébile. Malgré cette rupture catastrophique. Malgré des adieux embarrassés.

Ils devaient travailler ensemble durant deux mois. Alors qu'il ne regrettait rien, d'après ce qu'elle venait de lui dire, elle était au comble du malaise – elle aurait préféré ne jamais le connaître, ne jamais le revoir.

Eh bien, elle avait de la chance. Il ne s'attardait jamais nulle part. Depuis ses études de médecine, jamais il n'était resté aussi longtemps dans une ville, et très vite, il serait ailleurs, aux quatre coins du pays.

L'idée de reprendre la route le galvanisait. Il aimait les départs. Son prochain festival aurait lieu à Daytona Beach, en Floride. Il adorait la vie qu'il menait, mais… il aimait nettement moins que Taylor lui fasse comprendre combien elle avait hâte de le voir partir.

Non, en fait, cela ne lui plaisait pas du tout.

— Eh bien, c'était une joie de te revoir, conclut-il en riant, tandis qu'une profonde mélancolie montait en lui.

— Oh ! non, je ne voulais pas dire que… Excuse-moi,

Jack, je suis si maladroite ! Sincèrement, je suis ravie de te revoir. Mais c'est ma première vraie journée… Je ne veux pas être en retard. À tout à l'heure.

Ses grands yeux couleur miel trahissant une certaine panique, elle ne lui laissa pas une chance de répliquer et disparut au fond du couloir.

— J'espère que ça ne te dérange pas, mais nous avons de la compagnie pour le dîner.

Avant même qu'Amy ait fini sa phrase, Taylor avait compris, au son de sa voix, qui son amie dissimulait sous le terme de « compagnie ».

Impuissante, au milieu du salon, elle les regarda entrer.

Oh non. Oh non, non !

Intérieurement, elle se traita de tous les noms. Si elle ne révélait pas très vite ce qui s'était passé entre elle et Jack, ce genre de séance risquait de se reproduire à un rythme effrayant.

— Comme je t'ai vue rapporter des courses hier soir, je savais que tu nous préparais un bon dîner, ajouta son amie, les yeux brillant de malice. Et comme j'ai croisé Jack, je l'ai invité à se joindre à nous ! Je lui ai dit que tu étais un véritable cordon-bleu !

Taylor s'efforça de ne pas trahir sa gêne. Amy était repartie dans sa croisade, en tant que marieuse obsessionnelle. Ce soir elle était piégée.

Elle sourit à Jack et les invita à s'asseoir.

— C'est délicieux, commenta Jack un moment plus tard, alors qu'ils entamaient le plat de résistance.

Taylor avait honte. Amy n'avait cessé de s'extasier sur ses talents aux fourneaux alors qu'elle était, tout au plus, une médiocre cuisinière. En revanche, ayant eu l'occasion de savourer les petits déjeuners de Jack, elle savait qu'il était très doué. Décidément, son amie n'arrangeait pas la situation.

— Merci, répondit-elle en se forçant à sourire.

— Alors, Jack, reprit Amy du même ton surexcité qu'elle adoptait depuis le début de la soirée, telle une animatrice de téléachat vantant ses produits. Dis-moi ! Quel a été ton concert préféré cette année, à Rockin' Tyme ?

Il donna le nom du groupe qui jouait lorsqu'ils avaient échangé leur premier baiser, et Taylor rougit jusqu'aux oreilles.

— Mais les Sax Twenties étaient excellents aussi, ajouta-t-il.

C'était à leur concert qu'ils avaient dansé comme des fous, se rappela-t-elle, de plus en plus troublée par les souvenirs qui la submergeaient. Elle était également effarée par l'entêtement de son amie : ce n'était pas la première fois qu'elle bombardait Jack de questions au sujet du festival. De même qu'elle l'avait fait avec elle. Oui, si elle voulait exorciser Amy de son démon, il allait falloir qu'elle lui raconte… *absolument tout*.

— Je regrette tant d'avoir manqué tout ça, soupira Amy, couvant tour à tour Jack et Taylor de regards appuyés.

— Tu te rattraperas l'année prochaine, répliqua Jack en haussant les épaules. Et toi, Taylor ? Tu vas te réinscrire ?

Toujours aussi mal à l'aise, elle fit mine de réfléchir.

— Je ne sais pas, dit-elle avec franchise. Mais j'en doute. Je risque d'être occupée.

— Ah bon ? Avec quoi ? s'enquit Amy en fronçant les sourcils.

— On ne sait jamais ce que la vie nous réserve, remarqua-t-elle évasivement. Tu vois, tu comptais venir cette année, et finalement, cela n'a pas été possible…

— À propos, Amy, intervint Jack, comment va ta grand-mère ? Sa convalescence se passe bien ?

Amy secoua tristement la tête.

— Si j'en crois ma mère, oui, mais ce n'est pas ainsi que mamie voit les choses. Elle est immobilisée, alors elle s'ennuie. Je vais justement aller lui rendre visite le week-end prochain.

— Vraiment ? dit Taylor, déçue. Tu ne seras pas là durant le week-end ?

— Désolée. J'ai dû prendre cette décision cet après-midi. Mais ne t'inquiète pas : Jack connaît bien Warrenville, il va te faire découvrir tout ce qu'il faut connaître ici. N'est-ce pas, Jack ?

Taylor considéra le visage tendu de Jack. De toute évidence, il se sentait aussi piégé qu'elle. Amy avait dû le traîner à ce dîner quasiment de force, et il était en train de chercher un moyen diplomatique de contourner la ruse de leur infernale amie.

— J'en serais enchanté, dit-il. Mais seulement si Taylor en a le temps, et si l'idée la tente.

— C'est toi qui as fait ça, n'est-ce pas ? demanda Jack en promenant ses doigts sur les lignes fluides de la sculpture.

Même si Taylor avait assez aimé cette œuvre pour l'offrir à son amie, elle n'était pas très sûre d'elle concernant ses talents d'artiste, et elle détourna les yeux en acquiesçant.

— Tu n'as même pas besoin de me le confirmer, enchaîna-t-il. Je sais que c'est toi qui l'as fait. Elle est magnifique.

— Elle ? s'étonna-t-elle.

— Bien sûr. C'est une femme. Une femme qui danse sur l'eau.

Sidérée, Taylor resta un instant bouche bée. La plupart des gens devinaient, au mieux, une vague silhouette, car ses lignes étaient très symboliques, à la limite du figuratif. La perspicacité de Jack n'en était que plus stupéfiante.

— Je… Je suis très impressionnée que tu parviennes à voir cela, avoua-t-elle.

Il sourit et ajouta :

— C'est toi.

La gorge sèche, elle sentit l'émotion monter en elle. Elle en avait presque les larmes aux yeux. Jack la perçait à jour avec une telle rapidité qu'elle en était… bousculée.

— Oui, c'est moi qui ai fait cette statuette, dit-elle très bas, après s'être éclairci la gorge.

— Non, ce n'est pas ce que je voulais dire.

Même si son cœur s'était emballé dans sa poitrine, Taylor trouva la force de lui sourire.

— Parfois, je pensais que c'était moi, admit-elle. Que ce serait moi, un jour, qui marcherais sur l'eau, si je parvenais à me libérer. Mais…

Elle émit un petit rire triste avant de conclure :

— Je crois qu'en fait, la plupart du temps, je me situe quelque part entre perdre pied et sortir la tête de l'eau.

— J'aimerais beaucoup voir tes autres œuvres, dit-il.

— Pourquoi ?

Il haussa les sourcils.

— Parce que tu es douée et que je suis curieux de connaître ton univers artistique.

— Mais je… Je n'ai pas sculpté beaucoup d'autres pièces, mentit-elle.

Elle ne les montrait pas. C'était trop personnel. Intime, même. Il fallait absolument qu'elle se trouve un studio où travailler – cela figurait sur sa liste de démarches à entreprendre cet automne.

— Tu sais, soupira-t-elle, je ne pense pas avoir véritablement réussi à créer quelque chose d'artistique. Pour le moment, je me contente de projeter dans l'argile ce qui me semble verrouillé au plus profond de moi.

— Tu as beaucoup de talent, déclara-t-il.

Il y avait un tel accent de sincérité dans sa voix qu'elle en était très secouée.

— Tu vois, Taylor ? Je te l'avais bien dit ! renchérit Amy en les rejoignant dans le salon. Je ne suis pas la seule à te trouver fabuleuse.

Elle sentit ses joues s'enflammer.

— Merci, Jack, dit-elle lentement.

Il lui sourit, d'un sourire si tendre, avec son regard bleu qui étincelait de mille éclats – et elle eut l'impression de se sentir attirée dans ses bras, dans une aura de bienveillance et de protection.

Soudain, elle vit que leur amie affichait le sourire d'un chat venant de gober un canari. Oh ! Seigneur…

Oui, elle aimait la compagnie de Jack. Oui, il existait entre eux une forme de complicité rare et précieuse, mais… elle s'était installée dans le Tennessee pour entamer une nouvelle vie, pour repartir de zéro. Elle ne voulait pas fréquenter un médecin – encore moins se retrouver à fréquenter un médecin qui devrait partir au loin, incessamment.

Si les circonstances avaient été différentes, peut-être que Jack et elle… Mais c'était exclu. Aucun homme ne viendrait briser l'élan qu'elle avait pris vers une existence heureuse et libre.

Le jeudi, Amy avait exigé que Taylor l'accompagne pour un apéritif entre amis dans l'un des bars les plus appréciés de la ville. Ils étaient neuf mais – comme de bien entendu – Amy se débrouilla pour faire asseoir Taylor face à Jack, en bout de table.

— Une citronnade sans sucre, commanda Taylor lorsque la serveuse s'arrêta devant elle.

— Oh ! Taylor, allez, amuse-toi un peu ! s'écria Amy.

Taylor lui répondit par un regard assassin, et Jack s'esclaffa et lui dit :

— C'est à cause de moi ? Tu as peur de perdre tes moyens en ma présence, si tu bois de l'alcool ?

Amusée par cette question, elle répliqua d'un ton taquin :

— Je devrais avoir peur ?

— Non… Sauf si tu m'en veux toujours à cause de ce que j'ai dit à Duffy.

Elle secoua la tête.

— Dans ce cas, reprit-il, rien ne s'oppose à ce que nous soyons amis ?

— *Amis ?* répéta-t-elle.

Il lui fallut quelques instants pour digérer ce mot. Jack voulait qu'ils deviennent… amis ?

— C'est ce que tu espères de ma part ? s'enquit-elle en plantant son regard dans le sien. De l'amitié ?

Soutenant son regard, il parut douter.

— Jusqu'à ce que nous nous retrouvions à l'hôpital, en début de semaine, je croyais que nous étions amis, admit-il. Maintenant, je ne sais plus.

— Oui, assura-t-elle en lui souriant avec chaleur. Tu as mon amitié. Tu l'as toujours eue.

Au fond d'elle, elle savait que c'était vrai. Que la première chose qui s'était nouée entre elle et Jack, c'était une entente pleine de bienveillance réciproque. Quelque chose qu'ils ne perdraient jamais, quoi qu'il advienne.

— Dis-moi, quel est le prochain festival où tu comptes te rendre ? s'enquit-elle.

— Je ne dois me rendre nulle part avant la fin de mon remplacement ici, mais dès que je quitterai Warrenville, il y aura Daytona Beach, en Floride. Un petit festival de musique country. Très confidentiel mais de grande qualité.

— Vraiment ? Tu aimes la country ? s'étonna-t-elle.

— C'est une musique très riche. Dans le Sud, en général, on s'initie assez jeune. Tu connais le bluegrass ? C'est une branche de la country. J'en joue un peu.

— Je ne savais pas…

— Il y a beaucoup de choses que tu ignores à mon sujet, observa-t-il en souriant.

— Et deux ou trois choses que je sais déjà quand même, dit-elle avant de lui tirer la langue.

À l'autre bout de la table, Amy les couvait d'un regard empreint de fierté, telle une poule admirant ses poussins.

Taylor choisit de l'ignorer et s'enquit avec curiosité :

— Alors qu'est-ce que tu préfères ? Le bluegrass ou le rock ?

— Je ne raisonne pas dans ces termes. J'écoute aussi beaucoup de blues. Certains artistes s'en tiennent toujours à un registre sans s'aventurer vers les autres, mais malgré eux, la musique se métisse. Le blues et le bluegrass se retrouvent dans le rock. La country nourrit la pop… Quand nous avons dansé, la première fois, eh bien, il s'agissait d'un rock, mais le rythme s'apparentait à de la…

— Tu as dansé, Taylor ? intervint Amy en ouvrant des yeux ronds.

Fière d'elle, Taylor leva le menton et acquiesça avant de rappeler d'un ton crâne :

— Je t'ai dit cent fois que je m'étais bien amusée, mais tu refuses de me croire.

— Toi ? Tu as dansé ?

— Oui, dit-elle en riant. Qu'est-ce qui te paraît si incroyable ?

— Je ne sais pas. Prouve-le !

Taylor se mordit la lèvre. Elle était mise au pied du mur. Repoussant sa chaise, Jack se leva et lui tendit la main en disant :

— Viens, Taylor. Prouvons à cette éternelle sceptique ce que je sais déjà.

— C'est-à-dire ? s'enquit-elle, inquiète.

— Que tu sais t'amuser.

11.

C'était tellement bon de la sentir à nouveau contre lui… Jack ferma les yeux pour savourer ce moment.

— Nous sommes les seuls à danser, observa Taylor à son oreille. Tout le monde nous regarde.

— Eh bien, laisse-les s'émerveiller. Nous sommes peut-être de fabuleux danseurs promis à une carrière internationale. Ils ont besoin d'un spectacle extraordinaire pour entamer leur week-end.

Elle se mit à rire, et il songea que cela aussi lui avait manqué. Le rire de Taylor.

— Il ne faudrait pas qu'ils s'y habituent, dit-elle d'un ton amusé. Tu vas repartir d'ici deux mois. Deux mois, c'est bien cela ?

Il plongea son regard dans le sien. Discernait-il une pointe de tristesse ? D'angoisse ?

— Concentre-toi sur l'instant présent, conseilla-t-il. Et cesse de te préoccuper de ce qu'ils pensent. On s'en fiche.

— Je me fiche de ce qu'ils pensent tous, sauf… Amy.

— Amy nous a elle-même sommés de danser, rappela-t-il. C'est un ordre. Nous obéissons. Elle est contente.

— Tu crois ?

Il lui retourna un regard moqueur.

— Tu plaisantes ?

— Oui, soupira-t-elle. Je sais… Elle n'est pas très subtile. Et je voulais te dire que je suis navrée qu'elle t'ait traîné de force à la maison, l'autre soir. J'ai bien senti que tu étais aussi gêné que moi.

— Je ne sais pas, avoua-t-il. Elle m'a forcé la main, mais j'avais envie de te voir. Oui, c'était un peu embarrassant.

Elle sentait bon. Il n'avait pas oublié son parfum. Ce zeste de vanille dans des effluves épicés qui lui donnaient envie de s'enivrer. De la respirer jusqu'à ne plus rien sentir d'autre.

— Tu m'as manqué, Taylor, chuchota-t-il.

Elle lui lança un regard intimidé et s'enquit doucement :

— Comment ai-je pu te manquer ? Nous ne nous sommes vus que pendant cinq jours.

— Cinq jours merveilleux qui ont pris fin trop tôt.

— Trop tôt… D'après toi, que serait-il arrivé d'autre le lundi matin ? demanda-t-elle. Tu aurais préféré que nous nous retrouvions de temps à autre, jusqu'à ce que la complicité sexuelle s'érode ?

— Pourquoi se serait-elle érodée ?

— Oh, Jack… Sois sérieux, s'il te plaît.

— Je suis sérieux, Taylor. Il y a plus d'un mois, et je n'ai pas du tout l'impression que l'attirance physique soit moins forte. Je crois qu'elle a même gagné en intensité, si c'est possible.

— Tu… Tu crois vraiment ? balbutia-t-elle.

Il l'attira plus étroitement contre lui. Ils dansaient une sorte de slow. Il la sentait à nouveau vulnérable, sensible.

— Je n'aime pas cette tension entre nous, dit-il. Je ne sais pas si ça vient de ce que j'ai dit à Duffy ou de la façon dont Amy veut absolument nous précipiter l'un vers l'autre, mais il faut que tu saches une chose, Taylor. J'ai toujours envie de toi. Ce désir est là depuis le tout début, et il n'a pas varié. Il est loin de s'éroder. En ce qui me concerne.

Elle parut décontenancée par sa franchise.

— Si tu me désirais, pourquoi as-tu refusé de me

laisser entrer dans ta tente, ce soir-là ? demanda-t-elle. Pourquoi n'as-tu jamais essayé de venir dans la mienne ?

Il la considéra avec attention. Il avait mérité d'entendre cette question, et elle méritait une réponse. Une vraie.

— Parce que je voulais te protéger, Taylor. J'avais peur que tu ne sois pas prête. Peur que tu ailles trop vite et que tu sois ensuite bourrelée de remords. Malheureusement, c'est arrivé quand même, entièrement par ma faute. Parce que Duffy m'a mis en colère et que je me suis emporté…

Elle secoua lentement la tête.

— Pourquoi tout cela aurait-il encore la moindre importance, maintenant ?

— En dehors du fait que nous sommes face à face toute la journée, devant des cas d'urgence ? demanda-t-il.

— Oui, admit-elle. C'est vrai. Il est important que nous soyons à l'aise l'un avec l'autre.

— Mais il y a plus important, observa-t-il. Je n'étais pas prêt à voir notre relation prendre fin, et je suis sûr que tu ne l'étais pas non plus.

— Elle a pris fin une nuit trop tôt, rien de plus.

Jack n'avait jamais été mal à l'aise pour parler aux femmes. En général, il avait le sentiment de s'exprimer aisément. Mais c'était plus compliqué avec Taylor. Il ne savait pas comment être fidèle à ses sentiments, comment lui avouer ce qu'il voulait.

— Je crois que tu n'as pas saisi ce que je cherchais à te dire, insista-t-il. Je n'ai jamais voulu que notre relation s'achève en même temps que le festival. C'est pour cela, Taylor, que je ne t'ai pas invitée dans ma tente. Parce que tu représentais infiniment plus qu'une nouvelle rencontre. J'ai essayé de te le faire comprendre, du mieux que j'ai pu, au cours de ces quelques jours. De te démontrer que tu occupais une place à part. J'ai pensé que si nous couchions ensemble je ne parviendrais jamais à te convaincre de ce que je souhaitais : une relation.

— Je voulais que tu viennes dans ma tente, dit-elle.

— J'avais besoin que les choses se déroulent bien.

Un ancien rockabilly passait sur le juke-box de l'établissement, et ils s'étaient mis à danser sur un tempo plus vif.

— Bien ? lâcha-t-elle. Le bien de qui, Jack ? Le tien ou le mien ? Le bien des autres, peut-être ? Qu'est-ce qui te permet d'affirmer que ta façon de voir les choses était la bonne, qu'il n'y avait qu'un modèle à suivre ? Est-ce que je t'ai dit que j'avais envie d'une relation, moi ? Et si j'avais juste envie d'une aventure sans lendemain, d'une nuit de sexe et rien de plus ? Je n'avais pas le droit d'avoir envie qu'on se quitte le lundi matin ?

Il la fit tournoyer et songea qu'elle n'avait pas tort. Pourtant… Il n'avait pas souhaité une relation sans fin. Son séjour à Warrenville était provisoire et, à ce moment, Taylor vivait dans le Kentucky. Il pensait qu'ils auraient pu se retrouver durant le week-end, pendant quelques mois. Parce qu'ils appréciaient la compagnie l'un de l'autre.

Se montrait-il égoïste, en souhaitant prolonger quelque chose qui, de toute façon, devait finir après quelques mois ?

Bah, de toute façon, elle se gardait bien de prétendre qu'elle avait désiré davantage.

— Et toi, Taylor ? demanda-t-il en la considérant avec perplexité. Qu'est-ce que tu espères ? Une simple amitié ? Je respecterai ta décision, si c'est le cas, même si j'aurais préféré plus…

Sans ciller, elle le regarda droit dans les yeux et s'enquit :

— Plus ? C'est-à-dire ?

— Ma foi… Je suis encore ici pour deux mois.

— Et après ?

Il soupira.

— Au-delà de ces deux mois, ce ne serait pas facile. Je voyage vraiment beaucoup. Quelle que soit notre relation… elle devrait s'achever avec mon départ.

Comme il avait appris certains mouvements très audacieux du rockabilly, il la fit tourner, basculer dans ses bras, et l'invita à se montrer elle aussi plus confiante dans ses mouvements. Elle finit par exécuter des entrechats complexes à côté de lui, et il la prit par la taille, passa ses deux jambes autour de ses reins et la fit plonger.

Un murmure admiratif agrémenté de quelques sifflements vint de la tablée, mais Jack refusa de leur prêter la plus petite attention.

Quand Taylor se redressa en riant, quand elle posa les mains sur ses épaules pour danser plus doucement, il sentit qu'elle devenait plus tendre.

— Tu m'as manqué aussi, Jack, avoua-t-elle tout à trac.

Il sourit.

— Mais cela ne veut pas dire qu'il va se passer quoi que ce soit entre nous, ajouta-t-elle.

Il soutint son regard. Il n'avait pas vu les yeux de Taylor pétiller ainsi depuis l'instant où, chez Amy et elle, ils avaient parlé ensemble de sa sculpture.

— Avoue, murmura-t-il. Tu as envie de moi.

Elle sourit. Une longue seconde s'écoula.

— J'avoue… que je ne veux pas avoir envie de toi, Jack.

— Je le sais.

Il serra sa main dans la sienne, et elle se blottit contre lui.

— Je vais te dire la vérité, enchaîna-t-elle. Dès le début du festival, le fait de sentir cette attirance pour toi m'a beaucoup plu. Il y avait longtemps que je n'avais pas éprouvé la moindre attraction pour le sexe opposé. Mais maintenant… Je construis quelque chose de nouveau. L'attirance que tu m'inspires n'a pas de place dans ma nouvelle vie. Alors oui, Jack, je te désire… Mais ça ne me plaît pas beaucoup.

Il y avait tant de sincérité, tant d'émotion dans sa voix ! Il la sentait perdue. Bouleversée.

— Je ne plaisantais pas en te proposant de devenir ton ami, dit-il.

Une sorte de tristesse passa dans le regard de la jeune femme.

— C'est noté, dit-elle. Nous verrons bien.

*
* *

Travailler avec Jack était une expérience aussi merveilleuse que celle de travailler auprès d'Amy. Taylor considérait qu'elle avait une chance exceptionnelle. Elle collaborait étroitement avec un médecin et une infirmière dont les compétences et le professionnalisme n'avaient d'égal que la sérénité, la capacité à rester toujours détendu.

Jack possédait une aptitude hors du commun à s'intéresser à tout ce qui était humain, et à manifester une compassion sans limites à autrui. Chacun de ses patients bénéficiait, de sa part, d'un suivi rigoureux. Chaque fois que c'était possible, il les faisait rire, les amenait à lui accorder leur confiance. Elle admirait son talent.

— Très belle suture, commenta-t-il le lendemain matin.

— Merci, dit-elle, heureuse du travail qu'elle était en train de faire.

Il y avait longtemps qu'elle n'avait plus pratiqué le point de suture, et elle était reconnaissante à Jack de la laisser s'y remettre dès sa première semaine.

Le rythme des urgences ne lui avait guère laissé le temps de se poser la question de savoir si elle était prête, si elle serait à la hauteur, etc. Elle *devait* être prête, et il n'était pas question de commettre la plus petite erreur.

Taylor aimait cette tension, car elle avait le sentiment de se rendre réellement utile. Lorsqu'elle avait terminé son service, elle savait qu'elle avait fait quelque chose de bien, quelque chose qui avait du sens.

Elle posa les derniers points plus rapidement, et Jack demanda :

— Alors, Ralph ? Vous n'êtes pas de mon avis ? C'est une belle suture, non ?

Le jeune travailleur en bâtiment, qui ne devait pas avoir plus de vingt ans, se tordit le cou pour contempler son bras gauche.

— Est-ce que ça veut dire que je peux rentrer chez moi, maintenant ? s'enquit-il.

— Presque, dit Jack en riant. Auparavant, Taylor va vous injecter un antitétanique et nettoyer tout ça. Quand elle aura signé votre décharge, vous n'aurez qu'à prendre l'ordonnance que je vous ai rédigée à l'accueil. Car il faudra nettoyer convenablement la cicatrice si vous voulez ranger rapidement cet épisode dans le placard des souvenirs.

Il sortit, et Taylor traita les petites égratignures et coupures plus légères sur les jambes du patient. Celui-ci avait eu beaucoup de chance : il travaillait sur un toit quand un arbre lui était, pour ainsi dire, tombé dessus. Certaines branches lui avaient causé de méchantes écorchures, mais la pire était la longue entaille sur son bras, qu'elle venait de recoudre.

— Beau travail, Taylor, dit Jack lorsqu'il la vit au poste des infirmières un moment plus tard.

Amy l'avait rejointe, et elles étudiaient le planning.

— Merci, Jack, répondit-elle.

Ses félicitations lui allaient droit au cœur. Elle savait que Jack ne lui aurait pas dit cela s'il ne le pensait pas sincèrement.

— J'avoue que j'étais un peu nerveuse, enchaîna-t-elle. Il y avait plusieurs années que je n'avais pas suturé une plaie !

— Dans ce cas, sachez-le, Taylor Hall, vous êtes prête à m'assister au bloc, si le besoin se présente.

— Merci, docteur Morgan, répondit-elle du même ton, un large sourire aux lèvres.

— Une telle affection entre de simples collègues… C'est touchant, railla Amy en se levant.

Elle leur décocha un regard amusé et conclut :

— Vous avez de la chance, je dois aller chercher un patient en salle de triage. Sinon, je n'aurais pas perdu une miette de la suite… Continuez ! Vous êtes sur la bonne voie.

Dès qu'elle se fut éclipsée, Taylor secoua lentement la tête.

— Elle a de la suite dans les idées, il faut au moins le lui reconnaître ! s'exclama Jack.

— Et la subtilité d'un éléphant dans un magasin de porcelaine, soupira Taylor.

— Un éléphant qui ne sera pas là ce week-end, et qui m'a prié de m'assurer que tu ne te retrouverais pas seule à traîner chez toi.

Taylor leva vers lui un regard moqueur.

— Oh non, Jack Morgan… Toi et moi, nous savons ce qui s'est passé la dernière fois qu'Amy t'a donné ce genre de recommandation !

— Je ne me plains pas du tout de ce qui s'est passé ! rétorqua-t-il en riant.

Il lui décocha un coup d'œil complice et conclut :

— Tiens-toi prête dès l'aube demain matin. Je t'appellerai.

— Oh, regarde ! C'est un lapin qui ronge une carotte ! s'écria Taylor en désignant les nuages très blancs dans le ciel.

Jack parut sceptique.

— Le lapin, oui, je le vois, dit-il. Mais pas la carotte.

— Comment cela ? Que veux-tu qu'il tienne dans ses pattes ?

— Un cigare. Regarde, il fume. Tu vois bien ce petit nuage de fumée, qui sort de ses narines ?

Taylor acquiesça, vaincue. Ils étaient venus se promener dans l'immense parc de la ville après avoir dégusté le plus exquis des brunchs dans un restaurant de la ville réputé pour ses gaufres aux fraises des bois, ses sandwichs au saumon et ses poêlées de légumes. Ce samedi était un merveilleux moment de détente, et elle était heureuse de le passer avec Jack.

— C'est vrai. Les nuages se moquent de mon sens de l'hygiène ! Ce lapin se permet de fumer un gros cigare… Ah, que veux-tu ? Je songeais sans doute à sa santé. Tant pis pour lui.

— Tu avais raison, dit-il d'une voix où pointait le chagrin. J'ai toujours connu mes parents en train de fumer, c'est pourquoi j'ai perdu mon père très jeune.

— Oh ! je suis désolée de l'apprendre, Jack. Que s'est-il passé ?

— Il a fait une crise cardiaque alors qu'il venait de franchir le seuil de la quarantaine.

— Mon Dieu… Tu devais être très jeune quand c'est arrivé ?

— Oui, répondit-il sans donner plus de détails.

— Et ta mère ? enchaîna-t-elle. Elle est toujours là ? Elle fume encore ?

— Ma mère s'est arrêtée de fumer après la mort de mon père, révéla-t-il. Elle s'est rendu compte qu'elle avait besoin d'un mode de vie plus sain. Dans un premier temps, elle a beaucoup voyagé, puis elle s'est installée dans un grand domaine où elle dirige une sorte de colonie hippie. Il s'agit d'une réserve située à moins d'une heure d'ici. Elle y accueille les gens « qui se cherchent », comme elle dit. Ils font leurs propres cultures, bâtissent eux-mêmes des maisons en bois et en terre, et suivent des règles bio assez strictes dans tous les domaines. Comme tu peux l'imaginer, ils sont végétariens. Ils mènent une vie très isolée du reste du monde.

Taylor était stupéfaite.

— Eh bien, ça alors, dit-elle. C'est fou.

— Tu crois que j'invente ?

— Non, mais… Aller jusqu'à bâtir ses propres murs ! Il faut être animé d'une détermination à toute épreuve.

— Je pourrais t'emmener sur place un jour, si tu veux.

Elle plongea son regard dans le sien.

— Pour me présenter à ta mère ?

— Pour te faire visiter la réserve, nuança-t-il.

Elle se sentit devenir écarlate.

— Euh oui. Bien sûr, balbutia-t-elle.

Elle fut reconnaissante à Jack d'enchaîner rapidement par une autre question :

— Et tes parents, Taylor ? Ils sont toujours de ce monde ? À Louisville, peut-être ?

— Oui, ils sont vivants. Je les voyais plusieurs fois par an, mais nous avons rompu le contact depuis mon divorce, avoua-t-elle.

Jack contempla attentivement la jeune femme. Une ombre venait de passer sur son visage, et il avait perçu la note de tristesse dans sa voix. Ses parents avaient-ils pris le parti de son ex ? Avaient-ils vu son divorce d'un mauvais œil ?

— Je suis désolé de l'apprendre, dit-il.

Elle haussa les épaules et expliqua :

— Selon eux, j'aurais dû rester avec Neil. J'avais la chance d'être mariée à un chirurgien prestigieux, et la façon dont il se comportait avec moi était secondaire…

— Le rôle des parents d'un enfant adulte n'est pas de tenter de poursuivre son éducation mais de le soutenir dans les épreuves, remarqua Jack. Lorsque tu as éprouvé le besoin de partir, ils auraient dû t'aider à faire tes valises.

Lentement, elle hocha la tête. De toute évidence, elle savait qu'il avait raison.

— J'ai commis l'erreur de me marier trop vite, dit-elle. Je ne connaissais pas vraiment Neil. Nous sommes sortis ensemble durant quelques semaines, il m'a demandé ma main, j'ai dit oui… Et puis j'ai découvert qui il était vraiment. Pour lui, je n'étais qu'un trophée parmi beaucoup d'autres. Il en voulait encore et toujours plus. Son infidélité m'a…

— Il t'a trompée ? la coupa Jack, sidéré.

— Oh oui ! dit-elle avec un rire triste. Plusieurs fois. Celles que j'ai découvertes, et celles que je ne saurai jamais.

— Oh, Taylor…

Il prit sa main dans la sienne et asséna :

— C'était un idiot.

Taylor sourit et entrelaça très doucement ses doigts dans les siens. C'était une merveilleuse journée.

Ils allèrent à la piscine du parc pour s'y baigner, firent une partie de badminton avec des promeneurs, puis dînèrent dans un restaurant japonais pour une collation de minuit, chose qu'elle n'avait jamais faite.

— On se voit demain ? demanda-t-elle, comme il venait de la raccompagner.

— Si tu es d'accord… Oui. Évidemment, répondit-il.

Une heure plus tard, dans son lit, Taylor se tournait et se retournait, incapable de trouver le sommeil. Un brasier la consumait de l'intérieur.

Oh ! Jack. Jack. Il lui manifestait tant de patience, tant de gentillesse. Elle se sentait tellement bien avec lui. Et elle avait follement, désespérément, envie de lui.

Il incarnait une sorte d'idéal. Il était beau sans tape-à-l'œil. Décontracté mais sérieux et fiable. Viril et pourtant attentif, sensible. Chaque aspect de sa personnalité lui plaisait et, près de lui, elle se sentait elle-même, détendue, rassurée… À l'abri.

Mais en dépit de l'envie qui la dévorait vivante, il fallait qu'elle résiste. Pas seulement parce qu'elle était venue trouver une nouvelle vie ici, à Warrenville.

Parce qu'il allait partir. Quel intérêt de prolonger une relation vouée à rester fugitive ?

Oh ! Jack, Jack… Elle n'avait pas le droit de l'aimer, et elle ne parvenait pas à s'empêcher de le désirer.

12.

— C'était génial ! hoqueta Taylor, à bout de souffle, en aidant son compagnon à sortir le kayak de la rivière.

Ils avaient roulé pendant environ une heure pour participer à un rafting groupé. Émerveillée, elle était montée à bord du vieux bus, qui semblait tout droit sorti des années 1970, et qui les emmenait vers l'aventure.

Parmi une douzaine de privilégiés, ils avaient ainsi descendu la rivière et ses rapides, et Taylor avait adoré cette sensation de vitesse, de danger, de nature déchaînée autour d'elle. Un air pur et sauvage avait gonflé ses poumons d'enthousiasme.

— Tu as conscience que je vais vouloir recommencer tous les week-ends, n'est-ce pas ? demanda-t-elle, les yeux brillant d'excitation.

— J'espère bien ! répliqua-t-il en riant.

Elle contempla l'homme qui lui offrait ces instants qu'elle n'aurait jamais pensé vivre un jour. Une barbe légère couvrait son menton d'un voile blond. Trempé, son T-shirt collait à ses pectoraux, révélant toute leur puissance. La casquette qu'il portait enfoncée sur le crâne laissait échapper ses mèches blondes de musicien bohème.

Cette fois, lorsqu'il plongea son regard bleu dans le sien, Taylor ne chercha pas à dissimuler ses émotions. Son cœur battait fort. Elle avait une furieuse envie de l'embrasser, de sentir ses lèvres se fondre dans les siennes, mais…

— Je ne sais pas à quoi tu penses, Taylor, murmura-t-il, mais s'il te plaît, ne t'arrête pas. Jamais.

Jamais ? Hum. Non, probablement pas. Mais pour les deux mois à venir… Peut-être.

Taylor restait grisée par leur folle descente dans les rapides, tandis que le bus les ramenait là où Jack avait garé son propre véhicule. Une autre ivresse ne la quittait plus. Malgré elle, elle gardait les yeux rivés sur le visage de son compagnon.

— Tu ne m'as jamais dit où tu habitais, depuis que tu es à Warrenville, observa-t-elle.

— J'ai loué une ancienne ferme, révéla-t-il. Elle se trouve à une douzaine de kilomètres de l'hôpital. Elle est trop grande pour moi mais comme elle était meublée et disponible pour la durée de mon séjour ici, j'ai cédé à ce caprice. J'aime avoir de l'espace, et regarder de grandes étendues quand j'ouvre ma fenêtre. Et puis, j'ai mon propre point d'eau, et je peux aller pêcher quand je veux.

— Ah bon ? Tu pêches ? s'étonna-t-elle.

Il lui retourna un regard soupçonneux.

— Ne me dis pas que tu n'as jamais pêché non plus ?

Elle ne put s'empêcher de rire.

— C'est pourtant vrai ! s'exclama-t-elle.

— Eh bien, dans ce cas, je serais très heureux de t'initier à l'art de la pêche dès que tu le souhaiteras.

— Oh oui ! Bientôt, dit-elle.

— Volontiers. J'ai passé une journée formidable.

— Moi aussi, avoua-t-elle.

Une journée qu'elle n'avait aucune envie de conclure.

— Tu as faim ? demanda-t-il en la dévisageant attentivement.

— J'ai une faim de loup, admit-elle.

Il y avait longtemps que leur pique-nique était digéré,

et le grand air, les sensations fortes, les giclées d'eau fraîche… Tout cela lui avait creusé l'appétit.

Le bus venait de s'arrêter. Ils descendirent, et Jack ouvrit galamment la portière côté passager afin qu'elle s'installe dans sa jeep.

Dès qu'il mit le moteur en marche, il proposa :

— Que dirais-tu d'un bon steak grillé ?

— Oh oui ! applaudit-elle.

— J'ai tout ce qu'il faut à la ferme… Tu veux que je t'invite ?

— Avec plaisir.

Ils bavardèrent durant quelques minutes avant que Taylor découvre le domaine de Jack. On aurait dit une illustration dans un livre pour enfants. La vieille bâtisse avait été bien entretenue. Sous le soleil couchant, son toit d'ardoises prenait une teinte d'un bleu profond. Ses volets peints en rouge tranchaient sur le crépi blanc des murs. On devinait, au fond de la grande cour fleurie, un poulailler, ainsi qu'un petit potager.

Il restait un peu d'activité agricole sur les terres, de toute évidence, car elle remarqua un beau champ de maïs. Deux autres semblaient également consacrés à la culture céréalière, mais elle n'aurait su dire si elle voyait du soja ou de l'orge.

Le grand porche de l'édifice principal était adorablement meublé de plusieurs fauteuils à bascule, typiques de la région. Dès qu'elle suivit Jack dans le salon, elle tomba sous le charme de ces grandes pièces enduites à la chaux, lumineuses, simples et chargées de noblesse.

— Oh, Jack ! C'est ravissant.

— Oui, ça me plaît. Si je devais un jour poser mes valises, j'aimerais vivre dans un lieu comme celui-ci. En moins d'une heure, on est au pied des montagnes, pour faire de la randonnée ou de l'escalade. Il y a des lacs pour skier et se baigner, des grottes à explorer. J'adore regarder le printemps suivre l'hiver, et le paysage prendre des couleurs insoupçonnées. Mais j'aime aussi la neige à perte de vue…

— J'en déduis que tu te plais dans le Tennessee, dit-elle.

Il sourit.

— Nous avons les festivals : Nashville, Memphis, Chattanooga, Knoxville, sans parler du nôtre, à Warrenville, et en général, je reste presque tout l'été dans la région. En plus, depuis que ma mère est installée par ici, je suis ravi de lui rendre visite.

Taylor le considéra avec perplexité. Cet homme était si étonnant…

— Mais pour toi, Jack, le point d'ancrage, c'est où ?

Il haussa les épaules.

— Dans n'importe quel festival, ici ou au bout du monde, dit-il.

— Il ne t'est jamais arrivé de t'installer quelque part, de rester assez longtemps dans un endroit pour avoir envie d'y poser tes valises ?

— Non. Une fois, j'ai été contraint de ne pas bouger. J'entrais en sixième. Mes parents ont pensé que, désormais, ma scolarité m'imposait une vie sédentaire, et ils m'ont laissé chez mes grands-parents. J'ai vécu un calvaire. J'avais l'impression d'être un prisonnier, un condamné. Même si j'étais très jeune, j'ai fait un début de dépression nerveuse. Au bout de cette année, mes parents ont compris leur erreur. J'ai suivi des cours par correspondance.

— Vraiment ? Mazette…

Elle était admirative. Il était rare qu'un étudiant réussisse à intégrer une faculté de médecine sans avoir suivi la meilleure scolarité dans un établissement réputé. Décidément, Jack ne ressemblait à personne. Il se distinguait du lot.

Pour la première fois depuis qu'elle le connaissait, au lieu de se demander pourquoi il n'était pas comme les autres, elle songea qu'elle aimerait s'affranchir autant que lui des règles qui lui étaient imposées.

*
* *

— J'ai trop mangé, soupira Taylor en posant une main sur son estomac, alors qu'ils s'étaient installés sous le porche.

Les yeux fermés, elle se balançait doucement dans un fauteuil.

— Mais c'est parce que tu cuisines remarquablement bien, poursuivit-elle. Tout était exquis. La viande, la salade, la tarte.

Comme il ne répondait pas, elle se redressa et s'écria :

— Jack ! Parle-moi.

— Je t'écoute, assura-t-il.

— Mais ce n'est pas la même chose que discuter ! fit-elle valoir.

Il rit.

— Bon. De quoi veux-tu discuter ? demanda-t-il.

Sans y avoir réfléchi, comme par réflexe, Taylor s'entendit répliquer aussitôt :

— Qui est Courtney, Jack ?

Elle n'avait jamais oublié ce prénom. Lorsque Duffy l'avait prononcé, la colère de Jack avait été immédiate. Et la veille, tandis que celui-ci l'interrogeait à propos de Neil, elle avait résisté à l'envie d'en savoir plus sur son passé amoureux.

Un long silence suivit sa question. Enfin, Jack lâcha d'une voix grave :

— Courtney était ma petite amie quand j'avais dix-sept ans.

Étrange… Pourquoi Duffy avait-il évoqué une histoire vieille de plus de dix ans ?

— Elle avait de longs cheveux noirs, des yeux plus bleus que tout ce que tu peux imaginer, et j'étais convaincu que même la force de gravitation n'avait pas d'emprise sur elle, tant elle était libre. Un esprit libre. C'est ce qui définit le mieux Courtney.

Taylor déglutit. Ouille. Elle n'avait aucune envie d'éprouver de la jalousie, mais la façon dont Jack décrivait son ex, l'émotion et l'admiration dans sa voix… Elle était impressionnée par sa dévotion.

Il bascula lui aussi dans son fauteuil, et elle le vit fermer les yeux.

— Très jeune, elle s'était enfuie de chez elle et depuis des années, elle faisait toutes sortes de petits boulots dans les festivals de musique. Parfois, elle se chargeait de garer les voitures, ou bien elle était serveuse de bar, *roadie* pour un groupe. Elle a certainement trouvé des moyens plus troubles de gagner sa vie.

Il hésita un instant et reprit :

— J'avais moi-même été élevé par des hippies, et grandi dans un environnement très libre. Je n'étais pas un saint, et j'avais eu quelques expériences avec la drogue. Mais Courtney… Elle s'est retrouvée prise dans un engrenage. Au début, elle le cachait très bien, même si je me doutais qu'elle avait l'habitude de prendre des substances fortes. Je voyais qu'elle passait par des phases d'exaltation, et par des moments de crise. J'ai fini par comprendre qu'elle se piquait. Je l'aimais trop pour m'enfuir.

Taylor avait peur d'entendre la suite, mais elle ne dit rien.

— Nous étions dans un festival, en Californie. Il nous restait un ou deux jours. Elle était devenue très accro, très dépendante. Je ne sais pas où elle trouvait l'argent pour acheter toute cette drogue. Je ne voulais pas le savoir, je regardais ailleurs. Et puis ce soir-là, nous dansions, j'étais heureux… L'instant d'après, elle s'est écroulée à mes pieds. Et elle ne s'est jamais réveillée.

— Oh non !

Taylor porta les deux mains à ses joues.

Elle sentait son cœur saigner pour lui. Pour ce jeune garçon qui avait subi une telle cruauté de la vie. Dans sa voix, la souffrance était encore là, palpable.

— Plusieurs fois, nous avions eu une dispute au sujet

de sa consommation. Elle refusait d'arrêter. Et moi, ma drogue, c'était elle. Si seulement j'avais été plus exigeant, plus ferme. Mais je me suis comporté comme un lâche.

— Oh ! Jack, voyons ! Tu avais dix-sept ans, tu étais amoureux ! Ne dis pas cela. On ne peut pas obliger quelqu'un à décrocher de la drogue, tu le sais parfaitement. C'est une évidence scientifique.

— Oui, sur le plan médical, sur le plan logique, je le sais… Mais mon cœur de dix-sept ans n'a jamais voulu y croire.

— Eh bien, moi, martela-t-elle, je te connais assez pour savoir que tu as fait tout ce que tu as pu afin de l'aider. Que s'il avait été humainement possible de faire mieux, tu aurais réussi. Mais on ne réussit pas toujours tout…

— C'est le moins qu'on puisse dire, acquiesça-t-il sombrement. Tu sais que c'est à ce moment-là que j'ai connu Duffy ?

— Vraiment ?

— Oui. J'ai pris Courtney dans mes bras et je me suis précipité vers le chapiteau des soins médicaux. Duffy, un autre médecin et moi, nous avons tout tenté pour la sauver mais… elle est partie. Cette nuit-là, Duffy ne m'a pas quitté. Il m'a parlé, alors que je ne l'écoutais pas. Il m'a tenu la main. Il redoutait sans doute que je commette un geste désespéré, et il est resté avec moi. Tout le temps. Jamais personne n'avait veillé sur moi avec une telle constance. Avec le recul, je ne pense pas que j'aurais tenté de mettre fin à mes jours. L'amour de la vie coulait dans mes veines.

Elle sourit.

— L'amour de la vie qui t'a donné le désir de devenir médecin à ton tour.

— Exactement, admit-il. Cela peut paraître paradoxal, mais les gestes qui n'ont pas sauvé Courtney, cette nuit-là, j'ai voulu les accomplir à mon tour dans l'espoir de sauver d'autres vies que la sienne.

Taylor sentait son cœur battre à coups redoublés. Très jeune, Jack avait vécu un événement traumatisant, effroyable. Il avait pratiquement connu la mort en même temps que l'amour. Et le fait qu'il ait puisé en lui l'énergie de devenir médecin… c'était éblouissant.

Elle se leva pour s'agenouiller près de lui et serra ses mains dans les siennes.

— Tu es quelqu'un d'exceptionnel, Jack, murmura-t-elle d'une voix émue. Je suis vraiment navrée que tu aies perdu Courtney…

— Moi aussi, dit-il très bas.

— Je vais nous faire un café, suggéra-t-elle. Je reviens.

Tandis qu'elle posait la verseuse et les tasses sur un plateau, Taylor pensa qu'elle n'avait pas envie de rentrer chez elle ce soir. Elle voulait rester ici. Près d'un homme généreux qu'elle admirait de toute son âme. Elle se reprochait de ne pas avoir deviné plus tôt quelle blessure il cachait. De quel courage il était capable.

Elle retourna sous le porche. Déjà, il avait remis sa veste, il était prêt à la raccompagner.

— Merci pour le café, dit-il en avalant le contenu de sa tasse.

— Je ne veux pas retourner en ville, déclara-t-elle en le fixant avec attention.

— Ah non ?

— Non. J'aimerais mieux passer la nuit ici. Si tu m'y autorises.

La nuit était tombée. Un criquet chantait quelque part au loin. Le silence de la campagne était léger, frais. Mais le silence qui venait de tomber entre eux était un brasier.

Longtemps – une éternité – il ne dit rien, resta sans bouger, son regard bleu plongé dans le sien. Enfin, il avança d'un pas, et elle n'y tint plus : elle se jeta dans ses bras, prit son visage dans les mains et l'embrassa avec passion.

C'était si bon de sentir à nouveau ses lèvres ! Le cœur battant à se rompre, elle se perdit dans leur baiser. Jack la pressait maintenant tout contre son torse, il l'écrasait presque, et ses mains affamées erraient sur sa taille, ses hanches.

Leur étreinte, à chaque seconde, se faisait plus urgente.

— Oh ! Jack, murmura-t-elle, bouleversée, tandis qu'il glissait les doigts dans ses cheveux, dénouant sa natte.

Elle s'était trop longtemps privée de ses caresses, du contact de sa peau, de son parfum, mélange de vétiver et de musc qui la grisait jusqu'au vertige. Elle avait maintenant envie de se perdre dans la chaleur de son corps viril.

Il la prit par la main et, tandis que son rythme cardiaque faisait une nouvelle embardée, elle le suivit en silence, dans l'escalier qui menait au premier étage.

Lorsqu'il referma derrière eux la porte de sa chambre, des ondes de désir la transperçaient. Une lave aussi incandescente que liquide fusait dans ses veines.

Ils se jetèrent l'un sur l'autre. La bouche de Jack la rendait folle, elle voulait la sentir partout sur son corps. Enfiévrés, ils roulèrent sur le lit, se déshabillèrent mutuellement, dans des gestes rageurs.

Offerte, abandonnée, Taylor ouvrait les cuisses à ses caresses et criait son plaisir lorsqu'il happait ses mamelons, les agaçant de sa langue experte.

— Je t'en prie, gémit-elle. Viens. Maintenant.

Leur corps à corps culmina dans l'extase, et ils firent l'amour encore, et encore, et encore, cette nuit-là. Comme s'ils ne pouvaient se rassasier l'un de l'autre.

Comme si, au contraire, leur désir ne faisait que croître à mesure qu'ils consommaient leur plaisir.

13.

Sept semaines s'étaient écoulées en un éclair. En une fraction de seconde… Et c'était fini.

Taylor n'arrivait pas à y croire. Dans quatre jours, Jack serait parti. Pour toujours. Il avait même avancé son départ, car Duffy les avait inscrits tous les deux, sans rien en dire à son ami, au service médical d'un festival dans le Mississippi.

Elle était confrontée à un problème qui n'avait pas de solution. Ce n'était pas qu'elle n'osait pas dire à Jack qu'elle ne voulait pas qu'il parte…

Elle *voulait* qu'il parte. Même si elle sentait ses entrailles se déchirer. Il fallait qu'il parte : Jack ne pouvait être heureux s'il était contraint de mener une vie sédentaire.

Elle n'avait pas oublié ce qu'il lui avait raconté, au sujet de son expérience chez ses grands-parents. Mais elle tenait tant à lui… Oh ! elle tenait bien trop à lui !

Il la faisait rire, il était son meilleur ami, ils faisaient merveilleusement l'amour… Grâce à lui, elle découvrait une part d'elle-même qu'elle ne connaissait pas. La partie la plus aventureuse de son être. D'ailleurs, ce soir, n'était-elle pas avec lui, en train de pêcher ?

— Les meilleures pêches dont je puisse me vanter ont toujours eu lieu la nuit, avait-il déclaré.

Il savait tout faire. Le week-end précédent, il les avait emmenés, elle, Amy et Greg, pratiquer le ski nautique sur un lac de montagne. Taylor avait vécu des heures magiques. Grâce à Jack, elle avait réalisé ce dont elle rêvait en modelant l'argile : elle avait marché sur l'eau. Dansé sur l'eau !

— Je sais à quoi tu penses, Taylor, dit-il soudain en se tournant vers elle.

— Vraiment ?

— Bien sûr. J'y pense aussi. Tout le temps.

Elle sentit sa gorge se serrer.

— Quatre jours, ça ne suffit pas, ajouta-t-il.

Elle retint son souffle. Qu'allait-il proposer ? De prolonger son remplacement ? Mais s'il faisait cela, comment vivrait-il la privation de festivals, d'aventures lointaines ? Voulait-il l'inviter à le suivre ? C'était impossible. Même si elle avait eu des congés à prendre, elle refusait de se consacrer à un homme au lieu de se concentrer sur sa nouvelle vie, sur l'identité qu'elle devait reconstruire. Il fallait avant tout qu'elle donne une chance à la nouvelle Taylor, et non qu'elle la précipite dans une histoire où elle se perdrait.

— Il va pourtant bien falloir s'en contenter, soupira-t-il.

— Viens, dit-elle.

Elle n'avait plus envie de pêcher. Ils avaient étendu une couverture sur l'herbe, et il faisait chaud. Ils firent l'amour dehors, et Taylor se retint cent fois de le prier de rester.

Non, jamais elle ne laisserait ces mots franchir ses lèvres. Même si son corps se tordait de douleur, même si la perspective du départ de Jack lui faisait… très peur.

Taylor était tombée malade. Sans doute une ruse de son inconscient. En tout cas, au lendemain de sa dernière nuit chez Jack, après leur merveilleuse étreinte sous les étoiles, près de la rivière, elle avait dû quitter le travail et se mettre au lit.

Ainsi, elle avait gâché leurs derniers jours.

Ce matin, il s'en allait. Elle avait encore de la fièvre, et elle entendit la conversation de l'autre côté de la porte de sa chambre. Jack était là.

— Ne la réveille pas, dit Amy. Elle a encore beaucoup de fièvre… Elle est épuisée.

— Tu ne veux quand même pas m'empêcher de lui dire au revoir ? répliqua-t-il.

Elle soupira.

— Ce n'est pas une bonne idée.

— Amy, voyons, je…

— Jack, Taylor tient tellement à toi… J'avoue que j'ai du mal à te comprendre.

Il y avait un net accent de reproche dans la voix de son amie.

— Je le sais, Amy. Mais Taylor le comprend, elle. S'il te plaît, ne m'interdis pas de l'embrasser avant mon départ.

— Bon… Elle n'est pas la seule à qui tu manqueras. Je regrette que tu t'en ailles, Jack.

— Voyons, nous allons nous revoir très bientôt. Avec Greg. L'été prochain, à Rockin' Tyme.

Amy ne répondit pas. Taylor entendit la porte s'entrebâiller. Elle n'avait pas la force de tourner la tête.

— C'est moi, dit Jack en venant s'asseoir au bord du lit.

— Oh ! Jack… Tu n'aurais pas dû venir. Je suis contagieuse, lâcha-t-elle d'une voix pâteuse.

Il haussa les épaules.

— Je suis médecin, rappela-t-il.

— Les médecins tombent malades… Comme les infirmières. La preuve.

Il répondit quelque chose, mais un pic de fièvre recouvrit ses paroles comme sa présence. Quand elle reprit conscience, il était toujours là. Elle avait un linge frais sur le front.

— J'ai pris ta tension, dit-il. Elle n'est pas trop

mauvaise, mais il faut absolument que tu te reposes, Amy a raison. Je m'en vais.

Il déposa un baiser furtif sur ses lèvres chaudes et closes avant de conclure :

— Au revoir, Taylor.

— Ce n'est pas du tout ainsi que j'imaginais nos adieux, murmura-t-elle.

— Si tu as besoin de moi, pour quoi que ce soit… je serai toujours là. Toujours.

Elle déglutit avec peine. Comme ses yeux la piquaient, elle marmonna :

— Au revoir, Jack.

Elle voulait rester malade. Dormir. Ne plus bouger de son lit. Oublier que lui, de son côté, partait le cœur léger, plein d'excitation à la perspective de ses prochaines aventures.

Il n'avait pas fallu plus de trois jours pour qu'elle retrouve pleinement ses forces. Sa détermination. Son énergie. Pas question de laisser un homme la clouer au lit avec le spleen d'une adolescente… Oh non !

Durant les semaines qui suivirent, Taylor accepta des heures supplémentaires à l'hôpital. Elle prit des leçons de danse et sortit chaque samedi soir pour pratiquer le rock et la samba. Elle s'essaya à de nouvelles activités, goûta à de nouveaux sports, apprit à découvrir ce qu'elle aimait et ce qu'elle n'aimait pas.

Elle menait une vie agréable. Mais Jack lui manquait. Terriblement. Parfois, au volant de sa voiture, lorsqu'elle avait un moment, elle faisait un détour pour passer devant la ferme où ils avaient partagé des heures si intenses.

Un jour, à sa consternation, elle y trouva un panneau « VENDU ». Elle ne coucherait plus jamais dans le vieux lit à baldaquin que leurs ébats avaient manqué briser…

Ils ne passeraient plus de soirée sous le porche, ou près de la rivière.

Plus elle s'efforçait d'oublier Jack, plus son visage s'imposait à sa mémoire. Jusqu'au jour où elle sculpta un corps masculin. Durant plusieurs semaines, elle consacra tout son temps libre à ce travail. Pour la première fois, elle avait le sentiment de créer quelque chose qui pourrait peut-être avoir une dimension artistique. Une création qui ne sortait ni de son chagrin ni de ses frustrations, mais seulement de son énergie et de son imagination.

Une fois sa sculpture achevée, elle la contempla, sidérée. Comment avait-elle pu ne pas voir cette évidence ? Ce corps qui l'inspirait tant, c'était... Jack.

C'était un samedi matin. Elle quitta précipitamment le studio et rentra chez elle. Quatre à quatre, elle gravit l'escalier menant à l'appartement d'Amy et entra tel un boulet de canon dans le salon.

— Amy !

Son amie surgit de la cuisine et la contempla avec ébahissement.

— Qu'est-ce qui t'arrive ? s'inquiéta-t-elle. Tu es toute rouge ! Pourquoi as-tu couru, que se passe-t-il ?

Taylor sourit.

— Sincèrement, je ne sais pas ce qui se passe, mais... Tu m'as bien dit que Greg partait rejoindre Jack dans un festival ?

Amy acquiesça.

— Ce week-end ? insista Taylor.

— Oui. *Encore*. Et je me retrouve seule !

— Amy, tu n'en as pas assez, des relations à longue distance ?

— Si, mais...

— Où sont-ils ? Jack et Greg.

— À Chattanooga, répondit Amy.

— J'y vais.

Sans même attendre la réplique de son amie, elle alla

chercher sa trousse de toilette dans la salle de bains, jeta un pull et un T-shirt dans un sac. Elle allait sortir de la chambre quand Amy apparut dans l'encadrement de la porte.

— Attends-moi. Je viens avec toi, déclara-t-elle.

Jack s'enfonça confortablement dans son fauteuil et avala une gorgée de bière. La journée avait été épouvantable. Une sorte de mauvaise fièvre s'emparait des participants à ce festival, qui omettaient tous de boire de l'eau et de se protéger du soleil. Aujourd'hui, Duffy et lui avaient dû assumer à eux seuls les soins de vingt cas de déshydratation.

Par bonheur, tout le monde était tiré d'affaire. Il avait hâte d'aller assister au prochain concert. Greg devait les rejoindre un peu plus tard dans la soirée.

Relevant les yeux, Jack aperçut une blonde et songea à Taylor. Oh ! bien sûr, il pensait tout le temps à Taylor. Mais cette blonde-là, qui approchait, avait la même teinte platine que… Bon sang. C'était Taylor !

Il écarquillait les yeux en se demandant s'il rêvait quand Duffy se leva de son siège, le quitta et disparut en compagnie d'une jeune femme qui ressemblait très fortement à… Oui, c'était Amy !

Il se leva et se pinça le bras. Taylor se tenait à un mètre de lui. Elle souriait. D'un sourire sublime, irrésistible. Elle rayonnait de beauté, dans sa longue robe légère, une robe d'un vert amande qui mettait en valeur le brun si clair de ses yeux.

— Tu t'es coupé les cheveux ! s'exclama-t-elle.

D'un geste machinal, il glissa les doigts dans ses cheveux. Ses longues mèches n'étaient plus là. Il avait décidé d'opter pour un style plus sobre.

— Qu'est-ce que tu fais là ? demanda-t-il d'une voix altérée par l'émotion.

— Moi aussi, je suis ravie de te voir, répliqua-t-elle en riant.

Il se joignit à son hilarité.

— Excuse-moi. Je suis juste un peu… Je suis très heureux de te voir, enchaîna-t-il très vite.

Taylor avait longuement répété le petit discours qu'elle voulait faire à Jack, tandis qu'Amy et elle se relayaient au volant de sa voiture, sur la route menant à Chattanooga.

Et bien sûr, une fois devant lui… elle avait le souffle coupé. Elle perdait tous ses moyens. Il était si séduisant… Et si différent de la dernière fois qu'ils s'étaient vus ! C'était six semaines plus tôt. Une éternité.

Ses cheveux courts le rendaient plus juvénile. Mais son pantalon en toile et sa chemise à manches longues lui donnaient une allure étrangement citadine. Sérieuse. Il était rasé de près.

— Amy a eu envie de voir Greg, je suppose ? s'enquit-il.

— Oui. Je crois, acquiesça-t-elle, un sourire amusé au coin des lèvres.

— Il n'est pas encore arrivé, mais cela ne saurait tarder… Duffy savait que vous alliez venir ?

— Nous lui avons passé un coup de fil il y a environ une heure. En le priant de ne rien te dire ! J'avais envie de te faire une surprise, Jack.

— Eh bien, pour une surprise…

Ils rirent.

— Où en es-tu ? demanda-t-elle. Quels sont tes projets ?

— Prochaine étape, Las Vegas.

— Las Vegas ! répéta-t-elle. Fantastique ! Je n'y suis jamais allée. En fait, il y a beaucoup trop d'endroits sur cette planète que je ne connais pas… Et j'ai l'intention de changer ça.

Elle ne deviendrait pas comme ses parents. Elle refusait

de se conformer à un mode de vie étriqué, renfermé. Elle avait eu le temps de réfléchir. De se rendre compte qu'elle n'avait jamais pris autant de plaisir qu'en découvrant de nouvelles activités en compagnie de Jack. Rester toute sa vie dans une petite ville, se réveiller toujours à la même heure, cantonner ses week-ends à une sortie au restaurant tout proche ? C'était effroyablement ennuyeux ! Elle voulait camper, danser dans des concerts jusque tard dans la nuit, se réveiller dans une ville inconnue… le plus souvent possible.

— Je démissionne, Jack, annonça-t-elle. Je vais quitter l'hôpital de Warrenville.

À ces mots, elle le vit se décomposer.

— Quoi ? répliqua-t-il. Pourquoi ? Que s'est-il passé ?

— Toi, répondit-elle. Tu es passé dans ma vie. Et je ne veux plus me définir seulement en fonction de mon métier et du lieu où j'habite. J'aime l'aventure. Tu m'as transmis ce virus, Jack.

— Mais…

— Je veux voir le monde, voyager, découvrir d'autres peuples et d'autres pays.

Un long silence suivit cette annonce.

— Je suis content pour toi, Taylor, répondit-il.

Content ? Ce n'était pas la réaction qu'elle espérait. Et elle n'avait pas l'intention de le lui cacher ! Elle n'avait plus peur de son ombre. Elle savait quelle femme elle était, et elle allait tout lui dire.

— J'aurais nettement préféré t'entendre dire que tu étais content pour *nous*, rétorqua-t-elle.

— Pour nous ?

— Jack, quand tu es parti, tu m'as dit que si j'avais besoin de toi tu serais là. Toujours. C'est exactement pour cette raison que je suis venue. J'ai besoin de toi. Je ne veux plus te quitter. Je veux parcourir le monde avec toi, à ton côté. Travailler en tant qu'infirmière dans les festivals…

Son silence était déconcertant. Il était blanc comme un linge, et elle fronça les sourcils.

— Tu ne te sens pas bien ? demanda-t-elle.

— Ma foi… Il risque d'y avoir un petit problème.

Un séisme se fit en elle. Elle n'avait rien compris. Elle s'était grisée de l'illusion qu'ils avaient vécu, senti, éprouvé la même chose. De toute évidence, il n'avait aucune envie de poursuivre leur histoire.

— Oui, reprit-il, parce que, de mon côté, j'ai eu envie de rentrer à la maison.

— À la maison, répéta-t-elle sans comprendre.

— À Warrenville. J'ai acheté la ferme. Je reviendrai dès mon retour de Las Vegas.

— Tu…

Avait-elle bien compris ? Rêvait-elle ?

— C'est toi qui as acheté la ferme ? dit-elle en le dévisageant avec stupeur.

Il haussa les épaules.

— C'était un bon investissement, j'avais pas mal d'économies et surtout, comme je viens de te le dire, j'avais besoin de rentrer à la maison. De te voir. Taylor… Tu m'as tellement, tellement manqué !

Il l'attira à lui et la serra dans ses bras.

— Oh ! Jack, Jack !

Des larmes roulaient sur ses joues tandis qu'il la faisait virevolter entre ses bras.

Ils échangèrent un baiser passionné.

— Je ne veux plus te quitter, Taylor. Viens vivre avec moi. À la ferme.

— Mais… Tu vas dépérir, si tu t'assignes à résidence !

— Je dépéris loin de toi. Je t'aime, Taylor. Je suis follement amoureux de toi, et je ne peux plus concevoir ma vie sans toi.

— Oh ! moi aussi je t'aime, Jack ! C'est pour cela que je suis venue. Il m'a fallu du temps, beaucoup trop de temps, mais… j'ai quand même fini par me rendre compte de ce qui crevait les yeux : je t'aime éperdument.

— Oh ! Taylor !

Il la serra encore contre lui, et ils rirent ensemble, ils partagèrent des larmes de joie. Et ils scellèrent leur amour d'un baiser.

Épilogue

Taylor ne fut guère étonnée de trouver toute la petite bande rassemblée dans l'herbe, au campement, après la première journée de Rockin' Tyme.

Amy et elle avaient dû attendre une heure pour prendre leur douche, après le service. C'était un bonheur, à leur retour vers les tentes, d'entendre les voix de Jack et de Duffy s'élever au son des guitares.

Jack avait laissé ses cheveux repousser un peu. Plus courts qu'un an auparavant, ils tombaient tout de même en mèches rebelles sur son front et derrière ses oreilles.

— Tiens ! la même groupie deux années de suite, observa Duffy en la voyant s'approcher.

— La même groupie pour le reste de ma vie, nuança Jack en lui adressant un sourire radieux.

Ils s'étaient établis à Warrenville, mais tous deux avaient pris un poste détaché à l'hôpital afin de vivre leurs aventures au moins un tiers de l'année. Quand ils n'étaient pas dans leur ferme, ils partaient dans les festivals, aux quatre coins du pays. C'était un équilibre parfait, et Taylor avait parfois du mal à croire à son bonheur.

Au moment où Amy et elle allaient s'asseoir sur la pelouse, Taylor vit les infirmiers et aides-soignants se lever et s'éclipser. Il ne restait plus que Jack, Greg, Amy, Duffy et elle.

— Mais que se passe-t-il ? demanda-t-elle. Où partent-ils ? Nous les avons fait fuir ?

Sans répondre, Jack vint s'agenouiller devant elle.

— Jack ! Qu'est-ce que tu fais ?

Elle croyait comprendre… Et son cœur s'était mis à battre sur un rythme frénétique. Amy avait les larmes aux yeux et serrait la main de Greg dans la sienne, tout en reniflant. Duffy affichait un sourire étrangement niais.

— Veux-tu devenir ma femme, Taylor ? demanda Jack.

Loin d'avoir l'air anxieux ou gêné, il souriait. De ce sourire qui lui donnait des frissons. Elle regarda danser de petites flammes dans son regard bleu.

— Parce que tu es la plus grande aventure de ma vie, Taylor, enchaîna-t-il. Et que je n'imagine plus vivre dans un monde sans toi.

Les mots qu'il venait de prononcer reflétaient à la perfection ceux qui résonnaient dans son cœur, songea-t-elle.

— Oui ! s'exclama-t-elle joyeusement. Oh oui !

— Ouf ! Il était temps, soupira Duffy, comme s'il venait de vivre un instant de suspense intolérable.

Greg et Amy éclatèrent de rire. Taylor avait un pressentiment, à leur sujet : elle aurait mis sa main au feu que Greg allait faire sa demande dans les heures ou les jours à venir.

Le cœur en liesse, elle attendit que son fiancé se relève pour passer les bras autour de son cou.

Il plongea son regard dans le sien et murmura :

— Je t'aime, Taylor.

— Tant mieux ! Parce que tu es aussi ma plus grande aventure, Jack.

KATE HARDY

La tentation du Dr Mitchell

Traduction française de
EVELINE CHARLÈS

Blanche

HARLEQUIN

Titre original :
A NURSE AND A PUP TO HEAL HIM

1.

Ben Mitchell prit un temps d'arrêt et contempla la plaque métallique fixée sur la porte d'entrée.

CABINET MÉDICAL DE GREAT CROMWELL

Great Cromwell, à plus de cent kilomètres de Londres où il avait vécu auparavant. La côte du comté de Norfolk, ses grandes étendues de sable, son horizon dégagé. La paix. La sérénité. Plus de complications, plus de mensonges.

Repartir de zéro. Juste lui et son nouveau poste.

Il respira un grand coup avant de pousser la porte.

La réceptionniste leva les yeux vers lui.

— Bonjour, docteur Mitchell.

— Appelez-moi Ben, répliqua-t-il en souriant.

— Bienvenue parmi nous, Ben.

— Merci, madame Hartley.

— Appelez-moi Moira. Vous avez l'air d'un collégien le jour de la rentrée ! Rappelez-vous que Ranjit vous a engagé parce qu'il pensait que vous étiez parfait pour le poste. J'ai fait des cookies aux pépites de chocolat hier, et l'eau dans la bouilloire est encore chaude. Il ne vous reste plus qu'à vous rendre dans la cuisine et à faire comme chez vous. Tout va bien se passer.

Sa nervosité était-elle aussi apparente ?

C'était absurde. À Londres, il avait formé des médecins généralistes, et à trente-cinq ans, il ne manquait pas d'expérience… Mais il allait devoir s'intégrer dans une équipe déjà soudée, apprendre à connaître les gens, deviner ce que ses nouveaux patients ne lui diraient pas en consultation, afin de les aider à résoudre les vrais problèmes.

Il ouvrit la porte sur laquelle une plaque avec son nom en majuscules était fixée. Après avoir posé son sac près du bureau, il se mit en quête de la cuisine du personnel pour boire une tasse de thé et peut-être grignoter un cookie de Moira.

Au coin du couloir, il trébucha sur un chien au pelage blanc et marron qui couina et le fixa de ses immenses yeux couleur d'ambre avec un air douloureux visiblement destiné à le culpabiliser.

La porte de la cuisine s'ouvrit brusquement.

— Archie ?

À l'uniforme bleu marine de la jeune femme qui lui faisait face, Ben comprit qu'elle était infirmière praticienne, sans doute l'associée qui était en congé lors de son entretien d'embauche. Comment s'appelait-elle, déjà ? Terry ?

Les sourcils froncés, elle se pencha pour caresser le chien, qui gémissait doucement.

Elle braqua sur lui de beaux yeux gris de la couleur d'un ciel de novembre.

— Que s'est-il passé ?

— Je n'ai pas vu le chien, et je lui suis rentré dedans… Je suis désolé, ajouta-t-il, mais je ne m'attendais pas à rencontrer un animal dans un cabinet médical. Sa place n'est pas ici. Il pourrait mordre un patient.

— Ça ne lui est jamais arrivé, même quand il était petit.

— Il y a un début à tout, répliqua-t-il sèchement. La santé des patients est une priorité.

Elle lui jeta un coup d'œil qui signifiait clairement : « Vous voulez faire la loi dès votre premier jour ? »

— Je suis d'accord, dit-elle. Mais ici, les patients et le

personnel sont habitués à voir Archie le lundi. De toute façon, les contrôles d'hygiène sont fréquents.

Le lundi ? Qu'est-ce qu'il y avait de spécial, le lundi ?

Sans lui laisser le temps de poser la question, la jeune femme claqua des doigts. Le chien se dressa et la suivit dans une pièce dont elle claqua la porte derrière elle sans trop de ménagement.

Elle s'appelait Toni Butler, il se rappelait maintenant ! Toni… Un prénom presque masculin. Une abréviation d'Antonia ?

C'était sans importance. Ce qui comptait davantage, c'était qu'il avait très mal commencé avec cette collègue.

Mais il persistait à penser qu'un chien n'était pas à sa place dans un cabinet médical, quelle que soit la fréquence des contrôles d'hygiène. Certains patients craignaient les chiens, d'autres y étaient allergiques, sans compter les asthmatiques !

Quand il entra dans la cuisine, personne ne fit de commentaire. Mais à l'expression gênée des membres du personnel présents, il comprit que ceux-ci avaient entendu l'altercation.

Embarrassé, il lança un bref bonjour avant de regagner son bureau sans prendre une tasse de thé.

Visiblement ravis de le voir, tous les patients qu'il reçut dans la matinée lui souhaitèrent la bienvenue. Il rédigea des ordonnances et donna aussi de nombreux conseils concernant la vie quotidienne.

À l'heure du déjeuner, Toni et son chien avaient disparu.

— Comment s'est passée cette première consultation ? lui demanda Moira.

— Très bien, je vous remercie.

— Tant mieux. Si vous n'avez rien apporté à manger, il y a quelques cafés, un traiteur et un *fish and chips* sur le port. Scott's fait les meilleures glaces du coin.

La patronne, Abby Scott… Enfin, Abby Powell depuis qu'elle s'est remariée avec Brad, a créé une crème glacée spéciale pour les chiens. Celui de Toni est l'un de ses plus fidèles clients.

— Une crème glacée pour chiens ?

— Archie l'adore, précisa Moira en souriant. Et tout le monde adore Archie.

— Bonjour, Ginny. Comment allez-vous aujourd'hui ?

Toni déposa un baiser sur la joue parcheminée de la vieille dame, qui ne répondit pas.

Celle-ci n'avait pas prononcé un mot depuis trois mois. Étant donné que sa démence sénile était bien avancée, peut-être ne comprenait-elle pas la question, mais elle sourit, et son sourire s'élargit à la vue d'Archie.

C'était pour cela que Toni avait dressé Archie : pour qu'il devienne un chien de thérapie. Parfois, un animal communiquait plus facilement qu'un humain avec un patient et pouvait apporter un peu de joie dans sa vie.

Les résidents d'une maison de retraite avaient souvent dû abandonner leur petit compagnon. Cette occasion de revivre des moments heureux leur était salutaire. Quand Betty, la grand-mère de Toni, s'était retrouvée dans cet endroit, la zoothérapie l'avait énormément aidée. Autrefois, Ginny avait été la meilleure amie de Betty et une seconde grand-mère pour Toni et sa sœur, Stacey, pendant leur enfance. Toni souhaitait désespérément adoucir sa fin de vie.

Dès qu'Archie portait sa tenue fluorescente, il adoptait un comportement « professionnel ». Réprimant sa vivacité naturelle, il restait tranquillement assis quand une personne âgée ou un enfant le câlinait. À chacune de ses visites, Toni se rendait dans le salon de la maison de retraite pour que tous les résidents puissent passer quelques minutes avec lui chacun à leur tour. Bien entendu, un représentant du personnel assistait chaque fois à ces séances.

Julia, la directrice, les accueillit et gratouilla la tête d'Archie.

— Bonjour, Toni. Salut, Archie. Toujours aussi beau, à ce que je vois. Regardez, Ginny, votre visiteur préféré !

Ginny sourit sans répondre.

— Tu voudras bien passer dans mon bureau avant de partir, Toni ? demanda doucement Julia.

Il était clair que celle-ci souhaitait lui parler en privé de résidents qui présentaient des problèmes de santé.

— Bien sûr.

— Merci, dit Julia en lui tapotant l'épaule.

Toni passa un moment avec Ginny, espérant que les caresses que la vieille dame prodiguait à Archie lui rappelaient de bons souvenirs.

— Ginny, dit-elle gentiment, Archie va faire une petite visite à Ella, maintenant. Nous reviendrons vous voir la semaine prochaine. Dis « au revoir », Archie.

Le chien lâcha un petit jappement.

Toni fit ensuite sa tournée habituelle, bavardant avec les résidents et les laissant caresser Archie. Au bout d'une heure et demie, le temps maximum alloué aux séances de zoothérapie, elle quitta le salon avec son chien pour se rendre dans le bureau de Julia.

La directrice désigna du menton le tiroir où elle gardait des friandises pour Archie.

— Je peux ?

— Bien sûr. Il les a bien gagnées, et nous allons courir sur la plage en partant. Comme ça, il brûlera les calories.

Sachant qu'il allait être récompensé, Archie s'assit sagement et offrit sa patte à Julia, qui sourit et le caressa avant de lui donner un biscuit.

— J'aime bien l'idée que tu viennes le lundi, dit-elle à Toni. De cette façon, les résidents attaquent la semaine dans la joie et la bonne humeur.

— Archie est content de venir, lui aussi. Je suppose que tu veux me parler d'un résident ?

— Oui, répliqua Julia en posant la main sur un dossier. Je pense que Liza fait une infection urinaire. Le test que j'ai fait ce matin n'est pas concluant, mais je voudrais écarter tout risque avant que cela devienne éventuellement plus grave.

Les infections urinaires pouvaient aggraver l'état des patients atteints de démence sénile. Elles étaient fréquentes quand les personnes âgées refusaient de boire suffisamment.

— D'accord, dit Toni. Fais un autre test et tiens-moi au courant. J'en parlerai à la réunion de staff du cabinet, demain. En fonction de l'emploi du temps des uns et des autres, on décidera qui viendra. En tout cas, on n'attendra pas la visite hebdomadaire du jeudi…

Toni consulta le dossier avant de poursuivre.

— C'est la quatrième infection urinaire en trois mois de Liza, alors j'envisage de lui donner une faible dose d'antibiotiques sur le long terme en guise de prophylaxie.

En tant qu'infirmière praticienne, elle était habilitée à prescrire des antibiotiques sans avoir à consulter un généraliste, ce qui facilitait les choses.

Julia, qui était également infirmière spécialisée en gériatrie, approuva.

— Très bien. Je m'inquiète aussi un peu pour Renée. J'ai remarqué que sa main tremble quand elle prend sa tasse, et ces deux derniers jours, elle ne parle plus aux autres.

— Tu penses qu'il faut revoir son traitement au lithium ?

Renée était bipolaire, et il fallait vérifier régulièrement le taux de lithium dans son sang pour s'assurer qu'il n'était pas trop élevé et agissait efficacement. Un tremblement était souvent le signe que quelque chose n'allait pas, ainsi qu'un changement d'humeur.

— Oui. Mieux vaut intervenir le plus vite possible s'il y a un problème.

— Je vais lui faire tout de suite une prise de sang. Je déposerai l'échantillon au cabinet en rentrant. Je le mettrai au frigo, et il partira au labo demain matin. Je t'appelle dès que j'ai les résultats.

— Merci.

Toni se lava les mains, puis elle passa à l'infirmerie pour prendre ce dont elle avait besoin pour la prise de sang : une seringue, un sparadrap, une fiole et une étiquette.

Renée lui sembla plus craintive que d'habitude.

— On ne m'aime pas, ici, dit-elle en se tordant les mains. Ils vont me dire de partir.

Chaque fois qu'elle était inquiète, la vieille dame ressassait sans cesse les mêmes peurs, et il était impossible de la rassurer plus de quelques minutes. Deux jours après que le taux de lithium aurait été ajusté, son humeur changerait, et elle s'apaiserait.

Après lui avoir demandé la permission de lui faire une prise de sang, Toni dévia la conversation en lui rappelant combien le coucher du soleil avait été beau la veille. Par bonheur, le stratagème fonctionna, et elle put travailler tranquillement. Elle rassura la vieille dame avant de retourner dans le bureau de Julia récupérer Archie.

— Je suis presque sûre que tu as raison, dit-elle. Le niveau de lithium est à revoir. Mais pour ajuster le dosage, il faut avoir des résultats très précis. Seul un médecin pourra le faire.

— D'accord. En attendant, on va s'efforcer de la rassurer. Merci, Toni.

— Il n'y a pas de quoi. L'un d'entre nous passera demain. Archie et moi, nous reviendrons lundi prochain.

M. Fellowes, le patient dont s'occupait présentement Ben, avait la langue bien pendue. Il lui avait déjà brossé le portrait de chacun de ses collègues.

— Quant à Toni, c'est une fille formidable, dit-il. Elle a travaillé dans un grand hôpital londonien. On a de la chance de l'avoir.

Ben dressa l'oreille. Il se demanda ce qui avait bien pu inciter la jeune femme à quitter Londres. Malgré leur petit affrontement, il avait conscience que celle-ci l'intéressait.

M. Fellowes lui fournit l'explication qu'il espérait.

— Elle est venue pour aider sa sœur à s'occuper de leur grand-mère quand celle-ci est tombée malade. Betty Butler était une femme charmante, qui pouvait être fière de ses petites-filles.

Ben hocha la tête poliment.

Apparemment, Toni et sa sœur avaient été élevées par leur grand-mère. Bien sûr, ça ne le regardait pas. Il n'avait pas à demander ce qui était arrivé aux parents, ni si la vieille dame était toujours de ce monde.

— Notre Toni fait tout son possible pour aider les gens.

Il éprouva un pincement de culpabilité.

Il était clair que l'infirmière était aussi généreuse que populaire. Il avait peut-être réagi de façon excessive à propos du chien. À moins que cette réaction excessive ne soit due aux yeux gris de Toni. C'était d'autant plus perturbant que, depuis deux ans, il n'avait plus remarqué ce genre de détails.

— C'est bon à savoir, dit-il d'une voix neutre.

Puis il revint sur l'ulcère à la jambe de M. Fellowes.

Toni déposa l'échantillon de sang dans le frigo du cabinet.

Elle n'aurait su dire si elle était soulagée ou déçue de ne pas avoir croisé le nouveau généraliste, ce qui la déstabilisait légèrement.

S'il était du genre crâneur comme Sean, c'était la dernière personne qu'elle avait envie de voir dans le coin. Pourtant, il y avait quelque chose en lui qui l'attirait.

De retour dans sa voiture, elle roula jusqu'au parking de la plage, puis elle enfila des baskets et prit un sac de sport contenant deux bouteilles d'eau et un bol pour Archie. Elle lui mit ensuite sa laisse et gagna l'espace réservé aux chiens avant de le libérer.

La marée était presque basse. Elle suivit Archie jusqu'à la mer, savourant la fraîcheur de la légère brise marine et le bruit des vagues sur le sable.

Courir lui procurait toujours une dose d'endorphine qui l'apaisait. Lorsqu'elle retourna vers le parking, elle se sentait beaucoup moins maussade qu'après son affrontement avec Ben Mitchell.

Au passage, elle acheta une tarte aux pommes au café de la plage, ainsi qu'une saucisse pour Archie. Elle mit ensuite son harnais au chien et l'attacha sur la banquette arrière, puis elle se glissa derrière le volant. Un instant plus tard, elle roulait en direction de la maison de sa sœur.

Stacey l'accueillit en souriant.

— Le timing est parfait ! L'eau est chaude.

— Super ! répondit Toni en l'embrassant. J'avais vraiment envie de thé. J'ai apporté un gâteau. Comment va ma nièce préférée ? demanda-t-elle en prenant Scarlett dans ses bras.

La petite fille lui plaqua un baiser mouillé sur la joue.

Toni se réjouissait d'être restée à Norfolk et de voir sa nièce grandir. Si elle était retournée à Londres, elle ne l'aurait vue qu'une fois par mois, et elle aurait manqué les moments les plus importants de son évolution.

— Tu as passé une bonne journée, Stace ? demanda-t-elle.

— Parfaite. On a reçu un groupe de petits ce matin, et Mary a apporté sa guitare. Ensuite, on a fait un pique-nique dans le parc. Et toi ?

— Je suis allée à la résidence des Hêtres, comme tous les lundis. Archie a égayé quelques résidents.

— C'est bien, mais ça ne doit pas toujours être facile pour toi d'y retourner, sachant que mamie n'y est plus, remarqua doucement Stacey.

Une grosse boule se forma dans la gorge de Toni.

— C'est vrai. Elle me manque, et je sais qu'elle te manque aussi. Elle aurait adoré Scarlett.

Betty était morte d'une pneumonie un mois avant la naissance de Scarlett. D'une certaine façon, son décès avait soulagé Toni, parce que leur grand-mère ne souffrait plus. Mais en même temps, sa disparition l'avait anéantie. Un autre lien avec le passé était rompu.

Si seulement Betty n'avait pas été atteinte de démence sénile ! Si seulement leurs parents n'avaient pas disparu ! Ils auraient tous tellement aimé Scarlett !

— Oui, répliqua sa sœur d'une voix tremblante.

Toni se hâta de changer de sujet.

— Le nouveau médecin a commencé ce matin.

— Comment est-il ?

Elle fronça le nez.

— Je dirai qu'il a ton âge. Il est grand, brun et grincheux.

— Il n'est pas beau ?

— Ça, je ne l'ai pas remarqué.

C'était un petit mensonge. Ben Mitchell était canon… En tout cas, il l'aurait été s'il avait souri. Et ses yeux étaient du même vert que la mer par un jour de printemps.

Non qu'elle y ait vraiment prêté attention, d'ailleurs !

— Tu dis qu'il est grincheux ? Je n'imagine pas Ranjit offrant un poste à quelqu'un de ce genre.

Ranjit Sidana était l'associé principal du cabinet. C'était l'homme le plus gentil du monde, toujours souriant.

— On s'est disputés à propos d'Archie, avoua Toni. Il n'approuve pas la présence d'un chien dans le cabinet, ajouta-t-elle en levant les yeux au ciel.

— Peut-être était-il un peu sur les nerfs pour son

premier jour. Tu sais ce que mamie aurait dit : « Laisse-lui le temps de prendre ses marques avant de le juger. »

— Exact.

— Tu as des infos sur lui ? Il est marié ? Célibataire ? Il a des enfants ?

— Aucune idée. Ranjit nous a juste dit qu'il arrivait de Londres.

— Comme toi.

— Ça le regarde, Stace. Quoi qu'il en soit, quand bien même il serait libre, je n'ai pas l'intention de m'engager dans une nouvelle relation.

Stacey lui pressa légèrement l'épaule.

— Cela m'ennuie de te savoir seule.

— Ce n'est pas le cas. J'habite dans le même village que ma sœur, mon beau-frère et ma nièce, j'ai plein d'amis, et Archie me tient compagnie à la maison.

— Je suppose que tu n'as pas l'intention de partager ta vie avec un colocataire qui sait juste aboyer ?

Toni se mit à rire.

— Il y a quelques avantages à parler avec quelqu'un qui ne peut pas répondre.

Comme pour confirmer ce point de vue, Archie agita la queue puis lécha la main de Stacey et le pied de Scarlett.

— Je suis sûre que tu l'as dressé pour qu'il fasse ça, affirma Stacey en souriant. En tout cas, ne laisse pas ce salaud de Sean t'empêcher de trouver le bonheur avec quelqu'un d'autre. Tous les hommes ne sont pas comme lui… Bon, je n'insiste pas davantage.

Pour l'instant, ajouta Toni en son for intérieur, connaissant sa sœur.

Les intentions de Stacey étaient bonnes, mais sa vie lui plaisait telle qu'elle était, dans ce village où elle avait grandi.

Bien entendu, tous les hommes n'étaient pas aussi égoïstes et exigeants que son ex, mais ses deux prédécesseurs étaient tout aussi égocentriques. Parfois, elle se demandait si elle ne choisissait pas inconsciemment des partenaires incapables de lui donner l'amour dont elle avait besoin. Sean, le dernier en date, lui avait posé un ultimatum : si elle ne laissait pas tomber sa grand-mère, tout était fini entre eux !

Le choix avait été évident. Elle était célibataire, heureuse, et bien décidée à le rester.

Elle posa sa nièce à terre.

— Je vais aider ta maman à préparer le dîner, petite merveille.

2.

Le mardi matin, Ben arriva en avance pour la réunion hebdomadaire du staff. Il posa une boîte de fer sur la table et en souleva le couvercle.

— J'ai fait des brownies, déclara-t-il.

— Merci beaucoup, dit Ranjit avec un grand sourire.

Tout le monde prit un gâteau, sauf Toni.

Ben soupira intérieurement à l'idée qu'elle lui en voulait suffisamment pour ignorer sa proposition de paix.

Lorsqu'ils eurent résolu les questions d'emplois du temps, Ranjit demanda si quelqu'un avait un autre sujet à aborder.

— Moi, dit Toni. On a besoin d'un médecin à la résidence des Hêtres, ce matin. C'est le nom de la maison de retraite, expliqua-t-elle en se tournant vers Ben. Elle accueille quarante résidents et est spécialisée dans toutes les sortes de démences séniles. Il faut traiter l'infection urinaire de Liza Tatt et revoir les doses de lithium de Renée Mallory.

— Vous pouvez vous en occuper, Ben ? suggéra Ranjit. De toute façon, il faudra que vous fassiez la connaissance de Julia et de son équipe.

— Bien sûr, dit Ben. Vous y passez toutes les semaines, mademoiselle Butler ?

— Appelez-moi Toni.

Ah, elle s'adoucissait un peu ! Parfait. Il ne comptait pas

se lier d'amitié avec elle, mais s'ils pouvaient entretenir des relations professionnelles correctes, ce serait mieux.

— La visite médicale a lieu tous les jeudis, continua-t-elle, mais nous y allons chaque fois que c'est nécessaire. Pour ma part, je vais aux Hêtres tous les lundis après-midi avec Archie, qui est chien de thérapie. C'est pour cette raison que je l'amène au cabinet le lundi matin.

— C'est un chien de thérapie ? s'exclama-t-il.

— J'imagine que ça ne vous plaît pas non plus ? rétorqua-t-elle.

Il sursauta, cinglé par son ton bref.

Il l'avait sans doute bien mérité, mais elle ne s'était pas montrée très aimable non plus.

— Au contraire, dit-il. J'ai lu des articles démontrant que la présence d'un animal domestique peut vraiment aider les personnes âgées, surtout celles qui sont dans des maisons médicalisées.

— Exactement. La directrice des Hêtres a constaté qu'une visite d'Archie remonte le moral des résidents et améliore leurs relations avec le personnel et les autres pensionnaires. Ça leur donne d'autres sujets de conversation que leurs maladies. Et même ceux qui ne parlent pas retrouvent le sourire à la vue de mon chien. Par ailleurs, nous savons qu'aucun d'entre eux ne souffre d'allergie ou n'a peur des animaux. Il y a des contrôles d'hygiène aux Hêtres, comme au cabinet.

Comprenant qu'elle avait répondu à toutes les questions qu'il avait soulevées la veille, il hocha la tête.

— Je vous prie de m'excuser de vous avoir rabrouée hier.

— Mais vous n'aimez pas les chiens.

— Pas beaucoup, en effet. Ce n'est pas pour autant que je leur ferais du mal.

— Je peux comprendre, mais Archie est vraiment très gentil. Ses compétences ont été évaluées. N'importe qui peut le tenir ou le caresser, et il attend patiemment ses récompenses. Il ne saute pas sur les gens et ne les lèche pas trop.

— Bien sûr… Les personnes âgées ont la peau fragile.

Toni lui adressa un sourire qui lui donna l'impression que la pièce venait de s'illuminer.

Ce n'était pas bon ! Il devait se focaliser sur le travail. Il ne souhaitait pas éprouver de l'attirance pour une femme, après avoir eu tant de mal à se remettre de la trahison de Karen et de Patrick.

— Très bien. J'irai aux Hêtres pendant la pause déjeuner, dès que ma consultation sera terminée, promit-il.

— Merci.

Maintenant, Toni souriait largement, et il fallait reconnaître qu'elle était vraiment jolie.

Il jeta un coup d'œil à sa main gauche.

Apparemment, elle ne portait pas d'alliance, mais elle pouvait très bien avoir un compagnon…

Cela ne le regardait pas, point final ! Il avait beau être célibataire, il avait compris la leçon. Les relations amoureuses étaient fragiles et se dégradaient facilement. Il n'avait nullement l'intention de réitérer l'expérience.

Toni se méfiait toujours des gens qui n'aimaient pas les chiens. En réalité, elle ne les comprenait pas. Mais elle savait qu'elle s'était comportée envers le Dr Mitchell comme s'il était Sean, qui attendait d'elle qu'elle se conforme à ses directives sans discuter. Du coup, elle s'était montrée agressive plutôt que de chercher un terrain d'entente.

Bien sûr, tous les hommes ne ressemblaient pas à son ex.

Ce devait être l'assurance affichée par Ben Mitchell qui l'avait immédiatement stressée. De plus, c'était la première fois qu'elle accordait plus d'un regard à un homme depuis Sean. Lorsqu'il lui avait souri pendant la réunion, elle l'avait trouvé incroyablement beau, avec ses yeux verts, ses cheveux bruns qui tombaient sur son front, et cette bouche sensuelle… Il pourrait rivaliser avec n'importe quel acteur de cinéma.

Elle ne s'attendait pas à éprouver une telle attirance. Malheureusement, ses relations amoureuses avaient toujours mal tourné. Mieux valait se concentrer sur son travail.

Après la consultation, Ben entra l'adresse de la résidence des Hêtres dans son GPS et roula en direction de la maison de retraite.

Lorsqu'il se présenta à la directrice, celle-ci l'accueillit chaleureusement.

— Ah, vous êtes le nouveau médecin du cabinet ! Comment se passe votre installation ?

— Très bien, merci. Je voulais me présenter car j'effectuerai les visites hebdomadaires du jeudi.

— Merci beaucoup.

— Mlle Butler m'a dit que vous avez une patiente qui aurait besoin d'un traitement pour son infection urinaire chronique. J'aimerais aussi voir Mme Mallory, bien que nous n'ayons pas encore les résultats de ses analyses sanguines.

— Bien sûr. Toni vous a mis au courant du passé médical de ces patientes ?

— Oui, mais il vaudrait mieux que vous me disiez tout ce que j'ai besoin de savoir selon vous. Je ne voudrais pas avoir manqué quelque chose.

Après avoir examiné les deux patientes, il rencontra l'infirmière chargée des traitements, puis il se présenta à tous les résidents, après quoi il retourna dans le bureau de Julia.

— Je suis d'accord avec vous au sujet de Renée, lui dit-il. Nous reverrons les doses de lithium dès que nous en saurons davantage. Et je vais prescrire à Liza des antibiotiques pendant six mois, comme le préconise Toni.

— Merci, dit Julia. Je suis ravie d'avoir fait votre connaissance, docteur Mitchell.

— Ben, rectifia-t-il avec un sourire.

De retour au cabinet, il rédigea quelques ordonnances et s'acquitta de tâches administratives, puis il se rendit au supermarché pour acheter du lait. Comme il circulait parmi les rayons, il aperçut devant lui Toni poussant un caddie.

Pas de chien, remarqua-t-il. Mais, bien entendu, Archie n'était pas admis dans les supermarchés.

— Salut ! Vous faites vos courses hebdomadaires ? s'enquit-il poliment.

— Celles de ma voisine, en fait. Shona s'est cassé le bras en tombant de vélo il y a trois semaines.

— C'est très gentil de votre part.

Toni haussa les épaules.

— Elle en ferait autant pour moi. Great Cromwell est le genre d'endroit où les gens veillent les uns sur les autres. En ce moment, si vous voulez tout savoir, Archie se prélasse sur ses genoux, précisa-t-elle en souriant.

— Je vois, fit-il avec une petite grimace.

Elle se mordit la lèvre.

— On est partis du mauvais pied, hier… Écoutez, si vous n'avez rien à faire ce soir, je vous invite à dîner. Vous verrez, je ne fais pas trop mal la cuisine.

Il sentit un frisson le parcourir.

Du calme ! Elle ne le faisait pas parce qu'il l'attirait, mais parce qu'elle voulait remettre leurs relations professionnelles sur le bon rail !

Et cela valait mieux ainsi. Karen l'avait trop profondément blessé, il ne se laisserait pas approcher de sitôt par une femme, même si Toni était aussi sympathique qu'elle en avait l'air.

— J'accepte très volontiers, dit-il.

— Vous pouvez amener femme et enfants si vous en avez… Juste pour savoir pour combien de personnes je vais cuisiner.

Une femme ? Des enfants ? Non ! Il comptait maintenant sur le travail pour combler le vide abyssal de sa vie.

— Il n'y aura que moi.

— Et que moi et Archie.

— Très bien. J'apporte le dessert ? Euh… À moins que vous n'aimiez pas le sucre ?

Toni fit une petite grimace.

— Oh ! Vous avez dû remarquer que je n'avais pas goûté à vos brownies. Cela n'avait rien de personnel. Ma sœur répète que je suis sans doute la seule personne au monde qui n'aime pas le chocolat.

Bizarrement, cette précision le soulagea.

— C'est noté. La prochaine fois, je mettrai de la vanille.

— Merci… Et d'accord pour le dessert.

— À condition qu'il ne comporte pas de chocolat.

— C'est ça. Et vous, il y a un aliment que vous ne supportez pas ?

— Je mange de tout.

— Très bien, À ce soir, alors. 19 heures, ça vous va ?

— J'y serai.

Toni lui donna son adresse.

— C'est en bordure de ville, mais on peut se garer facilement.

— Ce n'est pas si loin de chez moi. Un peu de marche me fera du bien. À tout à l'heure.

Toni mit le couvert pour deux, perdue dans ses pensées. Sean avait toujours dit qu'elle était trop impulsive. C'était sans doute vrai, mais d'un autre côté, elle allait devoir travailler avec Ben Mitchell. Pour le bien des patients, mieux valait que leur relation professionnelle soit bonne. Et puis, elle s'en voulait de l'avoir mal jugé un peu trop vite. D'accord, son attitude vis-à-vis d'Archie l'avait agacée, mais elle pouvait presque entendre la voix de sa grand-mère à son oreille : « Marche pendant un kilomètre dans les chaussures d'un autre avant de le cataloguer. »

Le moins qu'elle pouvait faire, c'était l'inviter à dîner et l'aider à s'intégrer dans la communauté !

À 19 heures précises, la sonnette de la porte d'entrée retentit.

Ben se tenait sur le seuil, chargé de paquets.

— J'ai acheté une tarte au citron et des fraises. J'espère que cela vous convient ?

— Bien sûr que oui, merci ! De mon côté, j'ai préparé un saumon au pesto.

— J'avais oublié de vous demander si vous préfériez le vin rouge ou le blanc, alors j'ai joué la sécurité, dit-il en lui tendant une bouteille.

— Du sauvignon blanc de Nouvelle-Zélande, mon préféré !

— Et quand quelqu'un m'invite à dîner, on m'a appris à toujours offrir des fleurs à l'hôtesse.

— Elles sont magnifiques ! s'exclama Toni en prenant le bouquet de pivoines. Venez dans la cuisine, je vais les mettre dans l'eau et vous proposer quelque chose à boire.

— Merci.

— Je préfère vous prévenir : Archie est dans la cuisine. Mais si vous le souhaitez, je peux le mettre dans le jardin.

Toni faisait visiblement un effort pour lui faire plaisir, songea Ben. Il était juste qu'il en fasse autant.

— Il n'y a pas de souci. Je n'ai pas grandi avec des chiens et j'ignore comment me comporter avec eux, alors il faudra simplement me donner quelques conseils.

À la façon dont Toni lui sourit, Ben devina que c'était la bonne réponse.

Dès qu'Archie les aperçut, il s'assit dans son panier et remua la queue, brûlant visiblement d'envie de s'élancer pour l'accueillir, mais il suffit d'un signe de Toni pour qu'il reste où il était.

— Il est très bien dressé, commenta Ben.

— C'est vrai. Il ne bougera pas tant que je ne l'aurai pas autorisé à vous dire bonjour. Les springers sont d'ordinaire très exubérants, et c'est le cas d'Archie, si on lui en laisse l'occasion. Mais ils sont aussi extrêmement gentils et sociables. Si vous lui tendez la main, il la reniflera, et vous pourrez lui caresser le haut du crâne. En tant que chien de thérapie, il est habitué aux personnes âgées à la peau fragile et aux jeunes enfants, souvent nerveux ou imprévisibles.

— Vous travaillez aussi avec des enfants ?

— Le mercredi matin, je vais à l'école pour aider les enfants qui ont des problèmes de lecture ou qui ne parviennent pas à lire à voix haute devant toute la classe. Ils lisent pour Archie. Au début, la directrice pensait que c'était une idée complètement débile.

Ben était du même avis, mais la passion qui faisait briller les yeux de Toni lui plaisait.

— Mais nous avons vu les plus timides et les plus hésitants gagner en assurance et lire pour Archie. En six semaines, ils ont amélioré leurs performances de plusieurs mois. En récompense, l'un d'entre eux lui remplit d'eau son bol.

— J'avoue que je n'y aurais jamais pensé !

— Il y a de nombreuses possibilités en zoothérapie. Archie apprécie ces séances, et s'il s'endort, je dis aux enfants que c'est comme quand un adulte leur lit une histoire à l'heure du coucher.

Ben s'esclaffa, tout en se sentant ému malgré lui.

Il commençait à comprendre pourquoi tout le monde chantait les louanges de Toni Butler.

Il prit une profonde inspiration.

— Je vais le caresser, dit-il doucement.

Le chien ne bougea pas lorsqu'il lui caressa la tête. Il était exactement comme Toni le décrivait : doux, obéissant et gentil, avec un pelage soyeux et ces gros yeux couleur ambre remplis de tendresse.

— Des études ont montré que la pression artérielle baisse quand on câline un chien, dit Toni. Et dans les moments de stress, les propriétaires d'un chien ont une activité cardio-vasculaire plus régulière. Mais, évidemment, j'ignore si les gens qui ne les aiment pas éprouvent la même chose.

— Je pense que oui.

— Le dîner sera servi dans cinq minutes. Vous voulez un verre de vin ?

— Volontiers, dit-il en se penchant sur les photographies aimantées sur la porte du réfrigérateur.

Il y en avait de Toni et d'Archie avec différents groupes de personnes au visage souriant. Il était clair qu'elle leur apportait beaucoup de joie.

Le repas fut délicieux : du saumon au pesto, des pommes de terre nouvelles, des asperges, des petites carottes et des courgettes frites.

Karen n'était pas très portée sur la cuisine, et depuis qu'il était seul, il n'avait pas envie d'élaborer de bons petits plats. Sauf quand ses parents ou sa sœur l'invitaient, il avait presque oublié ce que c'était de partager un repas. Dans ces occasions, il tentait de faire bonne figure pour leur faire plaisir.

Mais là, c'était un nouveau départ. Toni et lui pouvaient être collègues, amis… Peut-être davantage !

Il réprima bien vite cette idée.

— C'est vraiment très bon, dit-il.

— À part le saumon et le pesto, tout vient de mon jardin, répliqua Toni. En juin, il est magnifique.

— Vous jardinez ?

— Je ne suis pas aussi experte en la matière que ma

grand-mère, mais c'est pour cela que j'ai choisi d'habiter ici plutôt que dans une maisonnette de pêcheur près du port. Archie a de la place pour s'ébattre, et j'ai un petit potager.

— Vous êtes ici depuis longtemps ?

— Dans cette maison, depuis deux ans. Mais j'ai passé une partie de mon enfance à Great Cromwell. Mes parents sont morts dans un accident de voiture quand j'avais douze ans et ma sœur quatorze. Mamie nous a prises chez elle. Avant, nous venions chaque été, mais nous habitions à Londres.

— Vous avez grandi à Londres ! fit-il, surpris.

— À Highgate quand mes parents étaient vivants. Plus tard, j'y ai fait mes études d'infirmière. Je vivais dans le quartier de Victoria et je travaillais aux urgences du London Victoria.

— Et pourquoi êtes-vous revenue ici ?

Il mesura combien la question était indiscrète en voyant Toni se crisper.

— Pardonnez-moi, dit-il très vite. Vous n'avez pas à me répondre.

Et peut-être éviterait-il d'être lui-même questionné sur son départ de Londres.

— Il n'y a pas de problème. Ma grand-mère souffrait de démence sénile, c'est ce qui a causé mon retour. Ma sœur avait suivi une formation de couturière. Elle était restée à Great Cromwell, mais ce n'aurait pas été juste qu'elle se charge seule de veiller sur mamie. J'ai été engagée au cabinet, et je me suis installée chez elle, si bien qu'on a pu lui éviter la maison de retraite quelques mois de plus. J'aurais juste voulu qu'elle connaisse Scarlett, ma nièce, qui a quatorze mois.

— Vous n'avez pas eu envie de repartir pour Londres après sa mort ?

— J'avais toujours pensé que je le ferais, parce que j'adorais travailler aux urgences. Mais j'ai compris ensuite que mon poste au cabinet me convenait mieux. On connaît les patients, on voit les enfants grandir et s'épanouir, et comme on est au courant de leur passé familial et médical, on est plus à même de les soigner. En plus, ma sœur me manquait énormément quand j'étais à Londres.

Il avait cru percevoir de la tristesse dans le regard de Toni, mais il avait dû se tromper car elle n'y était plus un instant plus tard. Il avait l'impression qu'une autre raison l'avait poussée à ne pas retourner à Londres après la mort de sa grand-mère…

Mais il n'allait pas lui demander laquelle. De son côté, il n'avait pas la moindre envie de parler de Karen et de Patrick.

— C'est aussi pour ça que j'ai choisi d'être généraliste, au lieu de travailler en hôpital, dit-il.

— Où exerciez-vous, auparavant ?

— À Londres, près de la station de métro Chalk Farm, pas très loin de Primrose Hill. J'avais la chance de pouvoir faire mon jogging matinal dans le parc. La vue sur la ville est magnifique.

— On dirait que ça vous manque.

— C'est le cas.

Ce qui ne lui manquait pas, en revanche, c'était sa détresse pendant les derniers mois de son mariage et les deux ans de solitude qui avaient suivi son divorce. Au début, il avait attribué la mauvaise humeur de Karen aux hormones de la grossesse et avait fait de son mieux pour être compréhensif. Mais juste avant l'échographie des vingt semaines, Karen avait lâché sa bombe. Il avait alors compris que le comportement de sa femme n'était pas dû au bébé mais à la culpabilité.

— Il y a de bons endroits pour courir, ici. Et à marée basse, vous pouvez vous entraîner le long de la mer. Si vous avez de la chance, vous verrez même des phoques. Et vous, pourquoi êtes-vous parti de Londres ?

C'était la question qu'il redoutait.

Parce que ma femme est tombée amoureuse de mon meilleur ami. Elle a brisé notre mariage en même temps que mon cœur.

Comme il demeurait silencieux, Toni choisit un autre angle d'attaque.

— Vous avez de la famille dans la région ?

— Non. Mais quelquefois, on a besoin de changement, et il m'a semblé qu'il ferait bon vivre dans cet endroit.

Pour éviter que Toni insiste, il changea de sujet.

— Qu'est-ce qui vous a décidée à faire d'Archie un chien de thérapie ?

— Quand mamie a dû s'installer en maison de retraite, une autre résidente recevait souvent la visite de son chien. Dès qu'il apparaissait, ma grand-mère se mettait à sourire. Après qu'elle avait quitté la maison, j'avais pris Archie pour me tenir compagnie. La directrice du centre m'a suggéré d'en faire un chien de thérapie et de l'amener aux Hêtres.

La conversation se poursuivit sur un terrain neutre jusqu'au dessert.

— Oh ! c'est vraiment sublime ! s'exclama Toni. Et cette tarte au citron s'associe très bien avec les fraises.

— Si je comprends bien, vous êtes gourmande ?

— Oui, avoua-t-elle en souriant. Mais je m'intéresse aussi à la nutrition parce que j'ai des patients diabétiques. J'envisage de leur apprendre à préparer leurs plats favoris de façon que cela ne nuise pas à leur santé. Je voudrais en faire autant pour les patients cardiaques. J'aimerais donner des cours de cuisine ou publier des recettes sur Internet.

— C'est une très bonne idée. Les régimes qui marchent le mieux sont ceux qui donnent du plaisir.

— Vos brownies m'ont fait deviner que vous êtes gourmand, vous aussi, et que vous savez cuisiner.

— Un peu.

Karen lui laissait ce soin, et il avait toujours trouvé

cette activité relaxante. Il s'en était désintéressé quand elle l'avait quitté pour Patrick. Les brownies étaient les premiers gâteaux qu'il ait préparés depuis des mois.

— On pourrait peut-être travailler ensemble sur le projet ? suggéra Toni.

Désormais, il comprenait exactement pourquoi Toni suscitait autant d'affection autour d'elle : à cause de sa chaleur, de ses idées brillantes et de la façon dont elle s'efforçait d'intégrer tout le monde. S'il était honnête envers lui-même, il devait reconnaître qu'elle l'attirait énormément.

Bien sûr, il n'avait pas l'intention de céder à cette attirance. Il n'avait pas remonté la pente pour dégringoler de nouveau tout en bas. Mais être son collègue et son ami… Oui, il s'en sentait capable. Ce serait même un plaisir.

— Volontiers, dit-il.

— J'accueille les diabétiques le jeudi matin.

— Cela vaudrait peut-être le coup de leur demander quels sont leurs plats préférés pour les aider à les alléger. Ensuite, pourquoi ne pas organiser une séance hebdomadaire avec les cardiaques et en faire autant avec eux ?

— C'est une super idée ! Je vais réfléchir à une proposition que nous pourrions peaufiner ensemble avant de la soumettre à Ranjit.

— Parfait, dit-il en serrant la main de Toni.

Sauf que c'était une erreur de lui serrer la main, il s'en aperçut en sentant des picotements lui remonter le long du bras.

Attention à rester professionnel !

Quand elle lui proposa un café, la raison lui dit de refuser, mais il appréciait vraiment sa compagnie, et ce lui était trop difficile de résister.

Il aimait bien sa salle de séjour, aussi. La grande fenêtre donnait sur les marais salants, les murs étaient ornés de tableaux représentant des scènes locales : un phare aux parois rayées, des jacinthes des bois, un coucher de soleil sur la mer. De nombreux cadres étaient posés sur le manteau de la cheminée. Il y avait une photo de Toni avec une femme qui lui ressemblait, sans doute sa sœur. Sur une autre, Toni enfant se trouvait avec ses parents. Et sur une dernière, elle tenait la main de sa grand-mère.

Archie les avait suivis dans la pièce. Dès que Toni se fut assise, il posa son museau sur le genou de la jeune femme et leva vers elle des yeux implorants.

— D'accord, dit-elle.

Aussitôt, le chien fit un bond et s'installa sur ses genoux.

Elle adressa à Ben un sourire penaud.

— Il est trop grand pour faire ça, mais il a pris cette habitude quand il était chiot.

Archie avait fermé les yeux et laissait échapper une sorte de doux ronflement.

Ben s'étonna de se sentir si bien, si détendu. Son propre logement lui servait pour manger et dormir, mais ici… Il se sentait apaisé, ce qui ne lui était pas arrivé depuis longtemps. Et, bizarrement, c'était grâce à Toni et à son chien.

Il ne savait pas très bien si cette idée le rassurait ou l'effrayait.

— Je vais devoir partir, dit-il après avoir bu son café. Je vous aide à faire la vaisselle ?

— C'est hors de question.

— Alors, merci pour le dîner.

— Et merci pour le dessert.

Poussant gentiment le chien par terre, Toni se leva.

— À demain matin, dit-il.

— À demain après-midi, rectifia-t-elle. Les mercredis matin, Archie et moi allons voir les enfants, à l'école.

— Profitez bien de votre séance de lecture.

— C'est ce qu'on va faire.

Ben baissa les yeux vers le chien.

— Au revoir, Archie.

Comme si le chien comprenait qu'il ne pouvait se résoudre à le caresser, il lâcha un jappement très doux.

Pendant tout le trajet du retour, Ben ne cessa de penser au sourire de Toni.

Il allait vraiment devoir se contrôler.

3.

Toni appréciait toujours la séance de lecture avec les écoliers, ainsi que leur enthousiasme, mais ce mercredi elle n'était pas parvenue à chasser Ben Mitchell de son esprit.

Elle ignorait toujours pourquoi celui-ci avait quitté Londres pour s'installer dans leur petite ville sur la côte. Pourtant, elle devinait que cette décision avait quelque chose à voir avec le fait qu'il était célibataire…

Mais elle n'allait pas le pousser dans ses retranchements. Si elle n'était pas retournée à Londres après la mort de sa grand-mère, elle avait aussi ses propres raisons…

Elle avait commis une énorme erreur en commençant à sortir avec Sean, un homme qui ne se souciait que de lui-même et des apparences. C'était un chirurgien brillant, mais qui ignorait l'empathie. Comment avait-elle fait pour se laisser aveugler si longtemps ?

Bien sûr, elle connaissait la réponse : il l'avait littéralement envoûtée avec des dîners au restaurant, des week-ends enchanteurs et des roses rouges par bouquets de deux douzaines. Elle l'avait payé de retour avec des billets pour des spectacles. Ils s'étaient bien amusés ensemble, et tout s'était bien passé jusqu'à ce que sa grand-mère tombe malade. Elle avait alors découvert que le charme de Sean était tout en surface et qu'il était incapable de lui apporter le moindre soutien. Elle était tellement persuadée qu'il était l'homme de sa vie que son ultimatum l'avait atteinte au cœur. Après cela, elle avait très vite cessé de l'aimer.

Ben lui avait tout de suite déplu parce qu'elle avait trouvé qu'il ressemblait à Sean dans le genre beau médecin plein d'assurance qui pèse de tout son poids pour imposer son avis. Mais ensuite, il s'était excusé et avait fait un effort avec Archie, bien qu'il n'apprécie pas les chiens. Sean, lui, aurait exigé qu'elle mette Archie dans le jardin dès son arrivée, et il aurait fait un scandale si des poils de chien avaient souillé son costume impeccable…

Elle secoua la tête.

Ces pensées ne menaient nulle part, puisqu'elle n'avait aucunement l'intention de s'engager dans une relation sentimentale. C'était uniquement pour le travail qu'elle avait proposé à Ben Mitchell de prendre leur pause déjeuner sur le port.

Assis sur un muret, ils discutaient donc de leur projet tout en grignotant des chips.

— J'espère que vous voyez l'ironie de la situation, remarqua Ben. Deux professionnels de la médecine en train de discuter nutrition pour deux catégories de patients…

— … En se remplissant l'estomac d'aliments que nous leur recommandons d'éviter, conclut-elle. Nous sommes deux gros hypocrites, ajouta-t-elle avant d'enfourner une poignée de chips.

Ben en fit autant.

— Je vais devoir courir longtemps ce soir pour brûler ces calories, dit-il en souriant.

Ses yeux étaient du même bleu-vert que la mer qui s'étalait devant eux. L'espace d'un instant fou, elle envisagea de se pencher pour l'embrasser.

Elle entrouvrit involontairement les lèvres, mais, s'apercevant qu'il fixait sa bouche, elle fut prise de panique.

Très mauvaise idée !

Elle s'empressa de changer de position avant qu'ils fassent quelque chose de stupide.

Ben avait légèrement rougi, ce qui la renforça dans l'idée qu'il avait pensé exactement à la même chose.

— Alors ? demanda-t-il brusquement. Est-ce qu'Archie s'est endormi pendant la séance de lecture ?

— Oui, dit-elle, soulagée qu'il ramène la conversation sur un terrain sûr. Mais quand un enfant a trébuché et s'est arrêté, il a rouvert les yeux. Je leur ai expliqué qu'il voulait écouter la suite. Nous avons débrouillé ensemble le mot difficile, et tout le monde était content.

— C'est super ! J'en conclus que vous travaillez à mi-temps au cabinet ?

— Parce que je n'y suis pas le lundi après-midi et le mercredi matin ? Non. Nous sommes ouverts de 6 heures à 20 heures le mardi. Je fais donc mes trente-sept heures et demie réglementaires par semaine.

— Si nous organisons une séance consacrée à la nutrition, cela prendra deux heures de plus.

— Ce n'est pas du travail. Je dirai plutôt qu'il s'agit de rendre service à la communauté pour la remercier de ce qu'elle fait pour nous.

Ben hocha la tête.

C'était déjà ce que Toni faisait les lundis après-midi et les mercredis matin. Décidément, Toni Butler était une belle personne. Comment s'était-il débrouillé pour se disputer avec elle le premier jour ?

Mais ce qui importait, c'était le travail qu'ils accomplissaient ensemble, non ses sentiments envers elle.

Ils peaufinèrent le projet qu'ils devaient présenter à Ranjit, et il finit par questionner Toni sur ce qui l'intriguait depuis qu'ils étaient assis sur ce mur.

— Qu'est-ce qu'il y a dans ce sac ? Je sens une odeur…

— Du poisson d'hier. Un petit cadeau de Bill, le propriétaire du *fish and chips*, pour Archie qui adore ça.

— Si je comprends bien, c'est le village tout entier qui adore votre chien ?

— Ce n'est pas faux. Bill est le père d'un de mes lecteurs. Chaque fois que je viens, il donne du poisson de la veille pour Archie. Fluffy, le chat de la directrice de l'école, a droit lui aussi à sa livraison.

— Belle solidarité. Donc, tout le monde se connaît, ici ?

— Et tout le monde veille sur tout le monde. Adolescente, je trouvais ça un peu frustrant, précisa Toni en riant. Si j'étais invitée quelque part et que je voulais acheter une bouteille de vin, tous les vendeurs, qui étaient au courant de mon âge, refusaient de me la vendre. Sans compter que mamie était aussitôt informée ! Mais d'un autre côté, s'il gèle, aucune personne âgée n'a besoin de sortir et de risquer une chute, parce que quelqu'un lui fera ses courses ou postera ses lettres. Ça peut paraître un peu étouffant parfois, mais Stacey et moi nous nous plaisons ici.

Ben se rappela pourquoi elle était venue à Great Cromwell à l'âge de douze ans.

— La perte de vos parents a dû être dramatique.

— Oui, mais mamie était là, et tout le village nous a soutenues. C'est sympa de pouvoir parler d'eux ou de mamie avec des gens qui les ont connus. C'est un peu comme s'ils étaient encore là tous les trois.

— Pourquoi avez-vous fait vos études à Londres ?

— À dix-huit ans, les lumières de la capitale m'attiraient. Je ne le regrette pas, parce que j'ai acquis beaucoup d'expérience aux urgences. Et vous ? Vous avez étudié la médecine à Londres ?

— Oui. J'y ai passé mon enfance.

— Votre famille doit vous manquer.

— Oui, mais je voulais m'éloigner.

Il avait eu besoin de repartir de zéro, loin des personnes

qui lui avaient fait tant de mal. Il avait perdu son épouse, le bébé qu'il pensait être le sien et son meilleur ami – celui qu'il connaissait depuis l'université, son témoin le jour de son mariage !

Comment n'avait-il rien vu ?

Il avait cru que Patrick n'aimait pas Karen, qu'il ne la supportait que par amitié pour lui, alors que celui-ci était tombé amoureux d'elle dès leur première rencontre ! Après le mariage, Patrick était parti pour Edimbourg afin de mettre un peu de distance entre Karen et lui.

Ben n'avait pas non plus la moindre idée que sa femme était tombée amoureuse de Patrick, le chirurgien brillant avec qui tout le monde aimait travailler parce qu'il faisait tout son possible pour ses patients et son équipe. Patrick, qui recevait gratuitement à Harley Street les enfants présentant un bec-de-lièvre ou une malformation faciale.

— Ben ? lança Toni, la mine soucieuse.

— Désolé. Je rêvassais.

Et personne ne lui ferait avouer où ses pensées l'avaient entraîné. Pour éviter qu'elle le questionne, il revint à leur projet, qu'ils décidèrent de présenter à Ranjit plus tard dans l'après-midi.

— Excellent ! s'exclama Ranjit. Où comptez-vous organiser ces séances ?

— Dans la cuisine du lycée, si c'est possible, dit Toni. Sinon, à la mairie. Ou alors, on commencera par un blog. On demandera éventuellement au chef de nous faire une démo.

— Je vais en parler en conseil municipal, proposa Ranjit. Si vous avez besoin d'autre chose, faites-le-moi savoir.

— Demain, c'est le jour de ma consultation pour diabétiques, dit-elle. Je peux en parler à mes patients et voir ce qu'ils aimeraient qu'on fasse.

— Quand vous avez une idée, remarqua Ben avec un sourire, vous ne la lâchez pas.

— La vie est courte, on doit saisir toutes les occasions. Quand je serai vieille, je ne veux pas regretter de n'avoir pas fait les choses que je voulais faire.

Elle avait bien quelques regrets, mais elle les repoussait fermement, sachant qu'on ne peut pas avoir tout ce qu'on souhaite. Elle était satisfaite de ce qu'elle avait.

Pendant les trois semaines précédentes, Ben s'était senti de plus en plus à sa place à Great Cromwell. Bien sûr, la vue superbe sur Londres dont il avait disposé sur les hauteurs de Primrose Hill lui manquait, ainsi que son jogging matinal dans le parc, mais il découvrait qu'il aimait vraiment la mer, le bruissement des vagues sur la plage et le cri des mouettes.

Le lundi, il confectionnait des blondies pour la réunion de staff du mardi, et Toni en prenait un avec son café. Chaque fois qu'elle lui souriait, il cessait une seconde de respirer, mais il restait décidé à maîtriser ses émotions. Il avait l'impression que l'attirance était réciproque, mais il ne pouvait pas se fier à son propre jugement, après son expérience avec Karen.

Ce jour-là, il recevait sa dernière patiente de l'après-midi.

Courtney Reeves avait dix-sept ans et devait bientôt passer son bac. Lorsqu'elle avait pris rendez-vous, elle avait refusé d'en donner la raison à la réceptionniste.

— Qu'est-ce que je peux faire pour toi, Courtney ? demanda-t-il.

La jeune fille se mordit la lèvre.

— J'ai un gros problème.

— D'accord. Tu veux m'en parler, ou est-ce que tu voudrais que quelqu'un d'autre soit là ? Ta mère, par exemple ?

À ces mots, Courtney fondit en larmes.

— Je… Non ! Ne lui dites rien, s'il vous plaît.

Il poussa vers elle la boîte de mouchoirs en papier.

— Tout ce que tu me diras ici est strictement confidentiel. Je ne pourrais en parler à une autre personne que si tu courais un danger, mais je commencerais par en discuter avec toi.

— Si j'ai mon bac, je suis acceptée à Cambridge.

— C'est ce que tu souhaites ?

— Oui, fit-elle d'une voix tremblante, mais… J'ai tout gâché.

Il attendit qu'elle soit prête à se confier.

Elle finit par s'essuyer les yeux.

— J'ai trop bu pendant une fête, et j'ai fait quelque chose de vraiment nul. C'était il y a un mois.

Il devinait facilement ce qui n'allait pas : elle avait eu une relation sexuelle non protégée.

— Tes règles ont du retard ?

— Oui. J'ai pris le bus pour Norwich et j'ai acheté un test. Ensuite, je l'ai fait dans les toilettes de la bibliothèque. Ici, ma mère l'aurait su.

— Il était positif ?

— Oui… Je ne sais pas quoi faire. J'aurais dû prendre la pilule du lendemain, mais j'ai trop attendu. Le lundi, c'était trop tard.

— Tu l'as dit à quelqu'un ? À l'infirmière du lycée, par exemple ?

— Juste à ma meilleure amie. Elle m'a convaincue de venir vous voir, et elle m'attend dehors.

— C'est une très bonne amie, et tu as fait exactement ce qu'il fallait. Bon, le test est positif, mais est-ce que tu as d'autres symptômes ?

— Des nausées, vous voulez dire ? Non. Comme mes règles n'arrivaient pas, j'ai pensé que c'était à cause du stress des exams.

— Je ne te juge pas, Courtney, mais puisque tu n'as

pas utilisé de préservatif, tu pourrais avoir contracté une infection, alors je te propose de faire une analyse.

— Une maladie sexuellement transmissible ? C'est impossible. C'était la première fois pour tous les deux.

— Tu en as parlé à ton petit ami ?

— Pour ruiner sa vie autant que la mienne ? Je ne peux pas ! Il est censé faire ses études à Oxford.

— Parlons de tes options. Si tu veux garder le bébé, tu dois bénéficier d'un suivi prénatal dès maintenant.

— Je ne veux pas de ce bébé ! Je suis trop jeune, et je ne suis pas prête pour ça…

La jeune fille pâlit et se tut un bref instant.

— Mais l'avortement, c'est horrible ! Je fais un bac S, alors je sais que pour l'instant ce n'est qu'un embryon, pas un… Je ne sais pas quoi faire, docteur Mitchell. Dans tous les cas, il y aura quelqu'un qui souffrira.

Courtney secoua la tête, luttant contre les larmes et visiblement incapable de continuer.

Il se racla la gorge, plus ému qu'il ne l'aurait voulu.

— C'est une décision difficile, tu n'es pas obligée de la prendre tout de suite. Tu n'es qu'au début de la grossesse, et tu as encore du temps. Si tu ne veux pas avorter, mais que tu ne peux pas non plus assumer cette maternité, tu peux faire adopter cet enfant. Quoi que tu fasses, sache que tu n'es pas seule. Nous pouvons te soutenir, ici, au cabinet.

— Maman va être tellement en colère ! Elle m'a eue à dix-sept ans et l'a toujours regretté. Je sais qu'elle m'aime, mais sans moi, sa vie aurait été différente. Quand elle pensait que je n'entendais pas, je l'ai entendue en parler à une amie. Elle aurait fait des études, elle aurait voyagé, elle aurait eu un bon métier. Et maintenant, je fais la même erreur ! Je vais énormément la décevoir.

— Une fois qu'elle aura dépassé le choc initial, elle peut être la personne la plus à même de t'aider parce qu'elle est passée par là.

— Je l'ai laissée tomber. J'ai laissé tomber tout le monde. Comment je pourrais devenir docteur un jour, alors que j'ai fait un truc pareil ?

— Tu es humaine, Courtney. Plein de médecins que je connais ont fait l'expérience d'une grossesse inattendue. Il faut que tu discutes avec ta mère. Si tu veux que moi ou quelqu'un d'autre du cabinet soit présent, je peux arranger ça.

Une larme coula le long de la joue de Courtney, et la jeune fille le fixa comme si elle n'arrivait pas à y croire.

— Vous feriez ça ?

— Bien sûr que oui. Tu n'es pas seule, Courtney. Vois quand ce sera le bon moment, reprit-il. On fixera un rendez-vous pour en parler ensemble.

Lorsque Courtney quitta le cabinet, elle semblait aller un peu mieux, mais lui-même ne put s'empêcher de penser à Karen.

Au moins, Courtney savait qui était le père. Pour Karen, c'était plus compliqué. Elle aussi avait paru consternée quand elle avait compris qu'elle était enceinte. Elle avait couché avec Patrick en son absence, alors qu'il participait à un séminaire. D'après ses calculs, il y avait de fortes chances pour que le père soit Patrick. La vérité avait péniblement émergé juste avant l'échographie de la vingtième semaine.

La douleur de ce souvenir lui coupa le souffle.

Revenir sur le passé ne servait qu'à raviver la blessure.

Karen lui avait répété qu'il n'avait rien fait de mal, qu'elle était juste tombée amoureuse de Patrick. Ce soir-là, celui-ci l'avait accompagnée à un spectacle, et l'attirance avait momentanément balayé leurs scrupules. Ils avaient passé une seule nuit ensemble. Par la suite, ils s'étaient tenus éloignés l'un de l'autre. Mais la culpabilité et le chagrin avaient dévoré Karen, et cette échographie à venir avait été la goutte qui fait déborder le vase. Ne voulant plus mentir, elle avait tout avoué à Ben, ajoutant que c'était avec Patrick qu'elle voulait vivre.

Il avait été horrifié. Et si l'enfant était de lui ?

Karen avait été inflexible. De toute façon, elle souhaitait divorcer. S'il était le père du bébé, ils trouveraient un arrangement, mais elle ne continuerait pas à vivre avec lui pour cette seule raison.

Elle avait trouvé un test non invasif fondé sur une simple prise de sang qui permettrait d'analyser l'ADN des cellules fœtales passées dans le sang et de le comparer avec ceux de Ben et de Patrick. En attendant les résultats, elle s'était installée chez sa mère pendant deux semaines, n'ayant de contact avec aucun des deux hommes.

Ces quinze jours avaient été les plus longs de la vie de Ben. Il avait refusé de rencontrer Patrick et d'entendre ses excuses, tant il craignait de se laisser déborder par la colère et de lui mettre son poing dans la figure. Pour finir, Karen lui avait annoncé les conclusions face à face, elle lui avait même remis la feuille prouvant qu'il n'était pas le père du bébé.

Et l'univers de Ben s'était effondré. Il avait tout perdu : sa femme, son enfant, son meilleur ami.

Comme il finissait de rédiger ses notes, tâchant de chasser ces souvenirs, on frappa à la porte.

— Oui ? lança-t-il, agacé.

Toni parut sur le seuil de son bureau.

— Ben, je me demandais…

— Qu'est-ce qu'il y a encore ?

Il se reprocha immédiatement sa grossièreté.

— Désolé. Je ne voulais pas vous aboyer dessus.

— Qu'est-ce qui ne va pas ?

— Rien.

— C'est ça, oui ! J'en déduis que vous n'avez pas envie de parler. Mais comme vous me semblez légèrement grognon, je vous propose de venir courir avec moi sur la plage. Ensuite, vous vous sentirez mieux.

Il eut envie de dire à Toni de se mêler de ses affaires, qu'il allait très bien. Sauf que c'était faux et que, en effet, l'endorphine libérée par le jogging améliorerait son humeur. Et au moins, il ne serait pas seul avec ses pensées.

— D'accord, dit-il après un bref silence.

— Allez vous changer et retrouvez-moi au parking devant Scott's dans une demi-heure.

Lorsqu'il arriva, Toni l'attendait, adossée à sa voiture, Archie assis près d'elle.

Se rappelant sa visite chez elle, il tendit la main.

Le chien la renifla avant de la lécher.

À sa grande surprise, au lieu d'être dégoûté, il sentit une douce chaleur se répandre en lui.

Jamais il n'aurait imaginé que la sensation de la langue d'un chien sur sa peau pourrait le réconforter !

— On ne parle pas, dit Toni. On court quand on sera sur la plage, parce que je pense que vous en avez besoin.

Sur ces mots, elle descendit les marches de bois menant à l'espace autorisé aux chiens.

La marée était basse. Sitôt détaché, Archie se mit à galoper, suivi par sa maîtresse. Ben et Toni ajustèrent leur rythme de façon à rester côte à côte.

Cela faisait très longtemps que Ben n'avait pas couru avec quelqu'un, et il était reconnaissant à Toni de ne pas lui demander de parler. D'autres propriétaires de chiens adressaient un signe à Toni en les croisant.

Parvenus aux dunes, ils s'arrêtèrent.

— Pause hydratation, annonça Toni en sortant une petite bouteille d'eau de son sac et un bol pour Archie.

Après avoir servi le chien, elle leva les yeux vers Ben.

— Vous avez pris de quoi boire ?

— J'ai oublié.

Elle lui tendit une bouteille.

— Elle n'a pas été décapsulée, et elle est bien fraîche.

— Merci.

Elle attendit qu'il se soit désaltéré pour demander gentiment :

— Vous voulez en parler ?

Oui et non. Il était partagé entre l'envie de refuser et celle de se confier avant que les souvenirs deviennent encore plus toxiques.

— Cela restera entre nous, d'accord ?

— Bien sûr.

— L'une de mes patientes est enceinte. Ce n'était pas prévu, et elle est dans tous ses états. Je crois que cela a réveillé en moi quelques moments difficiles de ma vie.

Toni ne posa pas de questions.

C'était exactement ce qu'il faisait avec ses patients quand il souhaitait leur offrir un espace de parole, sachant qu'ils rompraient éventuellement le silence.

— Ma femme… Mon ex-femme était enceinte, commença-t-il. C'était il y a deux ans… Cette grossesse n'était pas planifiée, et l'enfant n'était pas de moi.

Tendant le bras, Toni lui pressa légèrement la main.

— Ça a dû être très dur.

— Un vrai gâchis.

C'était un euphémisme, car il avait été totalement brisé.

— Vous étiez mariés depuis longtemps ?

— Cinq ans. Quand elle me l'a annoncé, j'étais fou de joie à l'idée d'être père, puis tout a tourné de travers. Nous avions sans doute fait tous les deux une erreur, et je n'étais pas celui qu'elle voulait.

— Comment l'avez-vous découvert ?

— Elle me l'a dit quand elle a pris rendez-vous pour l'échographie de la vingtième semaine. Cette nuit-là, Karen et moi avons longuement discuté et elle a admis qu'elle avait couché avec un type, pendant que j'étais absent. Elle ne savait pas qui de nous deux était le père. J'avais cru que sa mauvaise humeur était due aux hormones de grossesse, mais cela n'avait rien à voir. Elle se sentait coupable, elle s'en voulait, et elle ne pouvait pas s'empêcher de me le faire payer.

— C'était dur pour vous deux.

Comment réagirait Toni s'il lui disait que « l'autre » était son meilleur ami, l'homme qu'il aimait comme un frère ?

Il haussa les épaules.

— Oui. Quand j'ai su la vérité, c'était à mon tour d'être blessé et furieux. Elle ne voulait plus me mentir, alors on a fait un test de paternité prénatal.

Toni écarquilla les yeux.

— Par amniocentèse ?

— Non. Nous ne voulions pas faire quelque chose d'aussi invasif. Il a suffi d'une prise de sang pour elle et d'un échantillon de salive pour moi et pour…

Il se tut, avant de reprendre avec effort.

— L'ADN a démontré que l'enfant n'était pas le mien, ce qui m'a anéanti. En parlant avec cette patiente aujourd'hui, j'ai repensé à ce que ma femme avait traversé. Ce bébé allait tout changer. Elle croyait m'aimer quand elle m'avait épousé, mais elle était tombée amoureuse de lui et s'était détachée de moi.

— Il l'aimait ?

— Oui. Il s'était même éloigné pour ne pas céder à la tentation.

— Donc, vous vous connaissiez ?

Autant dire toute la vérité.

— Oui, c'était mon meilleur ami. Patrick n'avait jamais semblé apprécier beaucoup Karen, il avait toujours l'air de l'éviter. Il ne m'était jamais venu à l'esprit qu'il avait une autre raison pour agir ainsi. Après notre mariage, il s'est installé à Edimbourg pendant trois ans. Il m'avait dit que c'était pour sa carrière, mais j'ai compris plus tard qu'il voulait surtout mettre de la distance entre Karen et lui. Mais c'est arrivé quand même.

— C'est le genre de situation où, quoi qu'il arrive, tout

le monde est blessé, dit Toni en lui pressant de nouveau la main. J'imagine à quel point ça a été difficile.

Il jeta un coup d'œil dans sa direction.

Son visage exprimait de la sympathie, pas de la pitié.

— Ouais, marmonna-t-il.

Elle attendit, lui donnant une chance de lâcher le reste.

Et c'est ce qu'il fit.

— Je n'étais pas le père, donc on n'a pas eu à se battre pour la garde. On a essayé d'en finir avec tout ça sans aggraver davantage la situation. Elle est partie vivre avec lui.

— Vous êtes resté dans la maison ?

— Oui, du moins jusqu'à ce qu'elle soit vendue. Ensuite, j'ai loué un appartement près du cabinet dans lequel je travaillais. Mais je ne pouvais pas supporter la compassion de mes collègues ou les entremetteurs convaincus qu'ils m'avaient trouvé la femme de ma vie. Alors j'ai sauté sur l'occasion de m'installer ici. J'avais besoin de repartir de zéro, dans un endroit où personne ne savait ce qui s'était passé.

— Je comprends ça, et je vous promets que ce que vous m'avez confié restera strictement entre nous.

— Merci. En tout cas, j'ai perdu toute envie de me marier ou de m'engager dans une relation sentimentale.

— Cela n'a rien de surprenant. De mon côté, je ne suis pas très douée pour trouver l'homme de ma vie.

— Ah bon ?

Il ne s'attendait pas à cette révélation, car à son avis, Toni avait toutes les qualités requises pour être aimée.

— Quand les médecins ont diagnostiqué la démence sénile de ma grand-mère, mon ex m'a dit que ma sœur et moi n'avions qu'à la mettre dans un centre spécialisé. Il m'a même lancé un ultimatum : si je revenais ici pour aider Stacey à veiller sur mamie, c'était fini entre nous parce qu'il n'avait pas envie de faire de la voiture jusqu'au bout de nulle part pour aller me voir.

Ben comprenait pourquoi il percevait cette ombre dans les yeux de Toni quand elle parlait de Londres.

— C'était incroyablement égoïste de sa part, dit-il doucement. Il savait certainement que votre grand-mère vous avait élevées toutes les deux après la mort de vos parents ?

— Bien sûr. Mais du coup, le choix n'a pas été difficile, répliqua Toni avec un sourire triste. Je lui ai dit que son ultimatum était inutile parce que, de toute façon, c'était fini entre nous. Il ne lui a fallu qu'une demi-semaine pour me remplacer.

— Quel imbécile !

Toni se mit à rire.

— Oui. Le parfait exemple du chirurgien arrogant. J'aurais dû écouter les infirmières de bloc quand elles disaient combien elles détestaient travailler avec lui.

— Je connais ce genre de type. Il n'était pas digne de vous.

Patrick était chirurgien aussi, mais c'était un brave type – ce qui rendait sa trahison plus douloureuse encore.

— Je suis d'accord, dit Toni. Maintenant, je vis ma vie telle qu'elle est. J'adore mon boulot, j'adore faire partie de cette communauté et que ma famille proche habite tout près. Exiger davantage, ce serait de la gloutonnerie.

— Je devrais me contenter de ce que j'ai, moi aussi, au lieu de regretter que les choses aient été différentes…

— Vous avez un poste super, vous êtes en train de trouver vos marques parmi des gens adorables, vous avez la mer à votre porte, et actuellement le soleil brille dans le ciel. Je ne vois pas ce qu'il pourrait y avoir de meilleur, affirma Toni.

Il leva sa bouteille vide, comme pour porter un toast.

— Je voudrais boire à ça, alors faisons comme s'il restait de l'eau.

— Venez dîner chez moi, proposa Toni en souriant. On pourra recommencer avec du vin. En revanche, le repas sera simple. Juste ce que j'ai dans le frigo ou dans mon potager.

— Vous avez cuisiné pour moi la dernière fois, alors c'est mon tour. Je vous montrerai que je suis capable de faire autre chose que des gâteaux.

— En tant qu'amis.

— En tant qu'amis.

C'était ce qu'il y avait de plus raisonnable, bien qu'il ressente une pointe de regret. En d'autres circonstances, ils auraient pu être davantage.

— Alors, merci. Archie tiendra compagnie à Shona et j'apporterai le dessert. Soyez rassuré, je mange de tout en dehors du chocolat… Mais vous le savez déjà.

— Exact. Retournons au parking, et… Merci de m'avoir écouté, Toni. Je crois que j'avais besoin de me débarrasser de tout ça.

— À votre service. Et si vous n'avez pas envie de parler à un être humain, vous pouvez toujours m'emprunter Archie. Il ne répond pas, il ne pose pas de questions embarrassantes, mais il peut décider de vous nettoyer le visage.

La chaleur du sourire de Toni donna à Ben l'envie de la serrer dans ses bras.

Sauf qu'ils venaient de se mettre d'accord sur le fait de n'être que des amis. Il n'allait pas franchir la ligne jaune et gâcher au bout de deux minutes cette amitié naissante.

4.

De retour chez elle, Toni prit une douche rapide, puis elle se rendit chez sa voisine pour lui préparer une tasse de thé et un sandwich et lui déposer Archie. Ensuite, elle cueillit quelques fraises dans le jardin, choisit une boîte de glace au caramel salé dans le congélateur et prit sa voiture pour se rendre chez Ben.

Vêtu d'un jean et d'un T-shirt, il semblait plus jeune qu'au cabinet… Et plus accessible aussi. Mais maintenant qu'il lui avait parlé de son passé, elle devait garder ses distances. Il pouvait lui offrir son amitié, rien de plus.

— Salut ! dit-elle en lui tendant la glace et les fraises. J'avoue que j'ai un peu triché.

— Mais les fraises viennent de votre jardin ?

— Cueillies juste avant de partir, dit-elle avec un sourire. Vous n'en aurez pas de plus fraîches.

— Et c'est mon parfum de glace préféré, alors merci. Je devine qu'elle vient de chez Scott's. Moira m'a dit dès le premier jour qu'il n'y en avait pas de meilleures en ville.

— Archie adore aussi la crème glacée pour chiens. Ça ressemble beaucoup à du yoghourt glacé, et il n'y a pas de sucre qui attaquerait ses dents.

— J'ai encore du mal à intégrer le concept de glace pour chiens. Entrez ! Je vous sers un verre de vin ?

— Je suis venue en voiture pour que mon dessert n'ait pas le temps de fondre, alors non merci. Je me contenterai d'eau. Hum… Il y a quelque chose qui sent bon.

— La sauce est faite maison, mais pas les raviolis ni le pain, malheureusement.

— Je ne retiendrai pas ça contre vous. J'adore les deux.

La maison de Ben était bien rangée et très propre, mais elle ressemblait à une maison d'exposition, plutôt qu'à un véritable foyer. Il n'y avait rien de personnel sur le réfrigérateur, contrairement au sien, couvert de photos de sa famille et de ses amis. Elle y collait aussi des recettes découpées dans des magazines et qu'elle voulait essayer.

Elle n'avait pas laissé le comportement de Sean la séparer du reste du genre humain. Mais il ne l'avait pas trahie aussi douloureusement que l'avaient fait l'épouse de Ben et son meilleur ami. Quand on était blessé aussi profondément, on devait voir dans son logement un endroit pour dormir, pas pour y vivre. Elle serait folle de penser qu'elle pouvait le soulager. Ben était poli, mais il était clair qu'il avait érigé toutes sortes de barrières pour ne se laisser approcher par personne.

Elle avait l'impression qu'il regrettait de s'être confié à elle, il fallait mettre les choses au point et lui faire comprendre qu'elle ne lui offrait que son amitié, et rien de plus.

— Vous êtes pris, le week-end prochain ?

— Oui. Je perfectionne ma formation professionnelle.

— Eh bien… J'aimerais vous arracher à vos chères études, samedi. C'est le week-end des Années 1940.

— Le week-end des Années 1940 ?

— Vous avez bien dû voir les affiches ? Tout le monde s'habille à la mode de l'époque, les commerces locaux y participent, ainsi que le train à vapeur du village le plus proche. Le samedi soir, il y a un grand bal sur le même thème à la mairie de Great Cromwell. Les bénéfices servent à payer des vacances d'été aux enfants du village.

Ben réfléchit.

Des déguisements, un train à vapeur, un bal en soirée… La perspective était plus attrayante que de passer deux jours de congé à suivre des cours sur Internet.

— La nourriture obéit aux mêmes critères, reprit Toni. Vous aurez droit aux délices du bœuf en conserve, au pâté de viande, aux saucisses aux lentilles, à la tourte traditionnelle confectionnée en temps de guerre, composée de pommes de terre, de poireaux et de fromage, ainsi qu'à des gâteaux préparés sans produits laitiers. Il y aura aussi un bar à poissons, parce que, à l'époque, les *fish and chips* n'étaient pas rationnés, et la brasserie locale servira des boissons : bière, cidre et citronnade à l'ancienne.

— C'est tentant. Où dois-je acheter un billet ?

— Pour le train à vapeur, vous payez à la gare, mais je peux me charger de vous prendre une entrée pour le bal, dit Toni en souriant.

— Merci. Vous me direz combien je vous dois.

— D'accord. Et si vous faites des petits pains en suivant une recette de l'époque, le comité vous bénira.

— Je parie que vous en faites partie ?

— Oui. Nous organisons toutes sortes d'activités. En été, il y a un concours canin.

— Pourquoi ai-je l'impression que c'est votre idée ?

— Pour le coup, vous vous trompez. Mais comme c'est moi qui l'organise cette année, Archie n'a pas le droit d'y participer. L'an dernier, il a gagné le prix de « la queue la plus frétillante » et aussi du « plus beau chien ». Si ça n'avait pas été le cas, je crois qu'il y aurait eu une émeute à l'école et à la maison de retraite. Je les revois encore tous en train de chanter : « Archie a la queue la plus frétillante. »

Ben ne put s'empêcher de pouffer de rire.

Toni Butler était un vrai rayon de soleil, elle lui réchauffait le cœur. Mais il s'aventurait sur un terrain dangereux…

Pourtant, il se surprit à la retenir un peu plus longtemps en lui proposant un café après le dîner.

— Je ferais bien de m'en aller, dit-elle enfin. Je dois récupérer Archie chez Shona, à qui j'ai promis de lui laver les cheveux ce soir. Avec son plâtre, ce n'est pas très facile.

— La pauvre ! Si je peux faire quelque chose pour aider, dites-le-moi.

— Préparez une douzaine de petits pains, je vous enverrai la recette qu'on utilisait en temps de guerre.

— Parfait. Profitez bien de votre séance de lecture avec Archie demain matin, dit-il en raccompagnant Toni à la porte. Et… merci de m'avoir écouté sans me juger.

— Les amis sont faits pour ça.

Elle avait raison. Ces dernières semaines, ils étaient devenus amis. Cette idée lui réchauffa le cœur, même si quelque chose lui soufflait que, pour une simple amie, elle lui plaisait un peu trop.

Le samedi de la semaine suivante, Ben confectionna des petits pains en suivant la recette que Toni lui avait envoyée par mail et qui comportait à sa grande surprise des carottes râpées. Il en fit deux douzaines, et ils avaient refroidi quand Toni passa les prendre.

— C'est bien plus que je n'espérais ! s'exclama-t-elle. Et votre costume de médecin est parfait, ajouta-t-elle en l'examinant de la tête aux pieds. Pantalon à pinces, chemise à carreaux, pull jacquard sans manches, chapeau de feutre, veste de tweed… C'est génial !

— Merci. Je l'ai loué, bien que le stéthoscope soit moderne.

— Chez la cousine de Moira, certainement ?

— Oui. Vous n'êtes pas mal non plus.

Toni portait une robe de coton bleu pâle ornée de pivoines rouges, des sandales crème à petits talons dont la lanière faisait le tour de la cheville, et ses cheveux étaient réunis en chignon. Il mourait d'envie de l'embrasser.

— Merci. Stacey a cousu cette robe pour moi.

— Elle sera là, aujourd'hui ?

— Bien sûr. Vous ferez sa connaissance plus tard. On y va ? On déposera d'abord vos pains et mes tourtes à la mairie, et ensuite on ira prendre le train à vapeur.

Un peu plus tard, Toni garait sa voiture à la sortie du village voisin, non loin de la mer, puis ils gagnèrent la gare. Les rues étaient bondées, et seuls des véhicules anciens stationnaient dans la grand-rue. Il y avait des soldats et des marins partout, des femmes portant des cols en fourrure vraisemblablement synthétique, d'autres vêtues d'une salopette, un foulard sur la tête, des hommes en uniforme de la Garde nationale, des fermières portant un panier d'œufs ou un bidon de lait. Plusieurs enfants étaient vêtus comme des évacués, avec leur ours en peluche, leur masque à gaz, et le badge destiné à les identifier. De gros sacs remplis de sable étaient posés devant certains commerces et cafés, aux fenêtres occultées par des adhésifs bruns disposés en croix sur des journaux. Les marchandises elles-mêmes étaient vintage, depuis les friandises jusqu'à l'épicerie, en passant par les vêtements. Deux hommes en uniforme de policier arrêtaient un vendeur à la sauvette qui proposait aux passants des montres dissimulées dans une poche intérieure de sa veste. Un stand proposait des coiffures et des maquillages de l'époque. Sur la place du village, on avait installé une scène sur laquelle des chanteurs interprétaient des mélodies anciennes.

— C'est extraordinaire ! Depuis combien de temps cet événement est-il organisé ?

— Depuis une vingtaine d'années. Ce sont des fans du train à vapeur qui ont lancé l'idée de ce week-end annuel, peu après que Stacey et moi nous sommes installées chez mamie. Il y a eu un effet boule de neige, avec de plus en plus de gens pour participer à l'événement. Mamie adorait ça, et nous aimions l'accompagner parce qu'elle nous racontait ses souvenirs d'enfance, et comment c'était de grandir pendant la guerre… Venez, allons prendre nos billets pour le train à vapeur.

Le train était bondé, les wagons anciens, avec de longs couloirs et deux banquettes surmontées d'un filet à bagages par compartiment.

— Il y a de la place pour deux, annonça le contrôleur en faisant se serrer les passagers. On peut s'asseoir à six par banquette, rappelez-vous qu'on est en guerre !

Toni insista pour que Ben s'asseye près de la fenêtre de façon à pouvoir admirer la mer au-delà des champs de maïs.

Il y avait dans l'air une petite odeur de soufre sans doute produite par le charbon, et il avait vraiment l'impression d'être remonté dans le temps.

— C'est une sacrée expérience, lui confia-t-il. Quand j'étais petit, les trains à vapeur me fascinaient, mais je n'y étais encore jamais monté.

— Ils ont été remplacés par des locomotives Diesel après la naissance de mes parents, expliqua Toni, mais mamie se rappelait qu'ils existaient dans son enfance. Regardez, on peut voir la vapeur par la fenêtre !

Au bout de la ligne, il y avait une petite fête foraine, avec de vieux manèges et des balançoires archaïques.

Parvenue devant le stand de tir, Toni se tourna vers lui en souriant.

— Vous gagnez une noix de coco pour moi, docteur Mitchell ?

Il réussit du premier coup et la lui présenta en s'inclinant galamment.

— Vous avez déjà fait ça, je suppose ?

— Non, mais j'ai joué au cricket quand j'étais plus jeune.

— Rappelez-moi de vous présenter à Mike, qui dirige l'équipe de cricket du village.

Sous les tentes où on servait du thé, des panneaux rappelaient aux gens de ne pas gaspiller le sucre. On y proposait aussi des gâteaux d'autrefois.

— C'est génial ! dit Ben. Je ne me rappelle pas m'être amusé autant depuis… Je ne sais pas quand.

— Tant mieux, répliqua Toni avec un grand sourire.

De retour à Great Cromwell, ils laissèrent la voiture devant chez Toni et se dirigèrent vers le port.

— Tu es sûr d'avoir envie de rencontrer Stacey, Nick et Scarlett ? demanda Toni. Je veux dire… Je comprendrai si…

Depuis quand se tutoyaient-ils ? Il ne savait pas exactement, mais c'était très bien comme ça.

Il devinait ce qu'elle voulait dire : l'enfant qu'il croyait être le sien lui avait été arraché. La vue de Scarlett lui rappellerait ce qu'il n'avait pas.

— Pas de souci, affirma-t-il. Je soigne des bébés au cabinet, ainsi que les parents qui les amènent avec eux.

Il apprécia Stacey au premier coup d'œil. Celle-ci était aussi chaleureuse et gentille que Toni. Leur grand-mère avait dû être une femme exceptionnelle.

— J'offre les glaces, dit Nick en ouvrant la marche en direction de Scott's.

Scarlett était installée dans un vieux landau.

— On l'a emprunté, expliqua Stacey en remarquant le regard étonné de Ben. C'est le genre d'engin que notre arrière-grand-mère aurait pu utiliser. Malheureusement, il est très lourd et ne se plie pas. C'est un vrai cauchemar de le mettre dans la voiture.

— Je n'avais jamais assisté à ce genre d'événement auparavant, dit-il. C'est fou de penser que plusieurs villages sont impliqués.

— Ce sont de braves gens, ici.

C'était vrai, et il se sentait chaque jour un peu mieux

intégré dans cette communauté. Hormis Toni, personne ne connaissait son passé, et il sentait que ses blessures commençaient à cicatriser. L'avenir ne lui paraissait plus aussi désertique désormais. Bizarrement, il se sentait davantage chez lui qu'à Londres. Comment était-ce possible ?

Il fit la connaissance de Shona, la voisine de Toni, qui tint absolument à le présenter à Mike, le capitaine de l'équipe de cricket.

À 19 heures, ils gagnèrent la mairie ornée de drapeaux et protégée par des sacs de sable, les fenêtres masquées. À l'intérieur, des services à thé, des plats à gâteaux et des assiettes étaient disposés sur de longues tables à tréteaux recouvertes de nappes blanches.

— Ce sont les habitants du village qui apportent la nourriture ? demanda-t-il.

— Oui. Nous avons tous passé notre enfance ici et bénéficié de la générosité des gens. La mairie organise des activités pour tous les âges, et l'argent récolté permet d'accueillir gratuitement les enfants pendant les vacances d'été, expliqua Toni. Tu as le groupe des tout-petits, le thé dansant dans l'après-midi pour les seniors, les soirées consacrées aux jeunes. Ça peut être aussi des séances d'autodéfense ou des cours de tir à l'arc. Il y a quelque chose pour tout le monde. Vous avez forcément cela à Londres, non ?

— Pas vraiment.

— Eh bien, c'est encore un avantage de la vie par ici !

Tout le monde venait parler à Toni, et elle faisait en sorte de le présenter aux personnes qu'il ne connaissait pas encore, s'arrangeant pour leur trouver chaque fois des points d'intérêt commun.

Quand la musique retentit, il s'inclina.

— M'accorderez-vous cette danse, mademoiselle Butler ?

— Bien sûr, dit-elle, mais je dois t'avertir que j'ai

deux pieds gauches et que tes orteils pourraient regretter que tu m'aies invitée.

— Ou peut-être pas. Laisse-toi guider, et tout va bien se passer, assura-t-il en riant.

Toni se réjouissait que Ben se soit joint à la fête. Il avait fait des petits pains, il avait loué un costume, et maintenant il s'apprêtait à danser avec elle ! Rien à voir avec la réaction de Sean, quand elle lui avait proposé de participer au week-end des Années 1940 avec sa famille et elle. Il avait exclu l'éventualité de porter autre chose qu'un jean de marque et une chemise haut de gamme. Finalement, il n'avait pas pu venir parce qu'il avait été appelé à l'hôpital pour traiter un patient dont l'état s'était aggravé. Mais elle le soupçonnait d'avoir demandé à un ami de lui passer ce coup de fil, plutôt que de dire franchement qu'il ne voulait pas venir.

À sa surprise, Ben se révéla un excellent danseur. Il la fit tournoyer autour de lui et lui donna l'impression qu'elle évoluait sur la piste avec légèreté.

— Tu es extraordinaire ! dit-elle dès qu'elle eut repris son souffle. Vous êtes un cachottier, docteur Mitchell. Qui vous a appris à danser comme ça ?

— Disons que j'ai eu une folle jeunesse, répliqua-t-il.

Maintenant qu'il était détendu et souriant, elle le trouvait encore plus séduisant. D'ailleurs, les femmes présentes dans la salle lui lançaient toutes des regards admiratifs. Et elle-même sentait battre son cœur un peu trop vite – ce qui était absurde puisqu'il ne voulait à l'évidence pas s'engager dans une relation sentimentale après ce qui lui était arrivé.

Mais elle avait bien le droit de rêver le temps d'une soirée…

— Tu as pris des leçons ? demanda-t-elle.

— Ma sœur en prenait, et elle avait besoin d'un partenaire. Le choix était évident.

Parce qu'il était son grand frère et qu'il veillait sur elle ? Cela n'avait rien de surprenant. Ben Mitchell était le genre de garçon à emmener sa timide petite sœur au bal de la promo. Quel contraste avec Sean ! Comment avait-elle pu croire un instant que Ben lui ressemblait ? Plus elle le fréquentait, plus il lui plaisait.

— Notre professeur appréciait les *big bands* des années 1940, précisa Ben. Il nous a appris le jitterbug en plus de toutes les danses de salon.

— Le jitterbug ? Tu m'en diras tant ! s'exclama-t-elle en riant. C'est très au-dessus de mon niveau.

— Tu pourrais être surprise. Attends !

S'approchant de l'estrade, Ben échangea quelques mots avec un musicien. Un instant plus tard, elle dansait le jitterbug avec lui, virevoltant sur un rythme endiablé. Elle avait l'impression de voler.

Mais si elle était honnête envers elle-même, elle devait reconnaître que ce n'était pas à cause de la danse qu'elle se sentait si bien. C'était grâce à Ben lui-même. Et c'était dangereux…

— J'ai adoré, dit-elle à la fin. Je n'avais jamais aussi bien dansé de toute ma vie !

— Qui êtes-vous et qu'avez-vous fait de ma petite sœur ? plaisanta Stacey en venant vers eux, un bras passé autour de la taille de son mari. Toni, je ne t'avais jamais vue aussi bien coordonnée. C'était génial.

— Je n'ai aucun mérite, dit Toni.

— Vous pourriez être danseur professionnel, Ben, remarqua Stacey.

Ben se mit à rire.

— Mon métier actuel me convient, mais merci du compliment.

— Il est très mérité. Docteur Mitchell, puis-je

vous demander de m'accorder la prochaine danse ? dit Stacey.

Ben lui tendit la main.

— Volontiers ! Vous vous joignez à nous, tous les deux ?

Nick jeta un coup d'œil à Toni et secoua la tête.

— Je ne peux pas faire ce que vous faites, Ben, et je tiens à mes orteils. Toni, toi et moi allons faire la queue au bar et nous chercher à boire.

— D'accord, répliqua Toni en glissant une main sous le bras de son beau-frère.

— Vous voulez une bière, Ben ? demanda Nick.

— Ce sera parfait. Et la prochaine tournée sera pour moi.

Un peu plus tard, en attendant d'être servi, Nick se tourna vers elle.

— Il me plaît. C'est vraiment un type sympa.

— Ne commence pas, Nick. Stacey t'a payé pour que tu me dises ça ?

— Eh ! Tu es ma petite belle-sœur, et je m'inquiète pour toi autant que Stacey.

— Je t'aime, beau-frère, mais je te jure que je vais bien.

Entre deux gorgées de bière, Ben dansa avec un certain nombre de femmes. Il exécuta même un duo de virtuoses avec l'une des professeurs de danse de Great Cromwell. Les autres formèrent un cercle autour d'eux, applaudissant chaque fois qu'ils effectuaient une figure compliquée.

— Cet homme est vraiment sympa, dit Stacey à Toni. Et j'ai remarqué la façon dont il te regarde. Tu lui plais.

— En tant qu'amie, c'est tout, dit fermement Toni.

Pour rien au monde elle ne reconnaîtrait qu'elle avait des papillons dans le ventre quand Ben cherchait son regard depuis la piste de danse et lui souriait.

— Donne-lui une chance, Toni.

Elle embrassa sa sœur sur la joue.

— Je t'aime, Stacey. Combien de fois a-t-on eu cette conversation ? Admets que je ne suis pas très douée pour choisir mes relations masculines. Et Ben a ses propres raisons pour ne pas souhaiter s'engager sentimentalement. Nous sommes amis, point final.

À la fin de la danse, elle adressa un signe à Ben.

— Tu viens manger quelque chose ?

Ensemble, ils sélectionnèrent des sandwichs, des petits pains et deux mini-tourtes aux légumes confectionnées par Toni.

— Qu'est-ce que c'est, exactement ? Une sorte de quiche ? demanda Ben.

— Pendant la guerre, les œufs et les oignons étaient rares, alors on les remplit d'un mélange de pommes de terre et de poireaux, avec une pomme hachée et un peu de fromage.

— Je n'aurais jamais eu l'idée de mettre des carottes râpées dans les petits pains. Où as-tu trouvé les recettes ?

— Un membre du comité a un cahier de recettes datant de la guerre qui appartenait à sa grand-mère. Nous nous en servons.

Elle mordit dans un petit pain.

— Ils sont délicieux, dit-elle. Cordon-bleu et danseur exceptionnel… les femmes feraient la queue devant ta porte, si tu étais sur le marché.

Ben fixa Toni.

En effet, il n'était pas sur le marché pour une relation amoureuse. Mais s'il l'avait été, une seule femme le tenterait. Toni Butler.

Mais elle ne lui avait proposé que son amitié.

Malheureusement, elle lui avait mis cette idée dans la tête, maintenant. Et quand les musiciens ralentirent le rythme, il se retrouva en train de danser un slow avec elle.

Cette fois, ils étaient joue contre joue, et il sentait son

parfum floral ainsi que la chaleur de son corps souple entre ses bras.

Il s'efforça de nommer mentalement tous les muscles de son propre corps, depuis le triceps sural jusqu'à l'occipito-frontal, mais il ne parvint pas à détourner son attention de Toni. Pour finir, il abandonna et se contenta de se balancer doucement avec elle.

Lorsqu'il s'écarta légèrement, les pupilles de Toni étaient dilatées et ses lèvres légèrement entrouvertes. Les siennes étaient parcourues de picotements, et son cœur battait la chamade.

Tout ce qu'il avait à faire, c'était se pencher pour que leurs bouches se rencontrent.

Le pouvait-il ?

Était-ce un produit de son imagination ? Il avait l'impression qu'elle regardait sa bouche, elle aussi. Est-ce qu'elle voulait qu'il l'embrasse ? Comme ce jour, quand ils mangeaient des *fish and chips* sur le port et qu'il avait failli le faire.

La tentation était si forte qu'il était sur le point de s'incliner vers elle, quand la musique douce fut remplacée par un rythme endiablé.

— Je crois que tes fans t'attendent, dit Toni en souriant.

Que pouvait-il faire, sinon danser le jitterbug avec la première femme qui le lui demanda ?

Ce slow avec Toni fut le dernier de la soirée, si bien qu'il n'eut plus d'excuses pour la prendre dans ses bras.

— Je peux te raccompagner chez toi ? demanda-t-il en espérant qu'il ne rougissait pas comme un adolescent. Je sais que tu es parfaitement capable de rentrer seule, mais…

— Ce serait sympa, dit-elle.

Sur le chemin du retour, ses doigts frôlèrent ceux de Toni. Une fois. Deux fois. La troisième, il lui prit la main, et c'est ainsi qu'ils continuèrent de marcher. Ils n'en parlèrent pas. C'était un fait, voilà tout.

Devant la porte de son jardin, Toni suggéra :

— Tu veux boire un café ?

La raison lui intimait de refuser. Son cœur lui disait le contraire.

— Très volontiers, merci.

Ravi de les voir, Archie fit des bonds dans la cuisine.

— Assis, ordonna Ben.

À son grand étonnement, le chien obéit.

Ben tendit la main pour qu'il la renifle puis lui caressa la tête. Archie le récompensa en le léchant gentiment.

— Il t'aime bien, remarqua Toni.

Ben sentit une douce chaleur se répandre en lui.

— C'est un chien vraiment sympathique. Il fallait qu'il le soit pour… Eh bien, pour m'adoucir à l'égard de son espèce.

Toni sourit et fit sortir Archie dans le jardin.

— Tu n'as pas été vraiment horrible, assura-t-elle. Simplement, nous ne sommes pas partis du bon pied tous les deux.

— Merci de me rassurer. Tu as apprécié la danse ?

— Comme toujours, mais grâce à toi, l'expérience a été très agréable.

— Sérieusement ? Ce n'est pas juste une blague familiale de prétendre que tu es incapable de danser ?

— Non. Si tu participais à un cours d'aérobic avec moi, tu verrais que je fais les bons mouvements, mais dans la mauvaise direction. Les hommes de Great Cromwell n'acceptent d'être mon partenaire que s'ils portent des chaussures de protection à embouts renforcés.

— Tu t'es pourtant laissé guider avec moi.

Elle posa sur lui ses beaux yeux gris légèrement assombris.

— On peut recommencer ?

— Le jitterbug ?

— L'autre.

Le slow qui avait fait battre plus vite le cœur de Ben.

— Bien sûr, mais il nous faut de la musique. Je vais nous trouver ça sur mon téléphone.

Un instant plus tard, Toni était dans ses bras, se balançant au rythme lent d'un blues.

Et cette fois, quand il s'écarta et vit la lueur dans les yeux de Toni, il céda à la tentation.

Leurs bouches se frôlèrent. Légèrement d'abord, mais cela suffit à répandre le feu dans ses veines. Et quand Toni se blottit contre lui, leur baiser se fit passionné.

Il n'aurait su dire combien de temps ils restèrent ainsi, à s'embrasser au milieu de la cuisine.

Mais, soudain, la réalité s'imposa à lui.

Il n'avait pas suffi à Karen. Il n'y avait aucune raison pour qu'il suffise à Toni. S'ils continuaient, ils allaient être blessés tous les deux.

Il avait beau mourir d'envie de la soulever dans ses bras pour l'emporter dans sa chambre, la raison lui intimait de ne pas le faire. Il n'allait pas tout gâcher alors qu'il était censé repartir de zéro. Il fallait arrêter.

Maintenant.

Il s'écarta.

— Toni, on ne devrait pas... Il vaut mieux que je parte.

Toni eut l'impression que Ben lui lançait un seau d'eau glacée à la figure.

Comment avait-elle pu se laisser aller de cette façon ? Elle savait pourtant que Ben n'était pas prêt pour une nouvelle relation. Il n'était pas encore remis de sa rupture avec sa femme, après qu'il avait découvert qu'elle le trompait et que le bébé qu'elle attendait était celui de son meilleur ami.

En d'autres circonstances, cela aurait pu marcher. Il lui plaisait, et à la façon dont les yeux verts de Ben avaient tourné au noir, elle devinait que c'était réciproque.

Mais pour lui ce n'était pas le bon moment, et elle en

avait assez d'enchaîner les erreurs avec les hommes. Mieux valait pour eux en rester à quelque chose de platonique.

Au lieu de se jeter dans ses bras comme elle en brûlait d'envie, elle afficha un grand sourire.

— Bien sûr. On se voit au cabinet ?

Une fois que Ben fut parti, elle se blottit sur le canapé avec Archie.

Ils avaient fait ce qu'il fallait. Alors, pourquoi se sentait-elle aussi mal ?

C'était ridicule. Elle se sentait nulle quand il s'agissait d'amour. Elle n'avait pas vu ce qui se cachait sous le masque charmeur de Sean. Stacey et sa grand-mère l'avaient mise en garde, mais elle lui trouvait des excuses. Elle refusait de se rendre compte à quel point il était égoïste. Avant lui, les deux autres ne valaient pas grand-chose non plus. Et les trois types avec qui elle était sortie depuis son retour étaient gentils, mais il n'y avait pas eu d'étincelle avec eux. Est-ce qu'elle n'était qu'une imbécile qui ne tombait amoureuse que d'hommes atroces ?

Ben Mitchell n'était pas atroce, loin de là, il n'était pas égoïste, et il l'attirait énormément. Mais il était compliqué et vulnérable. Il avait été profondément blessé, et bien que l'attirance soit réciproque, il venait de lui rappeler clairement qu'il ne voulait pas s'engager dans une relation sentimentale.

— Mamie me dirait que demain est un nouveau jour, dit-elle à Archie. On fera notre jogging sur la plage, et tout ira bien.

Mais l'affirmer à voix haute n'était pas tout à fait suffisant pour qu'elle puisse s'en convaincre. La prochaine fois qu'elle verrait Ben, elle craignait qu'ils soient tous les deux très gênés.

Seigneur, comment faire pour arranger les choses ?

5.

Toni avait très mal dormi. Au réveil, elle s'en voulut d'avoir fait des rêves érotiques impliquant Ben et d'être très excitée.

Heureusement, elle pouvait compter sur son bon sens et sur le vent de la plage pour se rafraîchir les idées. C'était tout ce dont elle avait besoin. Ensuite, elle participerait à la fin du week-end des Années 1940. Elle retrouverait sa sœur et passerait du bon temps avec les gens qu'elle aimait. Elle avait beaucoup de chance ! Elle devait cesser de pleurnicher et de se complaire dans le regret de ce qu'elle ne pouvait pas avoir.

Archie et elle coururent le long de la mer. D'habitude, le bruit des vagues et la brise suffisaient à la réconforter.

— Tu veux une saucisse ? demanda-t-elle à Archie quand ils parvinrent devant Scott's.

Le chien laissa échapper un jappement affirmatif.

Elle commanda un verre de lait, un sandwich au bacon et une saucisse que le café réservait spécialement aux chiens.

Et, bien sûr, il fallut qu'elle découvre alors Ben installé dans un coin de la salle !

Est-ce qu'il avait eu besoin de courir pour se calmer, lui aussi ? Nageait-il en pleine confusion comme elle ?

Que devait-elle faire ? Choisir la table la plus éloignée, ou s'asseoir près de lui et faire comme s'ils ne s'étaient jamais embrassés ?

Bon sang ! Qu'est-ce qui n'allait pas chez elle ? Elle n'était pourtant pas du genre à se défiler. D'ailleurs, Ben semblait plutôt soucieux.

Bon ! Elle se montrerait amicale, et Archie leur servirait de chaperon.

— Salut ! Tu es sorti courir ? demanda-t-elle en arborant un large sourire.

— C'est une bonne façon d'attaquer un dimanche matin, répliqua-t-il. On dirait que tu en as fait autant.

— Oui. Nous venons de commander notre petit déjeuner.

— Moi aussi. Si Archie a le droit de s'asseoir à l'intérieur, joignez-vous à moi.

Apparemment, ce baiser ne l'avait pas autant troublé qu'elle. Donc, ils allaient vraiment se comporter comme s'ils ne s'étaient jamais embrassés ? Ils pourraient continuer de travailler ensemble en bonne intelligence, et elle n'avait pas tout gâché ?

Elle éprouva un soulagement mêlé de déception, parce que ce baiser serait unique. Or, il avait réveillé la libido qu'elle pensait avoir étouffée. Le désir sexuel se lovait désormais en elle, tel un serpent tentateur.

Elle refoula cette pensée.

— Très volontiers, merci. Ne mendie pas, Archie, ta commande va arriver.

— J'ai remarqué qu'il y a des saucisses pour chiens au menu, dit Ben en souriant. Je suppose qu'Archie est un client régulier ?

— C'est vrai.

Le sandwich au bacon de Ben fut servi en premier.

— Ne le laisse pas refroidir en nous attendant, conseilla Toni.

— On peut partager jusqu'à ce qu'on te serve, si tu veux.

— C'est très gentil, mais non merci. Régale-toi.

Ben en était à la moitié de son repas, quand il annonça :

— Il y a quelque chose de chaud sur mon genou.

Elle émit un grognement, sachant exactement ce que faisait son chien.

— Dans deux minutes, ton genou sera très humide. Désolée.

— Je peux lui donner un petit morceau ?

Pour quelqu'un qui de son propre aveu n'aimait pas les chiens, Ben se laissait visiblement attendrir par Archie.

— Bien sûr, mais fais-le asseoir, et il n'aura que la dernière bouchée, quand tu auras fini de manger.

— D'accord.

Toni devina que le chien avançait de quelques centimètres en direction de Ben, sous la table.

— Désolée, répéta-t-elle.

— Pas de souci.

Ben sourit largement quand Archie s'assit docilement et saisit avec délicatesse le bout de sandwich tendu vers lui.

— Décidément, dit-il, ton chien sait séduire son monde… Y compris moi.

Le visage de Ben exprimait-il autre chose, ou voyait-elle ce qu'elle avait envie de voir ?

— Tant mieux, dit-elle seulement.

Ils discutèrent de choses et d'autres en attendant qu'elle soit servie. Après avoir découpé la saucisse du chien en morceaux, elle ne put s'empêcher de sourire en levant les yeux vers Ben.

— Tu fais la même tête que mes lecteurs du mercredi.

Loin de paraître offusqué, il se mit à rire.

— J'imagine ce qu'ils ressentent !

— Donne-lui à manger. Tu verras, c'est très agréable. Tu peux lui faire faire ce que tu veux pour un morceau de saucisse : s'asseoir, se coucher, donner la patte. Vas-y !

Ben se lança, et elle s'amusa beaucoup de sa surprise, quand Archie obéit au moindre de ses ordres.

Une surprise qui se mua rapidement en plaisir.

— Tu as raison, dit-il, c'est très plaisant. Un peu comme de nourrir un bébé.

Instantanément, une ombre passa dans ses yeux, et elle sut qu'il pensait à cet enfant qui n'était pas le sien.

Il aurait fait un père génial.

Pour quelqu'un qui avait vécu une situation comme celle-ci, c'était difficile de refaire confiance. Pas étonnant que Ben ait quitté Londres pour repartir de zéro là où il n'avait aucun souvenir susceptible d'entraver sa guérison. Mais était-elle celle qui pourrait réparer son cœur brisé ?

Jusqu'à maintenant, elle n'avait été attirée que par des hommes égoïstes qu'elle finissait par quitter. Apparemment, Ben ne leur ressemblait pas, mais ça ne le rendait que plus dangereux.

— Je vais devoir partir, dit-il lorsqu'elle eut fini son sandwich. Je suis un cours sur Internet. On se revoit demain.

Elle aurait voulu le serrer dans ses bras, lui dire que toutes les femmes n'étaient pas comme son ex et qu'il finirait par en rencontrer une qui l'aimerait vraiment.

Mais bien sûr, c'était impossible.

En sortant du café, ils virent un petit garçon qui pleurait en se tenant le bras. Un couple de personnes âgées, sans doute ses grands-parents, tentait de le persuader de les laisser l'examiner.

— C'est Jake Flowers, dit-elle. Il est dans la classe de mes lecteurs du mercredi. Bonjour ! lança-t-elle. Tu t'es fait mal, Jake ?

— Oui. Je suis tombé, et j'ai très mal.

— Il refuse qu'on le touche, intervint la grand-mère.

— Je suis infirmière, et Ben est médecin. Il nous permettra peut-être de l'aider, dit Toni en se tournant vers l'enfant. Tu as déjà vu Archie à l'école, je crois ? Il aide quelques-uns de tes copains à lire.

Jake hocha la tête.

— Archie pense que le Dr Ben et moi on peut t'aider à avoir moins mal. Tu veux bien qu'on essaie, pour que mon chien cesse de s'inquiéter pour toi ?

Jake acquiesça sans enthousiasme, mais lâcha son bras. Ben l'examina délicatement.

— Je crois que tu souffres d'une luxation du coude, Jake. Les os ne sont plus à leur place, c'est pour ça que tu as mal. Je peux les remettre dans leur position normale. Ensuite, tu te sentiras bien mieux.

La procédure était douloureuse durant un bref instant. Toni réfléchit à la meilleure façon de distraire le petit garçon pendant la manipulation.

— Tu sais quoi ? lui dit-elle. Pour qu'Archie arrête de se faire du souci pour toi, tu pourrais lui raconter une blague.

La lèvre inférieure de Jake trembla.

— Je n'en connais pas.

Toni se pencha pour lui faire croire que le chien murmurait à son oreille.

— Qu'est-ce que tu dis, Archie ? C'en est une bonne ! Qu'est-ce que mangent les monstres marins ?

— Je ne sais pas.

— Des *fish and chips* !

Le petit garçon sourit malgré lui.

— Oh ! Archie voudrait que ton grand-père l'aide à raconter la suivante.

Le vieux monsieur parut surpris, mais fort heureusement, il s'accroupit près du chien et imita les mimiques de Toni.

— Encore une bonne, Archie ! Qu'est-ce que la mer dit au sable, Jake ?

L'enfant secoua la tête.

— Rien ! Elle fait juste des vagues.

Ben effectua un geste rapide. Jake cria puis eut l'air étonné.

— Oh ! j'ai plus mal ! Merci, docteur Ben.

— De rien. Tu as été très courageux, Jake. Mercredi, Archie t'apportera un sticker spécial de ma part, quand il viendra voir tes copains à l'école.

Le visage du petit garçon s'éclaira.

— Pour de bon ?

— Pour de bon, promit Ben.

— Merci beaucoup, dit la grand-mère. Nous sommes venus pour le week-end des Années 1940, et nous étions partis ce matin en promenade avec Jake pour permettre à ses parents de se reposer. Je me sens tellement coupable !

— Ce genre de choses arrive, assura Ben. Si son papa et sa maman avaient été avec vous quand Jake est tombé, il se serait sans doute produit la même chose.

Il s'interrompit pour examiner le bras de Jake.

— Tout va bien. Jake peut prendre un peu de paracétamol pour enfants, parce que son coude sera un peu gonflé et sensible pendant un certain temps, rien de plus. S'il n'utilise pas son bras normalement à l'heure du déjeuner, vous pouvez l'emmener à l'hôpital pour qu'on lui fasse une radio, mais je pense que ce ne sera pas la peine.

— Merci beaucoup, répéta le grand-père. Je ne sais pas ce que nous aurions fait sans vous.

— Je suis content d'avoir pu vous aider, dit Ben. Il faut que Jake soit prudent pendant une semaine ou deux, mais cela ne devrait pas se reproduire. Archie a encore une blague pour toi, Jake, ajouta-t-il en se penchant vers le chien pour faire mine de l'écouter. Comment tu peux faire rire une pieuvre ?

— Je ne sais pas.

— Avec dix chatouilles.

L'enfant éclata de rire, et Ben se redressa, le sourire aux lèvres.

Il était génial avec les enfants, songea Toni. Elle espérait pour son ex-épouse que son nouveau compagnon serait pour son bébé un aussi bon père que Ben l'aurait été.

— Profitez bien de votre week-end, dit Ben aux grands-parents de Jake.

Il adressa un signe à Toni avant de se diriger vers sa voiture.

Toni fit ses adieux à Jake et au vieux couple puis rentra chez elle avec Archie. Après avoir remis son déguisement, elle se rendit chez sa sœur.

— Ben n'est pas avec toi, aujourd'hui ? demanda Stacey.

— Il étudie.

— Ah… Il me plaît beaucoup, tu sais !

— Tu me l'as déjà dit, Stace. Je te rappelle que c'est un collègue.

— Hier, vous ne vous regardiez pas comme des collègues.

Non, mais c'était une grosse erreur.

— Il était sans doute sous le choc après que je lui ai écrabouillé les orteils, rétorqua Toni suavement. Si on allait voir les animations ?

À son grand soulagement, Stacey n'insista pas.

C'était mieux ainsi. Ben Mitchell et elle travaillaient dans le même cabinet, rien de plus.

6.

Les yeux fixés sur l'écran, Ben laissa échapper un soupir.

Normalement, il aimait bien mettre ses connaissances à jour, acquérir de nouvelles données susceptibles d'aider ses patients. Mais aujourd'hui, il ne parvenait pas à se concentrer. Et il savait pourquoi.

À cause de Toni Butler.

Toni, avec ses beaux yeux gris, son doux sourire et cette incroyable chaleur humaine.

S'il était honnête envers lui-même, il devait reconnaître qu'il était parti courir sur la plage dans l'espoir de la croiser « par hasard ». Ensuite, elle était entrée dans le café.

Il aurait pu facilement lui proposer de passer le reste de la journée ensemble. Il appréciait même son chien, ce qui constituait une énorme surprise pour lui.

Pourtant, la raison l'avait emporté. Lorsqu'il avait dit à Toni que donner des bouts de saucisse à Archie était aussi agréable que de nourrir un bébé, les regrets l'avaient de nouveau submergé. Il n'aimait plus Karen, mais il n'était pas tout à fait guéri.

Il souhaitait sincèrement avancer, tourner la page.

Toni aussi avait souffert de son côté. Par la faute d'un homme dont le charme dissimulait un profond égoïsme. Il savait qu'il ne lui ressemblait pas et qu'il la traiterait comme elle le méritait. Mais parviendrait-il à surmonter les doutes qui le minaient ? Bien sûr, Toni n'était pas le genre de femme à tromper son partenaire, mais Karen ne l'était pas non plus foncièrement…

Il se sentait aussi coupable vis-à-vis de sa famille, qu'il tenait à distance depuis son divorce. En voyant combien Toni et Stacey étaient proches, il avait mesuré à quel point sa propre sœur lui manquait.

Sous le coup d'une impulsion subite, il prit son téléphone.

Jessie décrocha au bout de trois sonneries.

— Ben ! Comment vas-tu ?

— Très bien, et toi ?

— Pas trop mal, mais tu me manques. Tu es bien installé ?

— Oui.

— Alors, on peut venir te voir ?

Ben aimait sa famille, mais ses parents n'étaient pas vraiment démonstratifs.

— D'accord, mais seulement toi, Kit, Kelly et le bébé.

Il se reprochait de ne pas avoir beaucoup soutenu sa sœur après la naissance de son fils, mais la vue du nourrisson lui rappelait trop ce qu'il avait perdu.

— Super ! La semaine prochaine ?

— Malheureusement, je suis de garde le samedi.

— Le week-end suivant, alors ?

— J'étudie.

— *Ben*, fit Jessie d'une voix déçue.

En réalité, il n'avait pas d'excuse valable pour retarder cette visite, qui lui ferait sans doute le plus grand bien.

— D'accord pour le week-end suivant.

— J'ai hâte ! Tu m'as vraiment manqué, répéta Jessie.

— Toi aussi, avoua-t-il. Le village a organisé une fête des Années 1940 et hier soir, il y avait un bal. J'ai dansé le jitterbug.

— Tu aurais dû m'en parler ! J'étais triste de ne plus te voir.

— J'avais besoin de quitter Londres, dit-il d'une voix étouffée.

— Je sais que tu devais repartir de zéro, après ce que Karen et Patrick t'ont fait, et je le comprends. J'aurais juste aimé que tu sois plus près. Donc, tu es installé ? Je n'arrivais pas à te joindre.

— Désolé, j'ai été assez occupé. Mais je t'assure que tout se passe bien. Ma nouvelle équipe est géniale, et notre infirmière praticienne fait de la zoothérapie avec son chien. Il est adorable et ce matin, il nous a été bien utile quand j'ai dû remettre en place le coude disloqué d'un enfant.

— Les généralistes ne travaillent pas le dimanche, normalement, et tu n'aimes pas les chiens… Oh ! tu sors avec cette infirmière, c'est ça ? Comment s'appelle-t-elle ?

— Non. Nous sommes juste collègues, et on s'était croisés au café de la plage. Je ne suis pas prêt pour une relation sentimentale, et de toute façon, il n'y a aucune attirance entre nous.

Il mentait de façon éhontée, mais il n'avait pas envie que Jessie soit trop enthousiaste. Il devait admettre que Toni était peut-être celle qui pouvait lui redonner confiance en lui, mais il n'en était pas là.

— Je vais te laisser, dit-il. On se revoit bientôt, et je te rappellerai avant.

— D'accord. Je t'aime.

— Moi aussi.

Le lundi, Ben apporta des friandises pour chiens au cabinet.

— Qui êtes-vous, et qu'avez-vous fait du terrifiant médecin qui détestait les chiens ? plaisanta Toni.

— Un homme qui a subi une thérapie pour combattre son aversion, répliqua Ben. Et pas d'insolence, mademoiselle Butler, sinon j'organise une démonstration de danse à la mairie dont vous serez la vedette.

— Tu peux toujours rêver ! Je ne m'expose au ridicule

que si c'est pour récolter des fonds. Je pense que tes orteils vont avoir une petite discussion avec toi plus tard.

Il ne put s'empêcher de sourire. Toni lui plaisait vraiment, mais il doutait d'être assez bien pour elle.

— Veille sur elle, Archie, chuchota-t-il en caressant la tête du chien.

Ce matin-là, toutes ses patientes célibataires se répandirent en compliments sur ses talents de danseur et de cuisinier, et la moitié des hommes lui confièrent que leur épouse exigeait qu'ils prennent des leçons de danse.

Incroyable. Il semblait qu'il commence déjà à faire partie de la communauté, moins d'un mois après son arrivée ! Il se sentait *à sa place*.

Pour la réunion de staff du mardi matin, Toni apporta un gâteau léger parfumé à l'orange. Ben lui tendit une enveloppe.

— Peux-tu faire cette livraison spéciale quand tu iras à l'école demain ?

— Pour Jake ? Bien sûr. Il va être ravi que tu aies pensé à son autocollant.

— De qui parlez-vous ? demanda Bill, l'un des autres médecins.

— De Jake Flowers. Dimanche, on s'est croisés devant le café de la plage après notre jogging. Jake s'était luxé le coude en tombant, et Ben le lui a remis en place.

— Pas seulement moi. C'était un travail d'équipe, rectifia Ben. Toi et Archie, vous l'avez distrait pendant que je faisais la manipulation.

— C'est la mission de ce cabinet, intervint Ranjit. À propos de travail d'équipe, où en est votre projet de mettre des recettes en ligne ?

— Est-ce que c'est une façon de nous demander d'apporter des échantillons ? demanda Toni en riant.

— Bien sûr. Et en échange, je vous préparerai le *chana masala* de ma mère.

— J'en veux aussi ! s'exclama Janice, un autre médecin.

— On pourrait organiser un dîner à la bonne franquette, suggéra Toni. Chacun apporte un plat adaptable pour des patients diabétiques ou cardiaques. Ranj, c'est toi qui as le plus grand jardin, tu accepterais de nous accueillir ?

— Évidemment, répliqua Ranjit. On fixe une date, et on décide qui se charge des plats principaux et qui apporte les desserts.

Dans l'ancien cabinet de Ben, les membres de l'équipe médicale se fréquentaient peu une fois leur service terminé, en dehors du déjeuner annuel de Noël. C'était très différent à Great Cromwell, et cela lui plaisait énormément.

Le mercredi, Toni lui envoya un SMS suggérant qu'ils déjeunent ensemble sur le port, lui après sa consultation et elle après sa séance de lecture.

Justement, il adorait regarder les bateaux, assis près d'elle sur le muret.

— Jake était ravi que vous n'ayez pas oublié son autocollant, lui dit-elle lorsqu'ils se furent retrouvés.

— Tant mieux. Il faut toujours tenir ses promesses aux enfants. Comment va son bras ?

— Bien. Apparemment, il avait encore un peu mal le lundi, mais il a retenu les merveilleuses blagues d'Archie et en a fait profiter tous ses camarades de classe. Je vais devoir en trouver des nouvelles d'ici la semaine prochaine. Si tu pouvais m'en suggérer une ou deux, ce serait pas mal.

— J'ai des copains qui travaillent en pédiatrie. Je vais les appeler, et tu en auras tout un stock.

— Excellent !

Collègues et amis.

Ils s'étaient mis d'accord là-dessus, et sur ce plan leur relation était parfaite. Sauf que Toni voulait plus.

Ces dernières semaines, Ben était vraiment sorti de sa coquille et il faisait désormais partie intégrante de la communauté. Serait-il bientôt prêt à dépasser cette expérience désastreuse avec son ex-épouse ?

Elle ne pouvait rien faire pour accélérer les choses. Il fallait simplement qu'elle soit patiente, ce qu'elle trouvait très difficile.

Le vendredi après-midi, elle reçut un appel téléphonique qui la bouleversa :

— Bonjour, Julia. Comment vas-tu ? Tu as besoin qu'un médecin rende visite à l'un de vos pensionnaires ?

— Non. Je suis désolée, Toni, mais j'ai une mauvaise nouvelle… Ginny est morte cette nuit.

Ginny ! La meilleure amie de sa grand-mère, la femme qui leur avait servi de seconde grand-mère, à Stacey et elle !

— Merci de m'avoir prévenue, dit-elle, les larmes aux yeux. Je vais appeler son fils plus tard pour lui présenter mes condoléances. Je sais que c'est dur pour tous les membres de l'équipe. Sachez que je partage votre peine.

— Merci. Je voulais juste te le dire moi-même, étant donné ton affection pour elle.

Toni refoula son chagrin pendant la suite de son service.

Son patient suivant était un adolescent souffrant de douleurs de poitrine. Sa mère les attribuait au stress des examens. Toni avait prescrit une radio pour s'assurer qu'il n'y avait aucun problème sous-jacent, et celle-ci s'était révélée normale.

— Je crois que ta maman a raison, Darren. Plus tu t'inquiètes, plus tes muscles se crispent. Le sport peut te soulager. Nage, fais du vélo, de la marche, cela t'aidera à relâcher la tension, et ton cerveau produira de la sérotonine.

— Alors, ce n'est pas mon cœur ?

— Non, ce n'est pas ton cœur, assura-t-elle. Mais j'aimerais te revoir dans deux semaines pour voir si tes symptômes se sont atténués. Évite la caféine, qui peut perturber ton sommeil et accélérer ton rythme cardiaque. Quand on est fatigué, on a du mal à contrôler son anxiété.

Prends plutôt du déca ou des tisanes, et pas de boissons énergisantes.

— Mais j'en ai besoin pour m'aider à me concentrer pendant les examens !

— Dormir suffisamment t'aidera davantage. Prends un bain avant de te coucher, ou bois un lait chaud. Mets un peu de lavande sur ton oreiller. Essaie des méthodes différentes pour te détendre, je t'assure que ça vaut le coup. Et éteins ton téléphone pour ne pas être affecté par la lumière bleue.

— Maman dit que je ne devrais pas regarder un écran au moins une heure avant de me mettre au lit.

— Ce serait préférable. En revanche, tu peux lire un peu. On se revoit dans quinze jours, sauf si tes douleurs s'accentuaient. En ce cas, il faudrait aller aux urgences pour faire des analyses supplémentaires.

Elle reçut ensuite deux patientes pour des frottis, puis deux autres pour vérification de leur tension. Après avoir renouvelé quelques ordonnances, elle termina enfin son service.

Une fois seule, elle se laissa aller à son chagrin et pleura un bon coup. Après s'être calmée et s'être essuyé les yeux, elle saisit ses notes sur son ordinateur et rangea son bureau, puis elle inspira profondément et sortit dans le couloir.

Le décès de Ginny ravivait le sentiment de perte éprouvé quand sa grand-mère était morte.

La nouvelle l'avait littéralement assommée, et elle avait du mal à mettre un pied devant l'autre. La chaleur humaine de sa mamie Betty lui manquait, le réconfort de ses bras ainsi que sa façon de voir toujours l'aspect positif des événements.

« Vois le bon côté des choses. »

Elle pouvait presque entendre la voix de sa grand-mère, mais elle ne parvenait pas à voir en quoi le décès de Ginny pouvait comporter la moindre parcelle de positivité.

— Toni ? Quelque chose… Question stupide ! Bien sûr, que quelque chose ne va pas, dit Ben.

Elle n'avait même pas remarqué sa présence.

— Je vais bien, assura-t-elle.

— Tu pleures, remarqua-t-il gentiment. Et tes yeux sont suffisamment gonflés pour que j'en déduise que ça dure depuis un moment. Alors tu ne vas pas bien du tout. Pourquoi ne pas venir chez moi ? Je t'offrirai une tasse de thé et tu pourras même rester dîner. Tu n'auras pas à parler.

Cette gentillesse émut profondément Toni.

— Archie…

— Il supportera d'attendre un peu plus longtemps son dîner, dit fermement Ben. Je te ramènerai chez toi après que nous aurons mangé. Tu es venue en voiture, ce matin ?

— Non, j'ai marché.

— Ce qui nous facilite les choses. Allons-y.

Un instant plus tard, ils roulaient en direction de chez lui.

Comme promis, il ne la pressa pas de questions. Il lui offrit un thé trop fort et trop sucré, mais qu'elle but avec reconnaissance.

Elle se sentait mieux, en effet. Il lui suffisait de savoir qu'il était là, qu'il comprenait sa tristesse et tentait de la réconforter de façon pragmatique en cuisinant pour elle. Il ne l'incita même pas à parler lorsqu'il servit le repas dans la cuisine.

— Prends une bouchée, suggéra-t-il. Juste une, et ça ira mieux, promis.

Elle se força à obéir et parvint finalement à vider son assiette.

— Merci, dit-elle. C'était vraiment bon. Tu avais raison.

Contrairement à Sean, Ben n'en profita pas pour se glorifier de cette petite victoire. Il lui adressa seulement l'un de ces sourires incertains qui la faisaient fondre.

— De rien.

— Je vais faire la vaisselle, proposa-t-elle.

— Certainement pas. Ce dont tu as besoin pour l'instant, c'est d'un câlin.

— Exact, admit-elle.

Quelques secondes plus tard, enveloppée par la chaleur de deux grands bras, elle respirait avec délice l'odeur citronnée de Ben.

— Parle-moi, Toni, dit-il doucement. Le dire à voix haute te fera peut-être du bien.

Fermant les yeux, elle posa la tête sur l'épaule de Ben.

— L'une des résidentes des Hêtres, Ginny… Elle est morte.

— Celle qui ne parle pas ?

— Oui. C'était la meilleure amie de ma grand-mère. Elle habitait au coin de notre rue et était comme une seconde grand-mère pour Stacey et moi. Si mamie travaillait, nous allions chez elle après l'école, et elle nous a soutenues quand mamie est tombée malade. Ensuite, ça a été son tour. Je devrais me réjouir qu'elle soit en paix maintenant, au lieu d'être perdue et confuse, mais…

La voix de Toni se brisa.

— Son décès ravive des souvenirs douloureux, c'est ça ? devina Ben.

— Oui. Ginny était notre dernier lien avec mamie.

— C'est dur, dit Ben en la serrant plus fort contre lui.

— Elle me manque, Ben. Mon père et ma mère me manquent…

Elle se rappela combien Sean s'était montré indifférent lorsqu'elle lui en avait parlé.

— Je vais me reprendre, ajouta-t-elle. Je suis ennuyeuse et égoïste.

— Tu n'es ni l'un ni l'autre, répliqua Ben. Tu as le droit d'avoir du chagrin, Toni. Depuis que je te connais, j'ai pu constater que tu es l'une des femmes les plus généreuses que j'aie jamais rencontrées. Arrête de te flageller.

Grâce à lui, elle se sentait mieux. Il comprenait ce

qu'elle ressentait et ne la jugeait pas aussi sévèrement qu'elle se jugeait elle-même.

— Mamie me répétait toujours de voir le bon côté des choses.

— Elle avait raison. Il y en a toujours un, même s'il faut quelquefois vraiment chercher pour le trouver.

— Je sais. Je suis vraiment au-dessous de tout.

— Non. Tu es humaine.

Elle n'aurait su dire combien de temps ils étaient restés ainsi, serrés l'un contre l'autre, mais à un moment, elle leva la tête et déposa un baiser sur les lèvres de Ben.

Ce fut comme un embrasement. L'instant suivant, ils s'embrassaient passionnément.

Lorsqu'ils s'écartèrent l'un de l'autre, ils tremblaient tous les deux.

— Je suis désolé, Toni, dit Ben. Je ne veux pas profiter de ta faiblesse passagère.

— C'est moi qui ai commencé, lui fit-elle remarquer en posant la main sur la joue de Ben.

Il tourna la tête pour déposer un baiser sur sa paume.

— Je voulais juste te réconforter comme tu l'as fait pour moi quand j'étais mal.

— Tu as réussi, et je t'en remercie.

Les yeux verts de Ben étaient presque noirs, ses pupilles dilatées, et elle ne résista pas à l'envie de se dresser sur la pointe des pieds pour l'embrasser.

Il poussa un bref gémissement.

— Toni, ce ne serait pas bien de ma part… Nous ne sommes prêts ni l'un ni l'autre pour démarrer une relation.

— Je le sais, mais pour l'instant, j'ai besoin de célébrer la vie.

Ce n'était pas une bonne idée. La raison ordonnait à Ben de trouver une excuse qui ne blesse pas Toni. Pour l'instant, elle était vulnérable. Si elle se jetait dans ses bras, c'était pour se sentir vivante alors qu'elle affrontait la dure réalité de la mort.

Et puis, elle posa de nouveau la main sur sa joue.

— J'ai besoin de toi, Ben, murmura-t-elle. Aide-moi à me sentir mieux.

Le combat était perdu d'avance. Comment pourrait-il refuser, alors qu'elle était blessée et malheureuse ?

— Tu en es sûre ?

— Tout à fait.

Dès lors, il ne pouvait faire qu'une seule chose.

Penchant la tête, il frôla les lèvres de Toni des siennes. Doucement. Gentiment. Comme une promesse. Ensuite, il recommença, mais cette fois il lui mordit légèrement la lèvre inférieure, attendant une réponse. Et quand Toni glissa les doigts dans ses cheveux et lui rendit son baiser, il se détendit, sachant que tout allait bien se passer.

Ce fut elle qui s'écarta la première.

— Si tu changes d'avis à n'importe quel moment, il n'y aura pas de problème, dit-il.

— Merci.

— Malheureusement, je n'ai pas de préservatif.

— Moi si. J'en ai toujours dans mon sac pour mes patientes.

Elle fouilla dans son sac puis lui saisit la main.

— Emmène-moi jusqu'à ton lit, Ben.

La lueur qui brillait dans ses yeux le rendit fou de désir. Il parvenait à peine à aligner deux pensées.

— Viens, murmura-t-il.

Ils gravirent l'escalier et entrèrent dans la chambre. S'étant déchaussé en hâte, il tira les rideaux et alluma la lampe de chevet avant d'attirer dans ses bras Toni, qui portait toujours sa tenue d'infirmière constituée d'un pantalon et d'une tunique bleu marine.

Les doigts tremblants, il défit les boutons de la tunique, sous laquelle il découvrit un soutien-gorge de dentelle.

— C'est un sacré spectacle ! fit-il d'une voix rauque.

— Merci.

Il fit glisser le vêtement le long de ses épaules et le posa sur le dossier d'une chaise avant de s'occuper de son pantalon, qui ne forma bientôt plus qu'un petit tas sur le sol.

Toni fit un pas en avant.

— Tu es bien trop habillé, remarqua-t-elle. Il faut y remédier.

Il lui sourit.

— Fais ce que tu veux de moi.

Elle dénoua sa cravate et déboutonna lentement sa chemise.

Il sentait le bout de ses doigts lui frôler la peau, tiède et assuré. Submergé par le désir, il cessa un instant de respirer.

Elle s'attaqua ensuite à la fermeture Éclair de son pantalon et le tira le long de ses hanches, ainsi que son boxer, jusqu'à ce qu'ils tombent par terre. À son tour, il fit un pas en avant et embrassa Toni. En une fraction de seconde, leur étreinte se fit si passionnée qu'il eut l'impression que ses os entraient en fusion.

Lorsqu'ils mirent fin à ce baiser, Toni tremblait.

— Ce que tu me fais ressentir… c'est comme quand tu danses avec moi… J'ai l'impression de voler. Tu es beau, ajouta-t-elle en lui caressant la lèvre inférieure avec son pouce. Tout est beau en toi.

— J'éprouve la même chose, dit-il en suivant du bout de l'ongle la dentelle de son soutien-gorge. Tu es magnifique !

Il défit l'agrafe dans son dos, et quand le sous-vêtement fut à terre, il s'agenouilla devant Toni pour la caresser des mains, des lèvres et de la langue jusqu'à ce qu'elle tremble.

— À moi, murmura-t-elle avant de le soumettre à la même délicieuse torture.

Agenouillée devant lui, elle parcourut des paumes

sa poitrine, son ventre, prenant délibérément son temps pour découvrir ce qui l'excitait le plus.

Après cela, il la souleva dans ses bras et la déposa sur le lit. Après lui avoir ôté son slip, il posa les lèvres sur ses chevilles et remonta doucement jusqu'au centre de son intimité.

Rejetant la tête en arrière, elle glissa les doigts dans ses cheveux.

— Tu me tues, murmura-t-elle.

Il taquina son clitoris de la bouche et des doigts, suscitant en elle des vagues de plaisir jusqu'à ce que l'orgasme l'emporte et qu'elle crie.

Après cela, Toni l'attira à elle, s'empara de son sexe et se pencha jusqu'à le frôler des lèvres.

Un instant plus tard, il se cambrait sur le matelas et gémissait.

Toni sortit alors le préservatif du sachet et le déroula sur sa verge dressée, puis elle se souleva pour le chevaucher.

— Maintenant, dit-elle avant de s'empaler.

Elle était sublime.

— Toni ! gémit-il en haussant les hanches pour mieux s'enfoncer en elle.

Leurs doigts s'enlacèrent pendant qu'elle bougeait au-dessus de lui.

Ils auraient pu être maladroits ou gauches, mais non, c'était parfait. Leurs mouvements étaient coordonnés comme il ne l'aurait jamais cru possible.

Sentant Toni se raidir, il se redressa, la serra fort dans ses bras et s'empara de sa bouche. Elle lui rendit son baiser et l'étreignit avec une force inattendue. Le plaisir les emporta au même moment.

Quand les effets de l'orgasme se furent peu à peu atténués, il se laissa aller en arrière et la laissa s'écarter.

— Je dois m'occuper de ce préservatif, dit-il. Surtout, tu ne bouges pas.

En revenant, il reprit Toni dans ses bras.

— Désolée, dit-elle, je n'avais pas l'intention de…

— Tu n'as absolument rien à te reprocher, répliqua-t-il en lui caressant le visage.

— Sauf le fait que j'ai abandonné mon chien.

— Tu l'as juste fait attendre pour son dîner un peu plus longtemps, et il t'aime assez pour ne pas t'en tenir rigueur. Je te demanderais bien de rester cette nuit, mais as-tu quelqu'un qui pourrait le nourrir et le sortir à ta place ?

Toni fit la grimace.

— Non. Je suis obligée de rentrer.

— Très bien. Je vais te raccompagner chez toi.

— Pardon. Je me sens égoïste et ingrate, mais…

Il la fit taire d'un baiser.

— Arrête de t'excuser. On analysera la situation à un autre moment. Pour l'instant, tu as besoin de soutien. Fais comme chez toi, dans la salle de bains.

— Merci.

Pendant qu'elle occupait la salle de bains, il s'habilla. Un peu plus tard, il la reconduisit chez elle.

— Merci de m'avoir ramenée, dit-elle. Tu veux entrer boire un thé ?

Se montrait-elle simplement polie, ou souhaitait-elle vraiment sa compagnie sans oser lui imposer de rester avec elle ?

La tristesse de ses yeux le décida.

— Très volontiers.

Lorsqu'ils entrèrent dans la cuisine, Archie les accueillit avec enthousiasme.

— Je m'occupe du thé pendant que tu lui donnes à manger, proposa Ben.

— Merci.

Elle fit sortir le chien puis remplit ses bols d'eau et de nourriture. En revenant, Archie engouffra son repas en ce qui sembla à Ben trois secondes. Ensuite, il s'assit aux pieds de Toni avant de se blottir le plus près possible d'elle, comme s'il devinait qu'elle avait besoin de réconfort.

— Est-ce qu'il y a quelqu'un que tu voudrais appeler ? demanda Ben en déposant une tasse de thé devant elle.

— Non. J'enverrai un SMS à Stacey demain matin.

— C'est une photo de ta grand-mère, sur le frigo ?

Celle-ci représentait une femme d'âge mûr qui se tenait sur la plage près d'un château de sable avec deux petites filles.

— Oui. J'avais six ans et Stacey huit. C'est une de mes préférées. J'ai tellement de souvenirs heureux avec mamie ! C'est elle qui m'a appris à faire la cuisine. Stacey et moi, nous adorions maman. Elle travaillait comme costumière dans un théâtre à l'ouest de Londres. Elle était extraordinaire avec une aiguille, mais tout le monde savait qu'elle aurait été capable de faire brûler de l'eau. C'était mon père qui préparait les repas, mais il n'excellait pas non plus dans ce domaine. Nous avons mangé pas mal de saucisses, de chips et de haricots en conserve. C'est une des raisons pour lesquelles nous adorions passer nos vacances chez mamie. Cela impliquait des dîners délicieux et des crumbles aux pommes faits maison.

À ces mots, il se sentit légèrement coupable d'avoir récemment tenu sa propre famille à distance. Il possédait un trésor qui manquait cruellement à Toni, mais il l'avait considéré comme acquis.

— Ça devait être génial, marmonna-t-il.

Toni sourit à Ben.

— Tu aurais plu à mamie.

Sa grand-mère n'appréciait pas du tout Sean, qui était selon elle bien trop imbu de lui-même. Sur le coup, Toni avait pensé que leurs caractères étaient simplement incompatibles, mais il s'était avéré par la suite qu'elle avait vu juste concernant Sean.

— Je suis navré que tu aies subi des pertes aussi douloureuses, dit doucement Ben.

— C'est la vie… J'essaie de me focaliser sur le fait que, au moins, j'ai eu une bonne relation avec mes parents, mamie et Ginny, même si je ne les ai pas gardés aussi longtemps que je l'aurais voulu. Tout le monde n'a pas cette chance.

Ben souffla pensivement sur son thé.

Toni avait raison. Ses propres parents n'étaient pas très démonstratifs. Ils n'avaient pas su le soutenir quand Karen avait lâché sa bombe. Mais il les aimait, tout comme il aimait sa sœur. Grâce à Toni, il se rendait compte qu'il était temps de faire un effort, au lieu de considérer qu'ils seraient toujours là.

— Rappelle-toi qu'Archie et toi vous avez procuré des instants de bonheur à Ginny les derniers mois de sa vie.

— Je le sais. Mais je vais avoir du mal à y retourner lundi après-midi.

— Je t'accompagnerai, si je peux me faire remplacer au cabinet.

— Merci, Ben. Mais je dois me reprendre et affronter ce deuil.

Il s'approcha de Toni et l'enveloppa de ses bras.

— D'accord, mais lundi soir, je cuisinerai pour toi. Ou bien nous irons avec Archie dans un pub qui accepte les chiens pour y dîner.

— Ce serait sympa.

Il n'avait pas l'impression d'être « sympa » quand il s'agissait de Toni. Auprès d'elle, il éprouvait toutes sortes d'émotions qu'il s'efforçait encore de qualifier.

Ils passèrent le reste de la soirée sur le canapé, le chien roulé en boule à leurs pieds, à écouter de la musique et à bavarder.

Quand Toni commença à bâiller, il lui déposa un baiser sur le front.

— Je ferais mieux de te laisser dormir.

— Ben… Je sais que c'est beaucoup demander, mais est-ce que tu pourrais rester cette nuit ?

Passer la nuit entière avec elle.

Pour la réconforter, ou était-ce l'étape suivante, annonçant un changement dans leur relation… comme le passage d'amis à amants ?

Était-il prêt à oublier le passé ?

Mais même s'il ne l'était pas, comment aurait-il pu résister à son regard suppliant ? Toni ne voulait pas rester seule, et il savait ce qu'elle éprouvait pour l'avoir vécu lui-même.

— D'accord, dit-il. Je reste.

7.

Quand Ben se réveilla, le soleil filtrait à travers les rideaux. Il était étendu contre Toni, un bras autour d'elle.

Ce serait facile de fermer les yeux et de se rendormir… Sauf qu'il recevait des patients dans la matinée et qu'il devait se lever.

Il faudrait aussi qu'il parle avec Toni, mais ce n'était pas le genre de conversation à entamer dans la précipitation. Il attendrait le bon moment.

Depuis sa rupture avec Karen, c'était la première fois qu'il se réveillait dans un lit avec une femme. D'un côté, la situation était bizarre et le mettait mal à l'aise. D'un autre, il se sentait bien parce que c'était Toni. Il l'aimait beaucoup. Il aimait sa chaleur humaine, son esprit positif. Son propre monde était plus lumineux depuis qu'il la connaissait.

Il déposa un baiser sur son épaule.

— C'est l'heure, Toni.

— Quoi ?

Elle se retourna pour lui faire face, et ses yeux gris exprimèrent la surprise. Puis elle lui sourit, se rappelant visiblement ce qui s'était passé la veille.

— Bonjour.

— Ma consultation m'attend, dit-il. Je dois passer chez moi me changer.

— Bien sûr.

Il repoussa une mèche soyeuse derrière l'oreille de Toni.

— On peut se voir cet après-midi ? On pourrait emmener Archie sur la plage… et discuter.

— Volontiers.

— On se retrouve chez Scott's à 14 heures ?

— J'y serai. Tu veux un petit déjeuner, avant de partir ?

Il jeta un coup d'œil au réveil posé sur la table de chevet.

— Merci, mais il faut que je parte. Mon premier patient arrive à 8 h 30.

Toni lui caressa le visage.

— Merci d'être resté cette nuit.

— Pas de problème. Tu vas bien ?

— En tout cas, ça ira. Va vite. Les patients, c'est le plus important.

— Pas plus que toi, mais il le faut. Maintenant, ferme les yeux.

Toni se mit à rire.

— Parce que tu ne veux pas que je te voie nu ?

— Je ne devrais pas être aussi pudique, mais c'est ainsi.

— Je respecte cette timidité, et je ferme les yeux.

Il sauta hors du lit et s'habilla rapidement.

— À tout à l'heure à la plage, dit-il.

— Je vais me lever. Il faut que je sorte Archie, de toute façon. À mon tour de te demander de ménager ma pudeur.

— Je t'attends dans la cuisine.

Il y fut accueilli par un Archie enthousiaste qui nicha son museau dans sa paume pour lui dire bonjour.

Un mois auparavant, il n'aurait pas supporté ce contact. Mais désormais, il appréciait l'expérience, et il gratouilla le crâne du chien.

— Bonjour, Archie.

En signe de reconnaissance, celui-ci lui lécha la main.

Toni les rejoignit une minute plus tard, vêtue d'un peignoir court et duveteux.

— Tu es sûr de ne pas vouloir un café et une tartine ?

— Tout à fait. Je mangerai une banane et je boirai un café au cabinet. À tout à l'heure.

Ben Mitchell était véritablement un ange, songea Toni après le départ de celui-ci. Il l'avait aidée à ne pas s'effondrer quand le chagrin la submergeait. Il était resté auprès d'elle pendant la nuit parce qu'elle avait besoin que quelqu'un la soutienne. Où cela allait-il les mener ?

Il avait raison de vouloir qu'ils discutent.

Il ne l'attirait pas seulement physiquement. Elle l'aimait beaucoup et elle avait l'impression que c'était réciproque. Depuis sa rupture avec Sean, elle était sortie avec quelques hommes, mais il n'y avait pas eu d'étincelle, et ces relations étaient restées platoniques. Elle savait que Ben n'avait fréquenté aucune femme depuis que son épouse l'avait quitté. Était-il prêt à prendre ce risque avec elle ?

La conversation devrait être franche et honnête, même si cela faisait mal. Ils avaient tous les deux besoin de savoir ce que l'autre voulait.

Elle téléphona à Stacey et lui annonça le décès de Ginny, puis elle appela Shona pour savoir s'il lui fallait quelque chose. Après avoir accompli ses tâches ménagères, elle se retrouva chez Scott's à 14 heures, Archie assis à ses pieds.

En regardant arriver Ben, elle cessa un instant de respirer.

Il avait mis un jean, un T-shirt et des baskets. Avec ses lunettes de soleil, il était absolument canon.

— Salut.

Est-ce qu'il allait l'embrasser ?

Non.

La déception lui serra la gorge.

Très bien. Il allait lui dire qu'il était le seul fautif et lui demander de reprendre un mode de relation purement professionnel.

Elle se blinda à l'avance.

— On y va ? fit-elle gaiement.

— Oui.

Une fois sur la bonne partie de la plage, elle libéra Archie et rangea la laisse dans son sac de plage.

Ben n'avait pas prononcé un mot. Il cherchait sans doute une façon gentille de lui dire qu'il ne souhaitait pas aller plus loin avec elle.

Lorsqu'ils parvinrent aux dunes, il annonça :

— Pause hydratation.

— D'accord. J'ai apporté de l'eau.

— Et moi des fraises. Elles sont lavées et locales.

— Pendant un moment, j'ai cru que tu les avais cueillies toi-même.

— Pas tout à fait. Je les ai achetées à la boutique de la ferme en revenant du cabinet.

Elle hocha la tête, attristée qu'ils en soient à ce type de conversation.

— Ta consultation s'est bien passée ? demanda-t-elle.

— Oui. Et ta matinée aussi ? s'enquit-il avec une égale politesse.

— Oui.

Il lui prit la main.

On y était. « Ce n'est pas ta faute, mais la mienne. »

Elle ne pourrait pas supporter de l'entendre, elle préférait encore être celle qui rompait.

— Je suis désolée, pour la nuit dernière, commença-t-elle.

— Ne t'excuse pas. Je n'allais pas te laisser seule alors que tu étais bouleversée. Je suis content d'avoir été là pour toi.

— En tant qu'ami.

— C'est de ça qu'on doit parler.

— Je comprends. Tu n'es pas prêt pour…

Ben la fit taire d'un baiser.

Une fois qu'elle fut réduite au silence, il déclara :

— Je ne m'attendais pas à ce que cela arrive entre nous. Je croyais que j'étais encore en voie de guérison après Karen. Mais il y a chez toi quelque chose qui annihile en moi toute résistance. Tout est encore confus dans ma tête, mais je ne peux pas chasser les sentiments que j'éprouve pour toi. Je n'ai sûrement pas le droit de te demander d'entamer une relation avec moi. Je sais que tu as été blessée, mais je suis incapable de te lancer un ultimatum comme Sean l'a fait. Jamais je ne te demanderais d'être quelqu'un d'autre. Je ne lui ressemble pas plus que tu ne ressembles à mon ex… Tu crois qu'on peut se donner une chance ?

Elle écarquilla les yeux.

— Tu me demandes qu'on sorte ensemble ?

— Oui… Comme un ado de quinze ans. Je suis terrifié à l'idée que tu refuses, et terrifié à l'idée de tout gâcher si tu acceptes.

— Tu sais déjà que je suis abonnée aux sales types. Je ne suis pas attirée par les bons.

— Mais cette attirance existe entre nous…

— C'est pour cette raison que je nage en pleine confusion. Tu ne ressembles pas aux hommes avec qui je sors… Et je n'envisageais pas d'entamer une relation.

— Donc, nous pensons tous les deux que ça pourrait être une erreur.

— Oui. Sauf que tu as raison en ce qui concerne notre attirance mutuelle. À mon avis, elle ne va pas disparaître de sitôt.

— Alors, voyons comment ça évolue. Pour l'instant, on reste discrets jusqu'à ce qu'on sache ce qu'il en est.

Elle fit la grimace.

— Difficile de rester cachés dans une si petite ville. Mais d'accord. Tâchons de faire comme tu dis.

Ben se pencha pour lui voler un baiser.

— Excellent. Commençons par le commencement… Quelles sortes de choses aimes-tu faire ?

— En dehors du jogging sur la plage ? J'adore la musique, mais je suis une très mauvaise danseuse.

— Tu as juste besoin d'entraînement. Tu aimes le théâtre ? Le cinéma ?

— Les deux. J'aime tout, sauf les films sanglants ou larmoyants. Et toi ?

— Pareil. Et je préfère les drames aux comédies. Je n'aime pas les grosses farces, mais j'adore les mauvais jeux de mots.

— Et le sport ?

— Je préfère jouer que regarder. Et toi ?

— Ni l'un ni l'autre, sauf le tennis.

— Je devine que tu en fais.

— Exact.

— Les musées ? demanda Ben.

— Oui, ainsi que les galeries d'art, surtout s'il y a un café sympa. Mais ma conception de la journée parfaite, c'est juste emmener Archie quelque part faire une longue promenade. Peu importe que ce soit au bord de la mer, dans une forêt ou dans un parc.

— C'est plutôt tentant. Si on allait au cinéma ce soir ? Et demain, on ira marcher avec Archie, si tu es d'accord.

— Volontiers. Pour l'instant, je propose qu'on avance un peu.

Cette fois, ils repartirent main dans la main.

La marée était basse, si bien qu'il leur fallut un certain temps pour parvenir jusqu'à la mer. Ils ôtèrent leurs chaussures et pataugèrent sur le bord pendant qu'Archie galopait dans l'eau et les éclaboussait.

— Désolée, dit-elle.

— Il s'amuse, et moi aussi, répliqua Ben avec un sourire.

— Moi aussi, mais on doit rester vigilants. La mer remonte vite, et on peut se faire surprendre.

— Il n'y a aucun signal pour mettre en garde les promeneurs ?

— Si, une sirène.

— C'est bon à savoir.

Ils continuaient de marcher tranquillement, quand un adolescent sortit de l'eau en hurlant.

— Mon pied ! J'ai très mal !

— Il y a des méduses, par ici ? s'enquit Ben.

— Je n'en ai pas entendu parler cet été, mais il fait assez chaud pour qu'il y en ait. Il a aussi pu se blesser sur un bout de fer ou sur le bord tranchant d'une canette.

Elle siffla Archie, et ils coururent vers le groupe de jeunes qui rejoignaient leur camarade.

— Je suis médecin et Toni infirmière praticienne, expliqua Ben. Que s'est-il passé ?

Le garçon était très pâle.

— Je m'amusais dans l'eau et quelque chose m'a fait mal au pied. Ça brûle.

— On peut jeter un œil ? demanda Ben.

L'adolescent hocha la tête et s'assit. Accroupi auprès de lui, Ben examina la zone douloureuse.

— Il y a un petit point de sang qui suggère que tu as été piqué.

— C'est comme si mon pied cramait, expliqua le garçon, et ça remonte dans la jambe.

— C'est peut-être une vive, intervint Toni. Elles s'enfouissent dans le sable, et si on marche dessus, comme leurs épines sont très pointues et contiennent du venin, la piqûre est très douloureuse. Désolée de dire ça, mais s'il s'agit d'une vive, la douleur va s'accentuer dans la prochaine demi-heure.

— C'est déjà pas mal maintenant, fit l'adolescent avec une grimace. Je ne vais pas pouvoir marcher.

— Il faut qu'on enlève les épines de ton pied. J'ai une pince à épiler. Assis, Archie.

Le chien obéit et demeura parfaitement immobile pendant qu'elle fouillait dans son sac.

— Comment t'appelles-tu ? demanda-t-elle.

— Ollie.

— D'accord, Ollie. Est-ce qu'un de tes copains peut courir voir le maître nageur sauveteur qui surveille la plage et lui demander de faire chauffer de l'eau ? Il faudra lui dire que tu as été vraisemblablement piqué par une vive. On t'emmènera au poste de surveillance, mais avant je vais retirer les épines de ton pied, et j'ai besoin que tu parles à Ben de ton dossier médical. Tu as des allergies ? Est-ce que tu suis un traitement quelconque ?

Elle se concentra sur sa tâche pendant qu'Ollie expliquait à Ben qu'il ne prenait aucun médicament mais qu'il était allergique au sparadrap et que son pied le faisait horriblement souffrir.

— Maintenant, dit-elle, je vais devoir presser la zone douloureuse pour te faire saigner. Le sang évacuera une partie du venin. Désolée, ça va faire un peu mal.

Ollie serra les poings.

— Allez-y.

Il se crispa pendant la manipulation mais n'émit pas un son.

— On va te donner du paracétamol pour te soulager un peu, ensuite il faudra plonger ton pied dans de l'eau chaude pendant une demi-heure, annonça Ben. L'eau chaude détruira le venin et favorisera un afflux de sang vers l'endroit où tu as été piqué.

— Mes potes ne vont pas devoir pisser sur mon pied ou un truc du genre ?

— Non. Pas besoin de vinaigre non plus. Il faudra couvrir la plaie, sinon elle risque de s'infecter.

— Demain, ça ira beaucoup mieux, ajouta Toni. Si ton pied gonfle ou que tu sens une douleur au niveau de la poitrine, si tu ne respires pas bien, que la tête te tourne ou que tu te mets à vomir, va directement à l'hôpital ou appelle une ambulance.

— Surveille bien la plaie, enchaîna Ben. Pas seulement le gonflement. Si elle devient plus rouge ou si tu vois du pus, tu viens au cabinet, et on te prescrira des antibiotiques.

— Compris, dit Ollie. Merci pour votre aide. Vous n'êtes même pas en service.

— Cela fait partie du métier, répliqua Ben. On n'abandonne pas les gens si on peut les aider.

Soutenu par Ben et elle, Ollie marcha péniblement en direction du poste de surveillance. Les amis du garçon les rejoignirent à mi-chemin.

— Le maître nageur sauveteur fait chauffer l'eau, dit l'un d'eux. On leur a dit que vous étiez médecin.

— Archie n'est pas autorisé à aller de ce côté de la plage, fit remarquer Toni. Je ne peux pas aller plus loin.

— Je vais accompagner Ollie jusqu'au poste, dit Ben. On se retrouve au café.

— Parfait. Bonne chance, Ollie, ajouta-t-elle en serrant légèrement l'épaule de l'adolescent.

— Merci de m'avoir aidé… Même si ça m'a fait mal.

— Prends soin de toi.

Vingt minutes plus tard, Ben la rejoignit au café.

— On dirait que tout va bien, annonça-t-il. Le gamin sait où nous trouver en cas de complication.

— Heureusement que nous étions là.

Ben caressa le crâne d'Archie.

— Oui. Tu veux un café ?

— Volontiers, merci.

Archie émit un jappement.

— Je suis sûr que tu voudrais une saucisse, dit Ben en riant, mais je parierais que tu en as déjà eu une aujourd'hui.

— Exact. Et même s'il s'est bien comporté pendant qu'on s'occupait d'Ollie, il n'en aura pas d'autre, précisa Toni.

— Demain, murmura Ben à l'intention du chien.

Tout en buvant leur café, ils consultèrent sur le téléphone de Ben les programmes des cinémas locaux.

— Il y a un cinéma en plein air qui s'est installé sur

un terrain municipal, dit Ben. On pourrait prendre des billets.

— Ils passent *Mamma Mia*, enchaîna-t-elle en souriant. J'adore ce film, mais tu crois qu'il n'est pas trop girly pour toi ?

— Ce sera amusant, au contraire.

Deux minutes plus tard, ils avaient commandé leurs billets.

— Le site Internet précise qu'il y a des stands de nourriture. Il suffit de prendre des couvertures et des chaises pliantes.

— J'ai les deux, si les poils de chien ne te gênent pas.

— Pas du tout ! Je passerai te prendre à 19 heures.

— Parfait.

À l'heure dite, Ben remonta l'allée de Toni.

Il ne savait pas trop s'il était nerveux ou excité. C'était son premier rendez-vous officiel avec Toni, et la première fois depuis des années qu'il sortait avec une autre femme que Karen.

Comment devrait-il se comporter ? À quel moment lui prendre la main ? Quand l'embrasser ? Et avait-il choisi la bonne tenue ? Il avait opté pour un jean et un sweat léger, vu qu'ils passaient la soirée dehors. Toni n'allait-elle pas penser qu'il n'avait fait aucun effort pour soigner son apparence et qu'il tenait sa conquête pour acquise ?

C'était fou, il avait l'impression d'avoir quinze ans !

Rassemblant tout son courage, il frappa à la porte. Lorsqu'elle parut sur le seuil, absolument superbe en jupe et talons hauts, il connut un instant de pur désir qui lui assécha la bouche.

Incapable de parler, il toussota.

Parle-lui, idiot !

— Tu es…

Il s'interrompit, ne trouvant pas le mot qu'il cherchait.

Il ne voulait pas ressembler à un loup affamé, mais en même temps, elle devait savoir combien il la trouvait belle.

— … Fabuleuse !

— Merci, répliqua Toni avec un sourire. Toi aussi.

Bizarrement, il se détendit aussitôt.

— Merci. Tu ne crains pas d'avoir froid ? Après le coucher du soleil, la soirée risque d'être fraîche.

— Je me blottirai sous les couvertures, dit-elle en lui montrant un sac qu'elle portait en bandoulière. Et j'ai deux chaises pliantes.

— Excellent. Allons-y.

Il prit le sac et les chaises, qu'il porta jusqu'à sa voiture. Quelques minutes plus tard, ils roulaient en direction du terrain municipal.

Le parking était bondé, et dès qu'ils eurent trouvé une place, ils firent la queue pour acheter une pizza et du chocolat chaud.

— Je t'invite, puisque tu as payé les billets, annonça Toni.

— Dans la mesure où c'est notre premier rendez-vous, ce devrait être à moi de le faire, d'autant que c'était mon idée.

— Dans quel siècle vivez-vous, docteur Mitchell ?

— Touché… Alors, merci.

Bien que le film ne l'intéresse pas vraiment, il prit beaucoup de plaisir à être assis sous un ciel étoilé auprès de Toni. Cela faisait des années qu'il n'avait pas tenu la main d'une femme au cinéma, et il était surpris que quelque chose d'aussi simple le rende tellement heureux.

Après l'avoir reconduite devant chez elle, il la raccompagna jusqu'à sa porte.

— J'ai vraiment adoré cette soirée, dit-elle.

Il déposa un baiser léger sur les lèvres de Toni.

— Moi aussi. On se voit demain ?

— J'aimerais bien.

— Allons quelque part où nous pourrons emmener Archie.

— Bonne idée.

— Je... Euh... C'est notre premier rendez-vous officiel, alors je vais t'embrasser pour te dire au revoir.

Elle lui vola un baiser.

— J'adore ta courtoisie à l'ancienne ! Même si ça donne l'impression que notre relation n'a pas commencé comme elle l'aurait dû.

— Parce que nous avons fait l'amour avant de sortir ensemble ?

— Tu dois me trouver un peu bête, grommela Toni.

Il l'attira dans ses bras.

— Non, tu es adorable. Mais maintenant, je veux faire les choses correctement. Je veux qu'on apprenne à se connaître avant de coucher de nouveau ensemble.

— Pour être sûrs qu'on ne se trompe pas ? Moi aussi. À demain, alors, dit Toni en l'embrassant. J'ai ma petite idée sur une destination possible.

Le lendemain, ils emportèrent de quoi pique-niquer et longèrent la côte en direction de Brancaster.

— La marée monte très vite, comme à Great Cromwell, expliqua Toni, et beaucoup de gens se sont retrouvés coincés pendant qu'ils exploraient l'épave d'un cargo, mais si on garde un œil sur la mer, tout ira bien.

La plage s'étendait sur des kilomètres. Il adora marcher la main dans la main avec Toni, pieds nus dans l'eau tiède, tandis que le chien galopait devant eux.

Cet endroit avait quelque chose de magique, avec ce ciel bleu contrastant avec le sable couleur d'or pâle. Les rayons du soleil se reflétaient sur les vagues qui caressaient le rivage, soulevant comme une poussière féerique.

Après sa rupture avec Karen, il avait cru dur comme fer qu'il ne retomberait jamais amoureux, mais en ce lieu paisible, il n'en était plus si sûr. Auprès de Toni, le monde lui semblait rempli de lumière et d'espoir.

Chaque instant de la journée fut spécial. Il y eut le moment où les yeux gris de Toni pétillèrent d'enthousiasme, lorsqu'elle trouva un très joli coquillage. Puis le plaisir d'acheter des glaces et de partager un pique-nique sur les dunes… Il ne se rappelait pas avoir été aussi insouciant et heureux.

Quand la marée commença à monter, ils se dirigèrent vers la voiture.

— C'était génial, dit Ben, et je vais te paraître égoïste, mais je n'ai pas envie que ça se termine.

— Moi non plus.

Quand leurs regards se croisèrent, il eut l'impression que son cœur explosait.

— Toni…

Il lui caressa le visage avant de passer le pouce sur sa lèvre inférieure. Elle le mordit légèrement, ce qui accéléra dangereusement son rythme cardiaque à lui. Il se pencha pour l'embrasser, et ce fut comme un feu d'artifice faisant jaillir des étoiles de joie.

Lorsqu'il s'écarta, il tremblait, et Toni aussi.

— Je veux te montrer quelque chose, dit-elle.

Le soleil commençait à descendre dans le ciel tandis qu'ils longeaient la côte en voiture. Ils trouvèrent un endroit où se garer en haut d'une falaise et s'assirent sur un banc. Il passa un bras autour des épaules de Toni tandis qu'Archie se blottissait à leurs pieds.

— À Londres, je regardais le coucher du soleil depuis Primrose Hill, dit-il. La cité tout entière s'étend devant toi, et le ciel prend des couleurs extraordinaires. Mais ici, c'est absolument magnifique.

Et sans doute la présence de Toni à son côté contribuait-elle à rendre l'expérience inoubliable.

— Londres te manque ? demanda-t-elle.

— C'est là que j'ai grandi, alors oui, un peu. Mais je

commence à aimer Great Cromwell et ses habitants. Et c'est génial de vivre aussi près de la mer. Ma sœur doit me rendre visite dans deux semaines.

— Ah ?

— Je me demandais si tu voudrais faire sa connaissance.

Toni leva vers lui ses yeux clairs.

— En tant que collègue ?

— Ou en tant que ma petite amie.

— Si je comprends bien, ça deviendrait officiel entre nous ?

Le moment était venu de se prouver à lui-même qu'il avait tourné la page.

— Tout ce qu'il y a de plus officiel, répondit-il.

8.

Le lundi, la perspective de se rendre aux Hêtres, un lieu empli de souvenirs, attristait Toni.

À midi, Ben lui envoya un SMS :

Je penserai à toi cet après-midi. Je suis là si tu as besoin de moi.

Sachant qu'il serait occupé avec ses patients, elle n'avait pas l'intention de faire appel à lui, mais le message la toucha.

Lorsqu'elle arriva, un calme inhabituel régnait dans la maison de retraite. Même Archie ne parvint pas à arracher un sourire à Julia.

— Il y a des jours où je déteste mon boulot, dit-elle.

Toni la serra dans ses bras.

— Eh ! Tu apportes une vraie différence dans la vie des résidents. Tu n'as rien à te reprocher.

— Et ils sont tous proches de la mort, je sais…

Toni lui tendit un bouquet de roses dorées.

— Elles viennent de mon jardin, c'étaient les préférées de mamie parce qu'elles sentent délicieusement bon.

— Le soleil dans un vase ! Merci, Toni.

Les résidents parlaient tous de Ginny, qui leur manquait déjà. Archie sembla en aider quelques-uns à se détendre. Après la séance, Toni l'emmena courir sur la plage avant de rentrer. Elle en avait besoin pour se remonter le moral.

Ben lui avait laissé un deuxième SMS :

J'espère que ça n'a pas été trop dur. Préviens-moi quand tu voudras que je passe te prendre. On dîne dans un resto qui accueille les chiens, ou je cuisine pour toi ?

Elle s'éclaboussa le visage à l'eau froide et l'appela aussitôt après.

— Salut ! Je suis à la maison.

— Comment vas-tu ?

— Je suis un peu triste. Julia m'a donné une photo de Ginny avec Archie prise il y a quelques mois.

— C'est sympa. Elle te rappellera de bons souvenirs. Tu veux que je vienne à quelle heure ?

— En réalité, je n'ai pas vraiment envie de sortir, avoua-t-elle.

— En ce cas, j'apporte le dîner, si ça ne t'ennuie pas que j'envahisse ta cuisine. Dans une demi-heure, d'accord ?

— C'est gentil, merci.

Aucun de ses ex ne lui avait jamais manifesté une telle sollicitude. Sean était incapable de cuisiner, il aurait exigé de sortir et se serait offusqué d'un refus. Ben, lui, comprenait totalement ce qu'elle ressentait et trouvait le compromis parfait. Elle ne comprenait pas que Karen ait pu tomber amoureuse d'un autre. Si Ben dissimulait un grave défaut, elle l'aurait su, désormais. Même le séducteur le plus endurci ne pouvait pas jouer la comédie à temps plein. Et Ben n'en était pas un. Il était sincère.

Il arriva avec une brassée d'œillets au doux parfum.

— C'est pour adoucir ton chagrin, expliqua-t-il.

— Merci ! J'adore cette odeur.

— J'ai pensé que des fleurs rose vif te plairaient.

— Pourquoi ? Parce que je suis vulgaire ?

— Parce que tu es lumineuse et ravissante, rectifia-t-il en l'embrassant. Le repas est prêt dans dix minutes.

— Ah bon ? Tu as acheté des pâtes fraîches et un pot de sauce ?

— J'ai acheté les pâtes fraîches chez le traiteur, mais pas la sauce. Le temps que tu mettes les fleurs dans un vase, le dîner sera servi.

— Je peux t'aider ?

— Mets la salade dans un saladier.

Après avoir arrangé les œillets à son goût, elle fit ce que Ben lui avait demandé.

— Ça sent super bon ! s'exclama-t-elle.

— Escalopes et linguini dans une sauce à l'ail et au citron, déclara Ben. Une recette parfaite pour nos diabétiques, à condition de retirer le parmesan.

Dès qu'ils furent à table, Ben servit Toni, qui porta une première fourchette à sa bouche.

— Délicieux ! Tu pourrais occuper une place de choix dans le Guide Michelin.

— Merci. J'ai toujours aimé cuisiner, ça me détend. J'ai projeté un barbecue pour la visite de ma sœur et de sa famille.

— J'apporterai le dessert. Qu'est-ce qu'ils aiment ?

— Jessie adore le cheesecake.

— C'est facile, alors.

— Et amène Archie avec toi.

— Tu crois ? Ton propriétaire ne risque pas de faire une crise ?

— Je ne pense pas, à moins qu'Archie creuse un trou dans la pelouse ou qu'il mordille un pied de chaise.

— Je lui prendrai une balle de tennis à mâchouiller.

— Parfait.

— Merci pour ce que tu as fait pour moi ce soir. Grâce à toi, cette mauvaise journée se termine bien.

— Tu es ma petite amie, dit gentiment Ben. C'est normal que je sois là pour toi.

Peut-être avait-elle trouvé le bon, cette fois ? se dit-elle avec espoir. Quelqu'un qui faisait battre son cœur plus vite et qui ne la rendrait pas malheureuse.

Ben ne passa pas la nuit avec elle, mais ils se fixèrent un autre rendez-vous dans la semaine. Ils allèrent voir un spectacle humoristique où ils rirent aux éclats pendant deux heures, oubliant leurs soucis, et de retour chez Toni, ils s'assirent dehors pour contempler les étoiles, Archie à leurs pieds.

— Si j'ai bien compris, demanda-t-elle, tu aimes les musées scientifiques ?

— L'espace et les roches sont mes domaines de prédilection. J'ai particulièrement apprécié l'expo du musée d'Histoire naturelle, où j'ai pu voir une énorme fulgurite.

— Tu peux traduire ?

— Quand la foudre frappe la roche, elle crée ce qu'on appelle une « pierre de foudre ». C'est un morceau de silice naturelle, comme un éclair fossilisé.

— Des éclairs fossilisés ? Il faudra que je t'emmène voir les falaises de Hunstanton, pour y chercher des fossiles, et celles de West Runton où on a trouvé un squelette de mammouth.

— J'aimerais bien, approuva Ben avec un sourire. Et toi, quel genre de musées aimes-tu visiter ?

— Le Victoria and Albert Museum, à Londres, est mon préféré. J'adore les jolies robes. C'est le plus grand musée d'art et de design au monde. Stacey et moi, nous y passons parfois la journée.

— J'aurais dû m'en douter après avoir vu cette robe ravissante que tu portais le week-end des Années 1940.

Toni comprit à son expression que le compliment était sincère.

— Merci. Et les réserves naturelles, tu apprécies ?

— Beaucoup. Mais j'ai seulement marché dans un des parcs de Londres ou le long de Regent Canal.

— En ce cas, je sais exactement où nous irons ce week-end !

Le samedi matin, quand elle passa prendre Ben – sans Archie –, il n'en savait toujours pas plus sur le lieu où elle voulait l'emmener car elle avait refusé de lui en dire plus. Mais en voyant le bateau proche du parking où elle venait de se garer, il comprit.

— On va voir des phoques ? s'exclama-t-il.

— Là où nous allons se trouve la colonie de phoques gris la plus importante d'Angleterre, lui dit-elle. À cette époque de l'année, on a peut-être une chance de voir des bébés.

Un peu plus tard, Ben contemplait le spectacle, les yeux écarquillés.

— C'est extraordinaire ! Je n'avais jamais vu de phoques d'aussi près. Ils me rappellent Archie avec leurs grands yeux – sauf que les leurs sont marron foncé.

— Je te ferai remarquer qu'il n'est pas aussi gros qu'eux. Un adulte mâle pèse dix fois son poids.

— Rappelle-le-moi la prochaine fois qu'il me sautera sur les genoux, ironisa-t-il.

Ben n'était plus du tout crispé en présence de son chien, songea-t-elle. C'était une bonne chose, car cela aurait pu constituer un vrai motif de friction entre eux. Malgré tout, elle était encore inquiète. Jusqu'alors, ses relations sentimentales s'étaient toujours mal terminées. Ben disparaîtrait-il lui aussi comme ses ex ? Cette peur l'empêchait de profiter totalement de cet amour naissant. Il faudrait qu'elle trouve les mots justes pour en parler avec lui.

Il avait eu raison de ne pas passer la nuit avec elle, le samedi précédent. Mieux valait ne pas presser les choses. Cette distance leur permettrait peut-être de protéger leur cœur jusqu'à ce qu'ils sachent exactement ce qu'il en était.

Aussi, quand Ben l'embrassa sur le pas de sa porte, elle ne chercha pas à le retenir malgré l'envie qu'elle en avait.

Du temps. Ils avaient besoin de temps.

La semaine suivante passa très vite, et le vendredi en début de soirée, Ben accueillit sa sœur, son beau-frère, sa nièce et son neveu.

— La mer te fait visiblement du bien, remarqua Jessie en l'embrassant. Ça fait des années que je ne t'avais pas vu l'air aussi heureux.

C'était vrai… Grâce à Toni, qui l'aidait à voir de nouveau le bon côté de la vie.

— Ouais, ouais, répliqua-t-il en souriant. J'ai été trop paresseux pour faire la cuisine ce soir. Je vous propose de manger des *fish and chips* sur le port et ensuite de faire une promenade au bord de la mer.

— Après le métro londonien cette semaine et la circulation sur la M25, ce sera un plaisir !

— Déposez vos affaires, et on y va. Vous devez être affamés, dit Ben.

Un instant plus tard, ils dégustaient leur repas, assis sur un muret.

Il dut présenter sa famille à une douzaine de personnes qui s'arrêtèrent pour le saluer.

— Tu es vraiment bien intégré, remarqua Jessie avec satisfaction.

— Je me sens bien ici, et j'aime beaucoup mes collègues. La semaine prochaine, nous devons tous dîner chez le patron du cabinet.

Jessie et Kit étaient détendus et ravis, Josh s'endormit dans le porte-bébé contre la poitrine de son père, et Kelly apprécia énormément le sable.

— Est-ce que je pourrai revenir et rester chez toi en vacances, oncle Ben ? demanda la petite fille. Et on ferait un énorme château de sable.

— Pourquoi pas demain ? suggéra Ben. Et on ramassera aussi des coquillages.

La fillette se jeta dans ses bras.

— Tu es le meilleur oncle du monde entier ! Je t'aime !

— Moi aussi, je t'aime, répondit-il. Et tu es la meilleure nièce du monde entier.

Il se sentit un peu coupable de s'être éloigné de sa proche famille aussi longtemps, tant il était concentré sur son malheur.

— J'aimerais que tu habites près de nous à Londres, dit Kelly.

— Tu m'as manqué, toi aussi, dit-il en la hissant sur ses épaules. Mais vous pouvez tous venir quand vous voulez. Et je pourrai te lire une histoire de temps en temps le soir. Tu me verras sur l'écran du téléphone de ta maman.

— Je t'aime, répéta l'enfant.

— Demain, tu vas voir un chien très spécial qui aime la lecture, annonça-t-il. Il appartient à une personne avec qui je travaille, et il a très envie de te rencontrer.

— C'est l'infirmière praticienne dont tu m'as parlé ? s'enquit Jessie sur un ton léger.

— C'est ma collègue Toni, oui.

— Hum… Une collègue.

Ben soupira.

— D'accord, elle est aussi ma petite amie. Mais nous prenons le temps d'apprendre à nous connaître.

— Je suis contente que tu aies tourné la page.

— C'est en cours, en tout cas. Il y a encore une part de moi qui a peur que ça tourne mal. Elle aussi a été un peu malmenée par la vie.

— Vous pouvez peut-être vous faire du bien mutuellement.

— C'est possible.

Même s'il craignait encore d'être déçu s'il se laissait aller à tomber amoureux.

Le samedi matin, ils retournèrent sur la plage et firent le château de sable dont rêvait Kelly, avant de ramasser une poignée de jolis coquillages.

— Je vais faire un miroir magique avec des coquillages collés tout autour, annonça Kelly.

— Bonne idée ! approuva Ben en souriant.

— Et je vais faire un vœu… Non, je ne vais pas le dire, sinon il ne se réalisera pas.

Ben savait quel était son propre vœu : il espérait que cela marcherait entre Toni et lui et qu'il lui suffirait, alors que cela n'avait pas été le cas avec Karen. Mais, comme sa nièce, il n'allait pas le révéler parce qu'il voulait vraiment qu'il se réalise.

Toni appréhendait un peu de rencontrer la sœur de Ben. Et si elle ne plaisait pas à sa famille ? Bien sûr, il n'y avait aucune raison pour cela. Elle n'avait qu'à rester elle-même…

Après avoir fait monter Archie dans la voiture, elle l'attacha sur la banquette arrière et roula jusqu'à la maison de Ben.

En ouvrant la porte, il lui adressa un sourire chaleureux.

— Merci d'être venue, dit-il en lui volant un baiser. Entre ! Je vais te présenter ma famille.

— D'accord.

Il la guida vers la cuisine où Jessie préparait la salade.

— Toni, voici ma sœur, Jessie, mon beau-frère, Kit, ma nièce, Kelly, et mon neveu, Josh.

— Je suis ravie de faire votre connaissance, dit-elle.

— Tout le monde, je vous présente Toni et son chien, Archie, dit Ben.

— Nous sommes ravis, nous aussi, enchaîna Jessie.

À son sourire entendu, Toni devina qu'elle *savait.*

— J'ai apporté le dessert, dit-elle très vite. Un cheesecake à la vanille fait maison et des fraises que j'ai cueillies dans mon jardin avant de partir.

Elle tendit à Ben deux boîtes en plastique et une bouteille de vin.

— J'adore le cheesecake, dit Jessie.

— Et moi les fraises, ajouta timidement Kelly.

Josh, qui était dans les bras de son père, gazouilla en montrant Archie du doigt.

— Tu aimerais jouer dans le jardin avec Archie, Kelly ? suggéra Toni. Il avait hâte de te voir.

La fillette regarda sa mère.

— On va y aller toutes les trois pendant que les hommes s'occuperont de la salade, dit Jessie.

Visiblement, la jeune femme voulait lui poser quelques questions hors de la présence de son frère.

— D'accord, dit Ben en gratouillant le crâne d'Archie. Ne t'inquiète pas, mon vieux, il y a une saucisse pour toi.

— Je n'aurais jamais cru voir ça un jour ! dit Jessie une minute plus tard. Ben n'a jamais aimé les chiens.

— Il s'est habitué au mien, répliqua Toni. Assis, Archie, et dis bonjour à Kelly.

Archie obéit et donna la patte, à la grande joie de la fillette.

— Ben nous a dit que c'est un chien de thérapie. Comment ça marche ? demanda Jessie.

— Nous allons une fois par semaine à la maison de retraite. La mission d'Archie consiste à s'asseoir et à se laisser caresser. La visite d'un chien donne aux résidents l'occasion de parler d'autre chose que de leur maladie. Des études ont démontré que câliner un chien fait baisser la tension, donc sa présence est salutaire pour leur santé physique aussi bien que mentale. Le personnel dit qu'après son départ les résidents parlent davantage entre eux. Je précise qu'il adore son métier.

— Ça semble génial, dit Jessie.

— Et le mercredi, nous allons à l'école primaire, et les enfants en difficulté lisent pour Archie. Je sais que ça tient un peu du conte de fées, mais ils ont gagné en moyenne trois mois le dernier trimestre. Quand ils lui font la lecture, ils cessent de s'inquiéter, et ça les aide à se concentrer.

— C'est stupéfiant !

— Ben m'a dit que vous êtes dans la recherche ?

— Je suis biochimiste. J'ai repris mon poste après mon congé de maternité, et pour l'instant je travaille sur un nouveau remède contre le cancer.

— À mon tour d'être émerveillée !

— Je suis vraiment contente que Ben se soit adapté à sa nouvelle vie. Il n'arrête pas de répéter que tout va bien, mais je me faisais du souci pour lui. Maintenant, je peux constater de mes propres yeux qu'il a l'air plus détendu.

— Tous les gens du village l'apprécient.

— Il vous a dit, au sujet de…

Visiblement gênée, Jessie se mordit la lèvre inférieure.

Toni devina immédiatement à quoi elle faisait allusion.

— Il m'a raconté comment sa femme était tombée amoureuse de son meilleur ami et que l'enfant qu'elle portait n'était pas de lui, oui. Ça a été très dur pour lui.

— Oui, il…

Jessie s'interrompit et arbora un grand sourire.

— Salut, frangin !

— Comme il fait très bon dehors, j'ai pensé que vous aimeriez boire quelque chose, dit-il en levant le plateau qu'il portait, garni de verres et d'un pichet de citronnade.

— Merci, dit Jessie en rougissant. Désolée, je ne potinais pas.

Après avoir posé le plateau sur la table de jardin, Ben ébouriffa sa sœur.

— Tu es ma petite sœur, et je sais que tu t'inquiètes pour moi, mais je vais bien, assura-t-il.

Après son départ, Jessie ne revint pas sur le sujet. Toni et elle bavardèrent pendant que Kelly jetait la balle de tennis pour Archie. Le chien la lui rapportait et la déposait à ses pieds, agitant la queue avec espoir jusqu'à ce qu'elle la lance de nouveau.

Quand les deux hommes sortirent de la cuisine, prêts à attaquer le barbecue, Toni et Jessie étaient devenues amies.

Ils déjeunèrent dans le jardin, Archie assis auprès d'eux, attendant patiemment sa part de saucisse. Le bébé Josh, qui s'était réveillé brièvement, mangea sa purée au poulet et sa banane écrasée avant de se rendormir dans son berceau.

— C'est une chance énorme d'habiter près de la mer, remarqua Jessie. Vous vivez ici depuis longtemps, Toni ?

— Depuis mes douze ans. Après la mort de nos parents dans un accident de voiture, ma grand-mère nous a accueillies, ma sœur et moi. J'ai fait mes études à Londres et travaillé aux urgences du London Victoria, mais je suis revenue quand mamie est tombée malade. Les gens du village sont géniaux. Ils ont adopté Ben, un peu pour ses qualités de médecin et beaucoup pour ses qualités de danseur, qu'il a déployées le week-end des Années 1940.

— J'aurais voulu être là ! Vous avez dû bien vous amuser.

— Vous pourrez venir l'an prochain. Ben m'a dit que vous avez pris des leçons de danse ensemble. Ce serait sympa si vous nous faisiez une démonstration de jitterbug. Et pourquoi pas tout de suite, d'ailleurs ?

Jessie se mit à rire.

— Je manque un peu de pratique.

— Allez, ma chérie, tu es fabuleuse ! intervint Kit.

— S'il te plaît, maman ! renchérit Kelly. Et je peux danser avec papa.

— Et Toni ? demanda Jessie.

— Ne me demandez pas de participer, j'ai deux pieds gauches !

Ben trouva un air approprié sur ton téléphone, et tous les quatre se mirent à danser avec énergie.

À la fin, Toni applaudit avec enthousiasme.

— Le jury vous attribue à tous un 10 ! Qu'est-ce que tu en penses, Archie ?

Le chien émit un jappement joyeux.

— Archie est d'accord, commenta Toni.

— Eh, ne crois pas que tu vas t'en tirer aussi facilement, dit Ben en lui prenant la main.

— Cette fois, Archie et moi, on fera les juges ! cria Kelly.

Impossible de refuser dans ces conditions.

Ben guida Toni, et comme la première fois elle eut l'impression de danser dans l'air. Le soleil commençait à baisser dans le ciel, et c'était comme si le monde extérieur n'existait plus.

Quand la musique cessa, les yeux verts de Ben étaient assombris par l'émotion. L'espace d'un instant, elle crut qu'il allait l'embrasser, mais Kelly applaudit en criant, et Josh, réveillé en sursaut, se mit à pleurer.

Kit le souleva hors de son berceau.

— Tu vas prendre ton bain, jeune homme. Ensuite, on va te changer et te donner un peu de lait.

Toni fut ravie que Jessie lui demande si elle voulait nourrir le bébé.

— J'ai une nièce de quatorze mois, expliqua-t-elle. C'est fabuleux, de les voir grandir et se développer.

Ben observait cette rencontre entre les deux parts les plus importantes de sa vie.

Voir sa petite amie câliner son neveu ne lui rappelait plus ce qu'il avait perdu. Au contraire, cette vision lui redonna de l'espoir.

Après avoir rendu Josh à sa mère, Toni raconta une histoire à Kelly. La petite fille était blottie contre elle, et le museau d'Archie reposait sur leurs genoux.

Quand les paupières de Kelly commencèrent à tomber et que les yeux du chien se fermèrent, Toni déclara :

— Il est temps qu'Archie rentre à la maison se coucher, Kelly. Il est fatigué. Mais on a passé une très bonne journée avec vous tous.

— Tu reviendras demain ? Oncle Ben nous emmène sur un train à vapeur.

Toni sourit gentiment à l'enfant.

— C'est très gentil de me le proposer. J'aimerais beaucoup, mais je vois ma sœur demain.

— Elle peut venir, elle aussi.

Toni ébouriffa la petite fille.

— Une autre fois, je te le promets.

Une fois que Toni eut fait ses adieux à Jessie et à Kit, Ben la raccompagna jusqu'à la porte.

— Merci de m'avoir invitée, dit-elle. J'aime beaucoup ta famille.

— C'est totalement réciproque, dit-il en l'embrassant. Je t'appelle plus tard.

Toni lui vola un autre baiser.

— D'accord. Amusez-vous bien demain dans le train à vapeur !

Quand Kit fut allé mette leur fille au lit, Jessie prit Ben à part.

— Toni est adorable, tout comme son beau chien.

— C'est un animal de thérapie, il a été dressé pour se comporter de cette façon.

— Elle me plaît beaucoup. Elle est gentille, douce, et elle a été géniale avec Kelly. Je sais que vous en êtes au début, mais j'ai vu comment vous vous regardez. Tu lui as parlé de Karen et du bébé, j'imagine ?

— Oui.

— Tant mieux, parce que c'est visiblement une bonne personne.

— Elle a été blessée par un type incroyablement égoïste, précisa-t-il. C'est pour ça qu'on y va doucement.

Ce n'était pas entièrement vrai, mais sa sœur n'avait pas besoin de le savoir.

— Vous êtes peut-être tous les deux ce dont l'autre a besoin, conclut Jessie.

Il haussa les épaules, mais il avait le sentiment secret que celle-ci avait raison.

9.

Le lundi soir, alors qu'ils emmenaient Archie sur la plage pour une longue promenade, Ben sourit à Toni.

— Tu as vraiment le ticket avec ma sœur, dit-il en l'enlaçant.

— Elle me plaît aussi beaucoup. Kit est très sympa, et leurs enfants sont adorables.

— Toi aussi.

Ce compliment alla droit au cœur de Toni et l'aida à se préparer mentalement à l'enterrement de Ginny, qui avait lieu le mardi.

Elle avait invité Stacey, Nick et Scarlett à dîner ce soir-là, mais en rentrant chez elle après la cérémonie, elle se sentait complètement déprimée. Heureusement que Ben avait annoncé qu'il apporterait le dîner !

Stacey embrassa celui-ci à son arrivée.

— Je suis censée ne rien savoir sur ce qui se passe entre vous deux, mais je suis contente que Toni et toi vous soyez trouvés.

— Moi aussi, dit doucement Ben, visiblement touché par ce tutoiement.

Le samedi, toute l'équipe du cabinet se réunit chez Ranjit pour le fameux dîner à la bonne franquette.

Ranjit avait disposé dans le jardin une table à tréteaux et

de nombreuses chaises. Toni et Ben arrivèrent séparément, mais ils s'arrangèrent pour être assis l'un près de l'autre.

Quand tout le monde fut arrivé, la table croulait sous les mets de toutes sortes. Ben avait apporté un poulet au citron et des pommes de terre cuites au four, Toni une tarte au citron avec une crème pâtissière aux amandes et des fruits de son jardin.

Après le dîner, Toni organisa une compétition de charades qui réjouit l'assistance, depuis les jeunes enfants jusqu'aux adultes en passant par les adolescents. Quand Ranjit mit de la musique, Ben, harcelé par l'assistance, finit par donner à tous une leçon de danse impromptue.

À la fin de la soirée, il insista pour raccompagner Toni chez elle.

— Je me suis bien amusé, dit-il. Nos collègues sont très sympathiques, ainsi que leurs familles.

— En plus, on a plein de recettes pour nos patients, maintenant. Je vais consulter sur Internet un site spécialisé en nutrition pour travailler sur leur contenu en calories, en graisse, en glucides et en protéines. Je crois que nous avons une bonne base pour mener à bien notre projet.

— Je t'enverrai les photos que j'ai faites des plats.

— Merci. C'est ce qui peut persuader quelqu'un de se mettre à ses fourneaux.

Sur le seuil de chez elle, Toni lui sourit.

— Tu veux entrer ?

— Volontiers. J'ai envie de danser encore avec toi, avoua-t-il.

— Choisis la musique pendant que je sers le vin.

Se balançant avec Toni au rythme d'un slow, il se sentit en paix avec le monde. Il faillit lui demander de passer la nuit avec elle, mais il n'était pas sûr qu'accélérer les choses soit la bonne formule. Il avait encore besoin de temps pour se faire confiance. Il devait laisser le passé derrière lui pour être certain de pouvoir de nouveau donner son cœur.

Le mercredi suivant, quand ils se rejoignirent sur la plage pour promener Archie, les yeux de Toni scintillaient.

— Stacey m'a envoyé un SMS pour me demander si tu serais libre dimanche prochain. Nick et elle ont loué un bateau pour naviguer sur les Broads. Tu veux venir avec nous ?

— Les Norfolk Broads dont Bowie parle dans sa chanson *Life on Mars* ?

— C'est ça. On a drainé les marais médiévaux pour former toute une série de lacs et de canaux. Le paysage et la faune sont extraordinaires. Comme tu as adoré voir les phoques, j'ai pensé que ça te plairait aussi.

— Si je comprends bien, c'est un rendez-vous officiel avec ta famille ?

— Si tu le souhaites.

Il se tut, songeur.

Ce serait l'étape suivante. Quand il était seul avec Toni et Archie, il avait le cœur léger. Cela changerait-il si leur relation devenait publique ?

Il était d'accord pour prendre le risque.

— D'accord.

— On part vers 10 heures. On emporte des sandwichs pour le déjeuner et on dînera dans un pub au retour, si ça te va.

— Absolument.

Toni lui sourit.

— Très bien. Je passe te prendre à 9 h 50.

— Je serai prêt.

Lorsqu'elle vint le chercher le dimanche, il fut surpris de voir qu'Archie portait un gilet de sauvetage.

— J'ignorais qu'on en faisait pour les chiens, s'étonna-t-il.

— Le même que pour les petits enfants, lui expliqua Toni. Scarlett en a un aussi.

Nick et Ben barrèrent chacun à leur tour pendant que

Stacey et Toni montraient à Scarlett les foulques, les poules d'eau, les canards, les papillons immenses voletant au-dessus des buissons et même un martin-pêcheur bleu vif qui fit un piqué.

Ben regardait Toni en train de câliner sa nièce et de lui apprendre de nouveaux mots, applaudissant quand Scarlett les articulait correctement.

Elle ferait une très bonne mère.

Mais il l'avait pensé aussi de Karen, et où cela l'avait-il mené…

Il chassa vivement cette pensée, se reprochant de s'apitoyer sur son sort au lieu de profiter de cette belle journée.

Il était temps de laisser le passé derrière lui et de se focaliser sur sa nouvelle vie.

— Tu es bien calme, lui dit Toni en le rejoignant à la barre quand Nick s'assit près de sa femme et de sa fille.

— Pas de souci, assura-t-il.

— Tu n'as pas le mal de mer ?

— Non. Parle-moi un peu de ce que tu montrais à Scarlett. Je suis un gars de la ville, et je ne connais strictement rien de la faune et de la flore d'ici.

— D'accord. Tu vois ces herbes aquatiques sur les bords des Broads ? Les carex ont des feuilles coupantes, mais les roseaux sont tubulaires. Ce sont eux qui sont récoltés et séchés pour faire les toits des maisons, par ici.

— Compris.

— Et ces oiseaux noirs qui nagent autour de nous sont des poules d'eau et des foulques. Le bec des foulques est blanc et celui des poules d'eau rouge.

Il adorait cette expédition, la navigation, le spectacle des moulins à vent et l'étonnante variété d'espèces végétales et animales. Mais ce qu'il appréciait par-dessus tout, c'était la compagnie de Toni et de sa famille.

Le soir, quand il raccompagna Toni chez elle, il attendit un instant avant d'ouvrir la portière de la voiture.

— Tu as prévu quelque chose de spécial, le week-end prochain ?

— Je ne crois pas. Pourquoi ?

— J'ai pensé que ce serait sympa de partir tous les deux pendant deux jours.

— Une pause romantique ? C'est très tentant !

— À l'étranger, éventuellement. Mais je ne pense pas qu'on pourra emmener Archie.

Toni réfléchit un instant.

— Je vais demander à Stacey si elle accepte de le garder. Il vaut mieux que j'aie son accord avant que tu fasses des réservations.

— D'accord. Tu veux bien que je te surprenne ?

— J'ai hâte, tu veux dire !

Stacey fut ravie d'accueillir Archie, si bien que Ben réserva les billets et la chambre d'hôtel pour le week-end suivant. Hormis la température qu'il ferait, il refusa de fournir à Toni la moindre information sur leur destination. Il réussit à garder son secret jusqu'à ce qu'ils soient à l'aéroport.

— Vienne ? Génial ! s'exclama-t-elle. Je n'y suis jamais allée.

— Il nous suffira de nous promener dans les rues, de visiter les galeries d'art, les jardins et les vieux palais, ou nous arrêter pour boire un café et manger des gâteaux.

— C'est très romantique !

Toni ne croyait pas si bien dire. Leur hôtel était un ancien palais, avec de hauts plafonds, des lustres, des sols en marbre et une vue superbe sur un parc.

— J'ai pensé qu'on pourrait commencer par le musée Sissi, dans les appartements impériaux, dit Ben. Je crois qu'il y a une exposition des vêtements de l'impératrice Élisabeth.

Toni parut ravie qu'il se soit souvenu de sa passion pour la mode et le textile.

— Ce sera formidable, mais tu ne risques pas de t'ennuyer ?

— Jamais, avec toi, dit-il galamment.

Et, réellement, ce fut un bonheur pour lui de voir son enthousiasme pour l'exposition et les tableaux.

— Cette copie de la robe de mariage de Sissi est incroyable ! Et ce portrait d'elle avec des étoiles dans les cheveux, c'est… Magnifique !

Pour sa part, elle portait une petite robe noire toute simple qu'il trouvait pas mal non plus.

Ils dînèrent au restaurant étoilé de l'hôtel avant de se promener enlacés dans le centre-ville, charmés par les quatuors à cordes et les chanteurs lyriques postés à chaque coin de rue.

— Tu m'as vraiment gâtée, dit Toni. Ce repas fabuleux, cette architecture grandiose, ces robes superbes, et maintenant cette musique délicieuse. Je ne crois pas avoir entendu de musiciens de ce niveau auparavant.

— Moi non plus. Et je n'aurais voulu partager ce plaisir avec personne d'autre que toi.

Un peu plus tard, ils grimpèrent dans l'une des calèches tirées par deux chevaux qui stationnaient près de la cathédrale où Mozart s'était marié et s'installèrent l'un près de l'autre sur les coussins, bras dessus bras dessous. Le cocher les promena le long des rues pavées, leur indiquant les endroits intéressants comme les demeures de Mozart, Beethoven ou Haydn, le parlement, le palais de la Hofburg, l'opéra…

— Demain soir, nous avons des billets pour un concert, annonça-t-il en aidant Toni à mettre pied à terre. Ce ne sera pas la Neuvième de Beethoven, mais j'espère que ce sera spécial.

Elle le gratifia d'un sourire éblouissant.

— Bien sûr que oui, puisque je suis avec toi !

Il sentit alors le reste de glace qui lui enveloppait le cœur fondre définitivement.

Ici et maintenant, il n'aurait pas pu être plus heureux. Le désert qui l'avait habité s'emplissait de lumière. On disait que Vienne était la cité des rêves autant que de la musique… Les siens se réalisaient-ils avec Toni ?

Ce soir-là, Toni valsa pieds nus avec Ben avant qu'il la déshabille tendrement et lui fasse l'amour.

Cette fois, ce n'était pas pour la réconforter mais parce qu'ils le voulaient tous les deux, elle en était sûre.

Le lendemain matin, quand elle se réveilla dans ses bras, elle se sentait merveilleusement bien.

— C'est la première fois que tu viens à Vienne ? lui demanda-t-elle pendant le petit déjeuner royal composé de café, de jus d'orange et de délicieuses pâtisseries.

— Oui. Et toi ?

Elle lui sourit.

— Oui, et je me réjouis à l'idée que nous allons encore explorer la ville ensemble.

— J'ai pensé que nous pourrions nous concentrer sur les galeries d'art, aujourd'hui. Ensuite, comme il fait très beau, nous pourrions nous promener dans les jardins.

— Ça me va parfaitement.

Et en effet, elle adora se promener main dans la main avec Ben dans les parcs publics. Ils apprécièrent les mêmes œuvres, prirent des selfies devant les fontaines des jardins du Belvédère et l'immense palais blanc au toit vert reflété dans le lac.

Ils s'arrêtèrent dans l'un des plus anciens cafés de la ville.

— Vienne est connue pour sa *sachertorte*, dit Ben. J'aimerais bien y goûter.

— Il n'y aurait pas une version sans chocolat ? demanda-t-elle avec espoir.

— C'est le problème. Il est nappé de chocolat. Mais je crois que même toi tu pourrais l'apprécier, tant c'est extraordinaire.

— Si tu es d'accord, je prendrai une bouchée du tien, et tu pourras goûter ce que je choisirai.

Elle mit un temps fou à sélectionner un gâteau parmi l'étonnante variété de pâtisseries proposée. Finalement, elle se fixa sur un *Esterhazy torte*, composé de couches superposées de meringue aux amandes et de crème au beurre.

Le café, version viennoise du cappuccino, était parfait, mais le gâteau était de trop.

— Désolée, dit-elle, c'est trop riche pour moi. Je sais que je suis irrécupérable.

Mais elle adora nourrir Ben avec une cuillerée de son gâteau et regarder ses yeux verts s'écarquiller de plaisir. La courbe de sa bouche lui rappelait combien elle était douce sur la sienne.

— C'est sublime, dit-il, mais j'avoue que je préfère le mien.

— Stacey serait d'accord avec toi.

— Ils en vendent de plus petits, ici. On pourrait lui en acheter.

— Bonne idée ! Je suis contente d'être venue, Ben.

Ils poursuivirent la visite en faisant le tour de la cathédrale gothique aux tuiles vernissées disposées en mosaïque. Ensuite, ils se promenèrent dans les rues, pour finir par un dîner traditionnel de schnitzels, des escalopes à la viennoise accompagnées d'une salade de pommes de terre.

— J'espère que ça te plaît, dit Ben en la guidant jusqu'à la minuscule salle de concert. C'est ici que Mozart jouait pour un auditoire restreint.

La salle était superbement baroque, depuis les ornements floraux des murs jusqu'au lustre de verre. Encore mieux, les musiciens étaient en costume d'époque. On pouvait s'imaginer se trouver là deux siècles plus tôt.

— C'est extraordinaire, murmura-t-elle lorsqu'ils s'assirent.

Il lui tint la main pendant tout le concert, ses doigts fermes et sûrs enveloppant les siens.

— C'était magnifique, dit-elle quand ce fut terminé.

En fait, elle était à cours de superlatifs, mais Ben avait l'air de très bien la comprendre.

Ils regagnèrent l'hôtel, enlacés, dans un silence ému.

Elle était presque certaine qu'elle était tombée amoureuse de Ben, cet homme attentif qui n'hésitait jamais à faire ce qui était bien, cet homme qui avait surmonté sa réticence vis-à-vis des chiens pour se lier d'amitié avec Archie, cet homme auprès de qui elle avait l'impression que le monde était meilleur…

Mais elle n'allait pas le lui dire. Pas encore. Il avait besoin de se remettre de son divorce, et il lui fallait du temps, même si elle espérait que celui qu'il passait avec elle et sa famille l'y aidait.

Le lendemain il pleuvait, mais la météo ne pouvait assombrir leur humeur.

— On pourrait peut-être visiter le reste des appartements impériaux, suggéra Ben, ainsi que la serre à papillons.

— Très volontiers.

Après s'être promenés à loisir dans le palais, ils se dirigèrent vers l'immense parc du Burrgarten.

Le décor tropical était renversant avec sa cascade, ses étangs, ses passerelles, ses palmiers. Mais le plus merveilleux, c'étaient les myriades de papillons de toutes tailles et de toutes couleurs – depuis les bleus à l'orange vif, le rouge éclatant et le jaune – qui voletaient librement.

— C'est magique, soupira-t-elle, extasiée. Je n'avais jamais rien vu de pareil.

— Moi non plus, et je me réjouis de partager cela avec toi.

Ben lui serra la main plus fort, et soudain, ce fut comme si la pluie faisait place à un soleil étincelant.

Ces deux derniers jours, ils étaient devenus très proches. Oh oui, elle était convaincue que Ben Mitchell était l'homme de sa vie !

Finalement, l'avion les ramena en Angleterre, et ils passèrent chez Stacey pour récupérer Archie.

— On t'a apporté un gâteau pour te remercier, dit Toni en tendant à sa sœur le paquet joliment emballé.

Stacey écarquilla les yeux.

— Je reconnais le nom, sur le papier. Ce n'est pas un simple gâteau, c'est le meilleur chocolat au monde ! Merci à vous deux, dit-elle en les embrassant tour à tour.

— On vous a aussi apporté des chocolats, dit Ben. Les petits en forme de chatons sont pour Scarlett. Et il y a aussi du bon café.

— Vous n'étiez pas obligés de nous gâter autant, protesta Stacey. Nous avons adoré avoir Archie pour le week-end.

— On voulait juste te rapporter quelque chose de sympa, dit Toni.

— Et peut-être qu'on pourra retourner à Vienne tous ensemble un de ces jours, ajouta Ben. En famille.

Toni jeta un coup d'œil à sa sœur et se réjouit de la voir sourire largement.

Elle savait exactement ce que celle-ci pensait :

Cette fois, tu as trouvé le bon.

La vie n'aurait pas pu être plus belle, songea Ben. Il n'avait pas été aussi heureux depuis des années. Il aimait son travail, il aimait son jogging matinal sur la plage… Et il était définitivement tombé amoureux de l'infirmière praticienne du cabinet et de son chien.

Mais en milieu de semaine, alors qu'il contemplait le

coucher du soleil avec Toni dans son jardin, le téléphone de celle-ci vibra, annonçant l'arrivée d'un SMS.

Elle jeta un coup d'œil à l'écran.

— Rien d'important, dit-elle.

Mais il avait regardé l'écran en même temps qu'elle, plus par réflexe que par curiosité.

Le problème, c'était qu'il avait vu le message et le nom de l'expéditeur : Sean. Son ex.

Pourquoi lui écrivait-il, et surtout ce genre de texto ? Il savait que leur rupture, qui datait de deux ans, avait beaucoup affecté Toni. Elle ne lui avait jamais dit qu'elle était restée en contact avec lui.

Il ne posa pas de question, mais il sentit sa paranoïa se réveiller. Toni ne ressemblait pas à Karen, mais le doute s'insinua dans son esprit : refaisait-il la même erreur ?

Bien sûr que non ! C'était parfaitement ridicule !

Pourtant, il trouva une piètre excuse pour rentrer chez lui.

Toni se demandait pourquoi Ben avait été tellement silencieux, ce soir. Peut-être était-il simplement fatigué ?

Elle se fit une tasse de thé et relut le message de Sean.

Tu peux m'appeler ? Tu me manques.

Elle leva les yeux au ciel, n'en croyant pas un mot. Le plus probable, c'était que Sean s'était trompé de destinataire.

Elle tapa rapidement une réponse :

Admets que tu m'as envoyé ce SMS par erreur.
Toni.

Il ne répondit pas, ce qui la fit penser qu'elle ne s'était pas trompée. Étant ce qu'il était, Sean n'allait pas s'avouer qu'il pouvait faire preuve d'étourderie.

Par bonheur, Ben n'avait aucun point commun avec Sean. Il s'était confié à elle et l'écoutait. Et après Vienne, elle était certaine qu'elle pouvait s'engager envers lui, tout comme lui envers elle.

Les jours suivants furent parfaits pour Toni. Elle était sur la même longueur d'onde que Ben, tant professionnellement que sur le plan privé. Ils travaillaient sur les nouvelles pages parues sur le site Internet du cabinet et recevaient beaucoup de compliments de la part des patients, ainsi que des suggestions de recettes. Dorénavant, elle se sentait prête à faire savoir publiquement qu'ils formaient un couple.

Pourtant, parfois, elle avait l'impression que Ben ruminait quelque chose. Dans ces cas-là, elle se reprochait d'être paranoïaque.

Mais le mercredi matin, en se réveillant, elle n'était pas au meilleur de sa forme. Ses seins étaient sensibles, et elle avait un peu mal au cœur. À la première gorgée de café, elle faillit vomir.

Si l'une de ses patientes lui avait signalé ce genre de symptômes, elle lui aurait aussitôt conseillé de faire un test de grossesse. Mais elle ne pouvait pas être enceinte ! Ben et elle avaient pris les précautions nécessaires… Elle savait cependant qu'aucune contraception n'était sûre à cent pour cent. Elle faisait même chaque année un cours à ce sujet au lycée.

Elle rechercha mentalement la date de ses dernières règles.

Huit semaines auparavant !

Ce devait être une erreur, ce retard avait peut-être une autre cause… Seulement, elle n'en voyait aucune.

Et cela impliquait que la conception aurait eu lieu un mois et demi auparavant, alors qu'elle était bouleversée par le décès de Ginny. Ce soir-là, Ben et elle avaient fait l'amour pour la première fois.

Il ne lui restait plus qu'à faire le test, mais elle ne

pouvait pas en acheter un à Great Cromwell, parce que la nouvelle se répandrait comme une traînée de poudre.

Comme les vacances d'été avaient commencé, elle n'avait pas de séance de lecture à l'école avec Archie. Elle se rendit donc en voiture à Norwich, acheta le test et gagna les toilettes publiques de la bibliothèque.

Selon le mode d'emploi, elle aurait les résultats en trois minutes.

Mais les secondes parurent s'étirer pendant qu'elle attendait, enfermée dans le box.

Trois minutes d'incertitude.

180 secondes de…

Enceinte.

Tremblant de tous ses membres, elle lâcha le test. En le ramassant, elle vit sur l'écran le 3+ indiquant que la conception datait de plus de trois semaines.

Ce qu'elle avait soupçonné se confirmait : c'était arrivé la nuit qui avait suivi la mort de Ginny, lorsqu'elle avait voulu « célébrer la vie » avec Ben.

Et maintenant ?

La question résonnait à chaque battement de son cœur.

Rester assise dans les toilettes de la bibliothèque ne l'aiderait pas. Elle devait affronter la situation et réfléchir très vite à ce qu'elle allait faire. Un pas après l'autre.

Elle remit soigneusement le test dans la boîte, qu'elle rangea ensuite dans son sac. Après s'être lavé les mains, elle sortit de l'immeuble et entra dans la cathédrale toute proche – l'endroit idéal pour réfléchir.

Une fois à l'intérieur, elle alluma un cierge pour sa grand-mère, Ginny et ses parents. La majesté du lieu l'apaisa. Elle se dirigea lentement vers la porte donnant sur le cloître, puis entra dans le labyrinthe dessiné sur la pelouse.

Suivre le chemin était une bonne façon de méditer.

Mettre un pied devant l'autre, suivre les tours et les détours dessinés par les concepteurs l'aida à s'éclaircir les idées. Lorsqu'elle parvint au centre, elle savait ce qu'elle voulait faire.

Ce bébé était le sien et celui de Ben. Il n'était pas prévu, mais il était désiré. Ben était le genre d'homme en qui elle pouvait avoir confiance, il serait toujours là pour la soutenir, rien à voir avec les partenaires égoïstes avec qui elle était sortie auparavant.

Mais lui qui avait déjà fait cette expérience, soldée par une horrible douleur, comment allait-il accueillir la nouvelle ?

Cette fois, c'était différent. Il savait qu'elle ne fréquentait personne d'autre, et il saurait avec certitude qu'il était le père.

Malgré tout, cette grossesse allait remuer chez lui de mauvais souvenirs, et elle ignorait comment il allait réagir. Son désir de paternité l'avait-il quitté, après la trahison de Karen ? Considérerait-il l'arrivée de cet enfant comme une seconde chance, ou cela susciterait-il une tempête sous son crâne ? Il se pouvait aussi qu'il ne veuille pas fonder une famille avec elle…

Elle devrait trouver les mots justes pour lui en parler.

Elle resta longtemps assise sur un banc, essayant de puiser de la force dans la sérénité du lieu. Enfin, elle regagna Great Cromwell à temps pour son service de l'après-midi.

Avant de recevoir son premier patient, elle envoya un SMS à Ben :

Il faut que je te parle. Est-ce qu'on peut se retrouver devant Scott's après le travail ?

10.

Il faut que je te parle. Est-ce qu'on peut se retrouver devant Scott's après le travail ?

Ben répondit aussitôt :

Bien sûr.

Puis il fixa avec perplexité le message que Toni lui avait envoyé.

Quelque chose n'allait pas, mais quoi ? Cela aurait-il quelque chose à voir avec ce SMS de Sean dont elle ne lui avait jamais parlé ? S'était-il trompé en pensant que tout se passait bien entre eux et qu'ils étaient devenus encore plus proches depuis leur séjour à Vienne ?

Pendant le reste de l'après-midi, il réussit à se concentrer sur ses patients, mais quand il se gara dans le parking non loin de Scott's, l'inquiétude le submergeait de nouveau.

Toni était assise sur l'un des bancs, mais Archie ne se trouvait pas avec elle. Pourtant, elle n'allait jamais à la plage sans son chien.

— Salut, dit-il en approchant. Où est Archie ?

— À la maison. Je suis venue directement ici, en sortant du cabinet.

— Tu veux qu'on parle ?

Elle hocha la tête sans mot dire.

Tandis qu'ils marchaient en direction des dunes, elle ne lui prit pas la main comme elle le faisait les deux dernières semaines. Il avait la méchante impression que s'il faisait la moindre tentative dans ce sens elle le repousserait. C'était comme si un mur invisible les séparait.

Dès qu'ils furent sur la plage, il s'arrêta et se tourna vers elle.

— Qu'est-ce qui ne va pas, Toni ?

Elle leva vers lui un regard anxieux.

— Ce n'est pas facile à dire.

Allait-elle lui annoncer qu'elle voulait rompre ?

— Vas-y cash, alors.

Il s'attendait à ce qu'elle lui dise : « ça ne peut plus durer », ou « ça ne marche pas », mais il crut avoir mal entendu ce qu'elle venait d'articuler.

— Tu peux répéter ?

— Je suis enceinte.

Il lui sembla que ses poumons étaient privés d'air.

Il avait déjà entendu cette phrase, et ça s'était mal terminé. Sa raison lui disait que Toni ne fréquentait pas un autre homme en secret, mais son angoisse, réveillée, lui chuchotait autre chose.

Ça recommençait. Est-ce qu'il savait s'il pouvait lui faire confiance ? Ce SMS de Sean, il n'était peut-être pas si innocent que ça puisqu'elle ne lui en avait jamais parlé ?

Chassant ces mauvaises pensées, il tâcha de réfléchir.

En tant que médecin, il savait qu'aucun moyen de contraception n'était sûr à cent pour cent. Toni attendait son enfant, malgré les précautions qu'ils avaient prises. Mais la tempête qui se déchaînait dans sa tête l'empêchait de trouver les mots.

Il ouvrit la bouche pour demander à Toni si elle allait bien, et tout ce qui sortit fut :

— J'ai besoin de temps pour réfléchir.

La réaction de Ben blessa profondément Toni. Elle avait envisagé qu'il aurait du mal à intégrer la nouvelle, mais il ne semblait pas seulement choqué… Il paraissait horrifié !

Ce qui lui était arrivé avec Karen était certes horrible, mais il n'avait aucune raison de penser qu'elle avait eu une liaison avec un autre !

Une fois de plus, elle s'était trompée en tombant amoureuse d'un homme qui ne voulait pas d'elle. Il n'avait vu en elle qu'une partenaire transitoire, pas celle avec qui il passerait sa vie.

Elle allait devoir être courageuse.

Prenant une grande inspiration, elle s'efforça de parler sur un ton aussi neutre que possible.

— Très bien. Tu as besoin de réfléchir, je comprends. Appelle-moi quand tu seras prêt à discuter.

Sur ces mots, elle tourna les talons et s'éloigna, les larmes aux yeux.

Un pas après l'autre.

Elle pouvait le faire, elle était forte et avait survécu à des drames bien pires. Mais ça faisait mal, très mal.

« Tu as besoin de réfléchir, je comprends. »

La phrase résonnait dans l'esprit de Ben encore et encore.

Toni le quittait comme Karen, sauf que Karen était partie parce qu'elle était tombée amoureuse de son meilleur ami. Alors que Toni s'éloignait parce qu'il l'avait repoussée.

Ce n'était pas ce qu'il voulait, mais c'était comme s'il avait pris racine dans le sable. Pire, on aurait dit que quelqu'un lui avait collé les deux lèvres ensemble. Il était incapable de rappeler Toni. Tout ce qu'il pouvait faire, c'était la regarder s'en aller rapidement.

Et il se détestait pour cela.

Il finit par prendre une décision : il ne pouvait pas rester là, il devait rentrer à Londres pour faire le point.

Sortant son téléphone de sa poche, il appela Ranjit, qui lui accorda un congé et promit de lui trouver un remplaçant.

Le coup de fil suivant était destiné à sa sœur.

— Je sors de mon cours d'aérobic, lui dit-elle, mais je serai rentrée à ton arrivée. Tu peux rester aussi longtemps que tu veux… Qu'est-ce qui se passe ?

— Je te le dirai quand je te verrai.

— D'accord. Sois prudent sur la route.

— Bien entendu.

De retour chez lui, il fit son sac et, juste avant de partir, envoya un SMS à Toni :

Désolé. Je pars pour Londres. Je te téléphonerai.

Il était triste de la blesser, mais il avait besoin de réfléchir, et c'était impossible à Great Cromwell.

Égoïste, têtu et stupide. Voilà ce qu'était Ben Mitchell !

Comment pouvait-il croire que l'histoire se répétait ? Comment ?

Toni aurait voulu le prendre par les épaules et le secouer jusqu'à ce qu'il retrouve la raison – sauf qu'il aurait encore moins envie de lui parler. Mais son message la mettait encore plus en colère.

Il était désolé ? S'il l'était vraiment, il ne serait pas parti pour Londres et il n'aurait pas été aussi vague. « Je te téléphonerai. » Quand ? L'année prochaine ? Jamais ?

En tout cas, elle s'était bien trompée à son sujet !

Pendant que Ben conduisait, il reçut un appel sur le dispositif mains libres de sa voiture. Il venait de sa sœur et il pensa qu'elle voulait savoir à quelle heure il arriverait.

— Salut, Jessie.

— Ben… C'est Josh. Il… Il est à l'hôpital.

— Quoi ? Que s'est-il passé ?

— Kit était en train de lui donner son dîner, quand il est devenu tout rouge et a cessé de respirer. Kit a appelé une ambulance et lui a fait un massage cardiaque. L'ambulancier a dit que Josh avait fait un choc anaphylactique. Mon Dieu, Ben, et s'il, s'il… ?

— Tout va bien se passer, assura Ben d'un ton volontairement calme. Il y a plus d'enfants qui survivent à cela que le contraire. Et il est au bon endroit. Je sais que c'est effrayant, mais les statistiques sont de son côté. Je ne vais pas tarder à arriver à Londres, alors donne-moi l'adresse de l'hôpital, et je te préviendrai quand je serai tout près.

— On est au Mushwell Hill Memorial.

— Kelly est avec vous ?

— Non. La mère de Kit est venue la chercher à l'hôpital.

— Tant mieux. Et Kit est avec toi ?

— Oui. Il se trouvait dans l'ambulance avec Josh et Kelly. Mon Dieu, Ben, si je n'étais pas allée à mon cours d'aérobic ce soir…

— Ce serait quand même arrivé. Je serai bientôt là, et je te promets que Josh va s'en sortir. Courage.

Un choc anaphylactique.

Cela signifiait que Josh était allergique à quelque chose, vraisemblablement à un aliment. Les principaux responsables étaient les cacahuètes, le lait et les coquillages. On en saurait plus très bientôt.

Quand son GPS l'avertit qu'il n'était plus qu'à un quart d'heure de sa destination, il envoya un SMS à sa sœur pour la prévenir. Enfin, il put garer sa voiture et gagner les urgences.

— Mon neveu, Josh Harford, a été amené ici ce soir après un choc anaphylactique. J'arrive du Norfolk. Pouvez-vous me dire s'il est dans votre service, s'il vous plaît ? demanda-t-il à l'accueil.

La réceptionniste consulta sa liste.

— Il vient d'être transféré en pédiatrie.

C'était bon signe. Cela voulait dire que le bébé était

hors de danger immédiat mais qu'on le garderait en observation pour la nuit.

Un instant plus tard, Ben trouva sa sœur et son beau-frère dans les bras l'un de l'autre, dans une petite alcôve.

— Comment va Josh ? Vous tenez le coup ?

— Oh ! Ben !

Jessie fondit en sanglots avant de se blottir contre sa poitrine.

— Tout est ma faute, expliqua Kit avec lassitude. J'ai pensé que des œufs brouillés lui feraient plaisir, parce qu'il fait ses dents, et puis… Il est devenu tout rouge, sa bouche et son visage se sont mis à gonfler, et il a eu du mal à respirer. J'ai appelé le 999. Par bonheur, j'avais pris des cours de premiers soins récemment. Je lui ai fait un massage cardiaque. Je pensais qu'il était en train de mourir…

Tremblant de tous ses membres, Kit se passa la main dans les cheveux.

— Je ne me le pardonnerai jamais.

— Tu ne pouvais pas savoir qu'il était allergique aux œufs, dit Ben. Je suppose que les ambulanciers lui ont injecté de l'adrénaline ?

— Ils l'ont mis sous perfusion et lui ont posé un masque à oxygène.

— C'était pour faire baisser sa tension et l'aider à respirer. Ils vont certainement le garder en observation cette nuit et peut-être demain.

Ben se pencha au-dessus du petit lit.

— Tu vas aller bien, mon bonhomme, d'accord ?

Le bébé dormait, mais le tracé sur l'écran près du lit était rassurant.

— D'après ce que je constate, dit-il en se tournant vers les parents éperdus, tout va bien. Asseyez-vous et détendez-vous.

Jessie et Kit obéirent docilement, visiblement rassurés.

— Les œufs peuvent causer des allergies sévères chez

les enfants. La première fois que Josh en a mangé, il a sans doute fait une réaction légère. Vous avez pu mettre sa rougeur sur le compte de la poussée dentaire. Cette fois, son système immunitaire a reconnu l'allergène, ce qui a causé un choc anaphylactique sévère. Mais il va se remettre, et l'équipe vous fournira un auto-injecteur d'adrénaline à garder à portée de main et vous expliquera comment l'utiliser en cas d'urgence. Vous saurez quoi faire si cela doit se reproduire.

— Mon Dieu ! Tu es en train de dire que ça pourrait recommencer ? Il pourrait arrêter de respirer et faire un arrêt cardiaque ?

— S'il mange accidentellement un produit allergène, oui. Mais ça ne se produira pas si vous savez exactement quoi faire. Et vous aurez l'adrénaline, si bien que ce ne sera pas aussi effrayant. Quand vous quitterez l'hôpital, vous prendrez rendez-vous avec votre pédiatre ou un allergologue. Il prescrira des analyses de façon à vérifier si Josh est allergique à d'autres produits et vous donnera des conseils pour aider Josh à les éviter dans le futur. En attendant, je vous enverrai les prospectus que je remets à mes patients. Vous en ferez des copies pour toutes les personnes censées s'occuper de Josh.

— Je suis terrifiée, Ben, balbutia Jessie en claquant des dents.

— C'est normal. Comment ne le serais-tu pas à la vue de ton bébé étendu dans ce lit, un masque à oxygène sur le visage ? Mais on sait ce qui s'est passé, et dorénavant vous ferez attention à ce qu'il mange.

Kit tremblait encore.

— Je… J'ai cru qu'il allait mourir.

— Mais tu lui as fait un massage cardiaque et tu lui as sauvé la vie.

— C'est vrai, Kit, intervint Jessie. Sans toi, notre fils serait mort.

— Je parie que vous n'avez mangé ni l'un ni l'autre,

reprit Ben pour les distraire. Comme vous ne souhaitez sûrement pas vous éloigner de Josh, je vais vous acheter de quoi dîner. Pas de discussion, vous avez besoin de toutes vos forces pour veiller sur Josh et vous soutenir mutuellement.

Lorsqu'il revint, Kit et Jessie s'agrippaient toujours l'un à l'autre sans quitter leur enfant des yeux.

— Je sais que vous ne prenez pas de sucre normalement, mais pour l'instant, vous allez en prendre. Ordre du médecin, dit Ben en leur donnant de quoi manger et boire.

Il constata avec satisfaction que leur teint devenait un peu moins gris. Il lui fallut deux heures pour convaincre Jessie de rentrer chez elle avec lui pour se reposer. Elle finit par accepter parce que Kit restait auprès de Josh et que, le lendemain, quand le bébé sortirait de l'hôpital, il faudrait qu'elle soit en forme pour s'occuper de lui.

Un peu plus tard, il s'installait dans la chambre d'amis pendant que sa sœur se retirait dans la sienne.

Il devinait qu'elle ne dormirait pas beaucoup, et il mit lui-même longtemps à trouver le sommeil. La façon dont Jessie et Kit s'étaient comportés pendant cette crise le faisait réfléchir à ce qu'il attendait vraiment de la vie.

Il voulait la même chaleur, la même proximité, la même confiance mutuelle… L'amour vrai. Et il désirait partager tout cela avec la mère de son enfant. La femme qu'il avait traitée incroyablement mal parce qu'il avait laissé le passé prendre le dessus. Bien sûr, ce SMS était innocent, et Toni ne lui en avait pas parlé parce que Sean ne représentait plus rien pour elle. Il avait été incroyablement stupide. Et maintenant, il avait besoin de faire amende honorable.

C'était trop tard pour appeler Toni, mais il le ferait le lendemain. Mieux encore, il repartirait pour Great Cromwell, et il aurait cette conversation avec elle face à face. Désormais, son foyer n'était plus Londres. C'était Great Cromwell, avec Toni…

Du moins, si elle lui accordait une seconde chance.

Le lendemain matin, Ben conduisit Jessie chez les parents de Kit pour récupérer Kelly, puis il les emmena à l'hôpital. Ils trouvèrent Josh assis sur les genoux de son père, les yeux brillants. Il gazouilla de joie en voyant sa mère, qui éclata en sanglots – mais cette fois, c'étaient des larmes de bonheur.

Finalement, Josh put quitter l'hôpital après le déjeuner, et Ben ramena toute la famille à la maison. Il resta suffisamment longtemps pour s'assurer que tout allait bien, puis il repartit pour Great Cromwell.

Sachant que Toni était au travail, il lui envoya un SMS avant de quitter Londres :

Je reviens de Londres. S'il te plaît, est-ce qu'on pourrait se parler ce soir ?

Lorsqu'il parvint à destination, elle n'avait toujours pas répondu, mais il ne pouvait pas lui reprocher d'être en colère contre lui, alors qu'il l'avait abandonnée quand elle avait le plus besoin de lui. Lui donnerait-elle une chance de s'expliquer, ou n'allait-il réussir qu'à faire empirer la situation ?

Il s'arrêta chez un fleuriste puis se rendit directement chez elle.

La voiture de Toni était garée dehors, et les fenêtres étaient ouvertes, aussi était-il sûr qu'elle était rentrée.

Il appuya sur la sonnette de l'entrée.

Deux minutes plus tard, Toni ouvrait la porte et le fixait en silence.

— Je suis désolé, dit-il en lui tendant son bouquet.

Elle s'appuya au chambranle, les bras croisés, sans faire un geste pour le prendre.

— Tu es désolé, répéta-t-elle d'une voix neutre.

— Oui, et pour un tas de raisons. Parce que je t'ai blessée, parce que je ne t'ai pas soutenue quand j'aurais dû le faire et parce que je suis un imbécile. J'ai laissé le passé me dicter ma conduite, comme un abruti que je suis.

— Je confirme. Parce que je ne suis pas Karen.

— C'est vrai. J'ai honte de moi. Ce que tu m'as dit a été un choc, mais pour toi aussi, je suppose.

— En effet.

— Je peux entrer ? S'il te plaît !

— Oui. Mais soyons clairs. Ce ne sont pas des fleurs que je veux, pas plus que des cadeaux ou tout ce qui coûte de l'argent. C'est le genre de geste que Sean aurait fait.

Elle s'écarta pour le laisser passer, puis il la suivit dans la cuisine. À sa vue, Archie ne bondit pas hors de son panier pour lui faire fête comme d'habitude. Il resta où il était, l'air mélancolique, ce qui accentua le sentiment de culpabilité de Ben.

— Je ne peux rien dire pour ma défense, dit-il, et j'ai acheté des fleurs parce que je sais que tu les aimes.

À son grand soulagement, Toni prit le bouquet, mais elle se contenta de le poser sur la table puis croisa de nouveau les bras et le regarda.

— Je ne sais pas par où commencer… Ce que j'ai fait est inexcusable.

— Oui.

Elle n'allait pas lui faciliter les choses, mais il le méritait.

— Il y a eu le SMS de Sean…, commença-t-il.

— Tu es en train de me dire qu'un texto est l'équivalent d'une liaison ?

— Bien sûr que non, mais je n'arrêtais pas de me demander pourquoi tu ne m'en avais pas parlé.

— Parce qu'il n'y avait rien à dire à ce sujet, répliqua Toni en secouant la tête d'un air exaspéré. Tu n'avais qu'à me poser la question, si ça t'inquiétait tellement.

— Je me trouvais paranoïaque et ridicule.

— C'est bien ce que tu étais ! Le message disait que

je lui manquais, et il me demandait de l'appeler. Je lui ai répondu qu'il devait avoir fait une erreur de destinataire, et je n'ai plus eu de nouvelles.

Quitte à paraître encore plus paranoïaque et ridicule, il demanda :

— Mais pourquoi avais-tu encore son numéro de téléphone dans tes contacts ?

L'espace de quelques secondes, Toni serra les dents.

— Parce que j'ai changé de téléphone deux mois avant de te rencontrer. J'avais supprimé Sean de ma liste sur mon téléphone, mais si j'ai bien compris, tous mes anciens numéros étaient stockés sur la carte SIM, et ils ont été transférés. Je voulais m'en occuper, mais c'est le genre de choses qu'on remet toujours à plus tard.

L'explication était simple et plausible.

— Je suis désolé.

— Maintenant, est-ce que tu peux me donner une seule bonne raison pour que je ne te demande pas de partir ?

— Parce que je suis un crétin et que j'ai besoin de toi…

Ce n'était pas suffisant. Il lui devait d'être totalement honnête.

— Je t'aime, Toni. Mon univers est bien meilleur si tu y es aussi. J'aurais dû te le dire quand tu m'as parlé du bébé, au lieu de partir pour Londres. Je voulais te le dire cette nuit, quand je suis rentré de l'hôpital, mais…

— Arrête ! L'hôpital ?

— Kit a donné des œufs à Josh, qui a fait un choc anaphylactique.

Toni pâlit affreusement.

— Il va bien, maintenant ? Jessie et Kit vont bien aussi ?

C'était typique d'elle. Il lui avait donné toutes les raisons de lui en vouloir à mort, mais elle se préoccupait d'abord des autres.

— Josh se porte bien. Ses parents sont encore sous le choc, mais je vais leur envoyer les prospectus du cabinet concernant les allergènes, et l'hôpital leur a remis toute une liste de recommandations. Je leur ai promis de les accompagner chez le spécialiste.

— Je me réjouis pour eux.

— Et moi, je m'en veux tellement de t'avoir fait du mal ! Est-ce qu'on ne pourrait pas remonter le temps jusqu'à hier, que je te dise ce que j'aurais dû dire ? Ce que je veux te dire ?

— D'accord, mais je me réserve le droit de te mettre à la porte.

— Tout à fait. J'aurais dû te remercier d'avoir été assez courageuse pour me mettre tout de suite au courant, car je devine que tu venais de l'apprendre. C'était un choc énorme pour moi, mais aussi pour toi. Ce qui est important, c'est toi. Est-ce que tu vas bien ?

Soudain, le visage de Toni se plissa, et elle se mit à pleurer. Aussitôt, Archie bondit et poussa son museau contre sa paume. Ben prit le risque de réduire la distance entre eux, il enveloppa Toni de ses bras et la serra très fort jusqu'à ce qu'elle cesse de trembler. Ensuite, il essuya ses larmes du pouce.

— Parle-moi du bébé, fit-il doucement. Comment as-tu su ?

— Je n'ai pas pu avaler mon café le matin, et mes seins étaient sensibles. Ensuite, j'ai fait le calcul et réalisé que mes dernières règles dataient de huit semaines. J'étais libre le mercredi matin puisque les écoliers sont en vacances, alors je suis partie en ville, j'ai acheté un test en pharmacie et je l'ai fait dans les toilettes de la bibliothèque.

Ainsi, à Great Cromwell, personne ne serait au courant…

— Je… Je pense que c'est arrivé dans la nuit qui a suivi la mort de Ginny. Quand nous… Je n'arrive pas à me rappeler si on a utilisé un préservatif.

La première fois, oui, mais au milieu de la nuit, alors qu'il la serrait dans ses bras dans le lit…

— Je ne m'en souviens pas non plus, avoua-t-il. Je voulais juste te réconforter. Pour le reste, je suis dans le brouillard.

— Je sais que ce bébé n'était pas planifié, et aussi que ça doit être dur pour toi à cause de ce qui s'est passé avec ton ex.

— La situation était totalement différente, même si la nouvelle a réveillé de mauvais souvenirs. Mais j'ai eu le temps de réfléchir, hier, et j'ai compris à quel point j'avais réagi de façon stupide…

Tout en caressant le visage de Toni, il continua.

— Tu as une idée de ce que tu veux faire ? Parce que, quoi que tu décides, je te soutiendrai.

— Merci. Je veux le garder, j'en suis absolument certaine, mais je me doute que, en ce qui te concerne, c'est peut-être différent. Sache quand même que je serais incapable de te tromper.

— Je le sais, et je serai à ton côté à chaque étape de ta grossesse. À chaque nausée matinale, à chaque rendez-vous prénatal et aussi pendant les contractions, quand tu me broieras la main et me hurleras dessus.

À son grand soulagement, Toni esquissa un sourire.

— Je m'en souviendrai.

— Parfait. Nous avons beaucoup de choses à faire, mais le plus important, c'est que nous les fassions ensemble.

Toni sentait l'espoir s'insinuer en elle.

Mais est-ce que Ben s'exprimait ainsi parce qu'il souhaitait vraiment être avec elle, ou pour le bien du bébé ? Agissait-il selon ce qu'il pensait être son devoir, ou parce que c'était ce qu'il voulait ?

— Qu'est-ce qui t'a fait changer d'avis ? demanda-t-elle.

— Hier, j'étais un crétin fini. Mais ensuite, j'ai observé ma sœur et son mari au chevet de Josh. J'ai vu qu'ils formaient une équipe, et j'ai mesuré que je donnerais tout pour connaître cette harmonie, cet amour et ce respect mutuel. Et c'est avec toi que je les veux.

Pouvait-elle le croire ?

— Et toi, Toni, qu'est-ce que tu veux ? reprit-il.

Elle n'hésita pas un instant.

— Je veux vivre avec quelqu'un qui m'aime et aime notre bébé, quelqu'un qui veuille fonder une famille avec moi.

— Et moi, je veux être le père de notre enfant, vivre avec toi, fonder une famille avec toi. Je suis loin d'être parfait, et je dirai ou ferai parfois ce qu'il ne faut pas, mais je ne te blesserai jamais délibérément. Je ferai de mon mieux pour te dire ce que j'ai dans la tête au lieu de le dissimuler. Et justement… Voilà, j'ai peur de ne pas te suffire, comme je n'ai pas suffi à Karen, autrement elle ne serait pas tombée amoureuse de Patrick. C'est ça qui me rend parano, si tu veux la vérité.

— Je pensais que tu étais parti parce que tu ne voulais pas t'engager, et que je m'étais trompée une fois de plus.

— C'est tout le contraire. Du moins si tu m'estimes digne de toi.

— Bien sûr que oui ! Je te rappelle que je ne m'attendais pas à tomber amoureuse de toi. Tu m'as même exaspérée, le premier jour.

— Je ne m'y attendais pas non plus. Tu m'as lancé un regard à me foudroyer sur-le-champ. Et tu as refusé mes brownies.

— Je déteste le chocolat, même à Vienne.

— Mais tu y as quand même goûté pour me faire plaisir.

— Et tu as dansé avec moi sans te plaindre que je t'écrasais les orteils.

— Ce que tu n'as pas fait. Tu es parfaitement capable de danser, que ce soit la valse ou le jitterbug… Du moins, tant que tu es guidée par quelqu'un qui sait ce que font tes pieds.

— Comme toi.

Ben lui caressa le visage.

— Travail d'équipe. Nous sommes performants ensemble, que ce soit sur un plan professionnel ou privé. Quand je suis retourné à Londres, j'ai compris que je n'y étais plus à ma place. Ma place, elle est ici, avec toi, notre bébé et Archie. Je t'aime, Toni, et je veux t'épouser. Pas à cause du bébé, mais à cause de toi.

Ben l'aimait ! Exactement comme elle l'aimait ! Cette fois, elle avait vraiment trouvé l'homme de sa vie. Celui qui ne l'abandonnerait pas et ne lui lancerait pas d'ultimatums.

— J'aurais dû te le demander dans un lieu plus romantique, comme Vienne, au milieu des papillons, continua Ben. C'est à cet instant que je me suis rendu compte que tu remplissais mon univers de couleurs. Je veux fonder une famille avec toi, faire des châteaux de sable et ramasser des coquillages avec nos enfants. Je veux courir sur la plage avec notre chien au lever du soleil, soigner nos patients et faire partie de cette communauté. Toni Butler, acceptes-tu de devenir ma femme, d'être mon amour et ma vie ?

— Qu'est-ce que tu en penses, Archie ? On accepte ?

Le chien émit un seul jappement.

— Je suis d'accord, dit Toni. Je t'aime aussi, et c'est oui.

Épilogue

Dix mois plus tard

Ben se tenait sur le seuil de la grande église de Great Cromwell, Toni à son côté. Il portait Elizabeth, et elle Max. Les jumeaux dormaient profondément, et les parrains et marraines – Jessie, Kit, Stacey et Nick – attendaient à l'intérieur avec les parents de Ben, le petit Josh et tous leurs amis. Archie avait eu une dispense exceptionnelle pour assister au baptême, comme cela avait été le cas pour le mariage. Il était assis tranquillement, surveillé par Kelly.

— Tu es ravissante, madame Mitchell, et je t'aime, dit Ben en volant un baiser à sa femme. Tu es prête ?

— Prête, dit-elle en souriant. Rejoignons notre famille et nos amis, et ensuite, que la fête commence !

Blanche

Un papa pour les fêtes, de Susan Carlisle - N°1458

Les médecins se succèdent dans la petite ville de l'Oklahoma où vit Lauren. En tant qu'infirmière, elle est habituée à travailler avec les uns et les autres, sans jamais s'attacher. Pourtant, lorsque par une journée enneigée, débarque Paxton Samuels, médecin réputé de Boston, elle ne parvient pas à garder sa réserve habituelle. Alors qu'elle sait qu'il n'est que de passage dans cette région isolée, elle se prend à rêver qu'il puisse devenir l'homme de sa vie – et le papa que son fils a demandé pour Noël…

Une infirmière irrésistible, de Tina Beckett

Le Dr Zeke Bruen a trop souffert par le passé, et il est bien résolu à protéger son cœur des affres de l'amour. Seulement, comment résister au charme de Lindy, la nouvelle infirmière qui travaille avec lui au centre médical, et de son adorable petite fille ? Alors qu'il fait tout pour garder ses distances, il sent peu à peu des sentiments éclore en lui. Des sentiments intenses et dangereux qui le poussent à se rapprocher de Lindy…

Sous le charme d'un médecin, de Marion Lennox - N°1459

« Vous êtes sauvée. » Voilà ce que Pippa entend à son réveil à l'hôpital. Devant elle se tient un homme viril, solide, magnifique – le Dr Riley Chase, apprend-elle bientôt. Un médecin spécialiste des recherches et sauvetages à qui elle doit la vie, et qui la trouble éperdument. Face à lui, elle a soudain le sentiment d'être une femme, tout simplement, et non la riche et bien trop célèbre héritière dont la famille voudrait contrôler l'existence…

Un si doux miracle, de Jennifer Taylor

Vincenzo Lombardi est abasourdi par ce qu'il vient d'apprendre. Voilà que Lowri Davies l'informe qu'il est père d'une adorable petite Megan ! Dire que cela fait cinq ans qu'il n'a pas vu Lowri… La nouvelle le bouleverse d'autant plus que Megan est très malade. Alors, même s'il était jusqu'ici convaincu de ne jamais vouloir de famille, il n'a plus qu'un but désormais : sauver sa fille, son petit miracle.

HARLEQUIN

Leur mission : sauver des vies.
Leur destin : trouver l'amour.

HARLEQUIN
www.harlequin.fr

Blanche

Le bébé d'une sage-femme, de Fiona McArthur - N°1460

En cédant pour une nuit aux avances du Dr Gianni Bonmarito, de passage en Australie, Emma a bien conscience de commettre une folie. Mais elle ne s'attend certainement pas, une fois Gianni rentré en Italie, à se découvrir enceinte de lui ! Persuadée qu'il n'a aucune envie d'être père, et résignée à élever seule ce bébé qu'elle désire malgré tout, elle décide de lui cacher sa grossesse – sans se douter un instant que, deux mois plus tard, Gianni va revenir à Lyrebird Lake...

Un si séduisant médecin, de Mira Lyn Kelly

À trente ans à peine, Calista est une femme d'affaires accomplie, à l'avenir prometteur. Jusqu'ici, elle s'est toujours satisfaite de liaisons éphémères, avec des hommes aussi débordés qu'elle. Mais tout change le jour où elle rencontre Jake, un brillant chirurgien qui, pour la première fois, lui donne envie d'inverser l'ordre de ses priorités. Hélas ! quand on lui propose à l'autre bout du monde le poste qu'elle convoite depuis longtemps, elle se retrouve devant un cruel dilemme : choisir entre sa carrière et l'homme qu'elle aime...

HARLEQUIN

Leur mission : sauver des vies.
Leur destin : trouver l'amour.

HARLEQUIN
www.harlequin.fr

Composé et édité par HarperCollins France.

Achevé d'imprimer en septembre 2019.

CPI
BLACK PRINT

Barcelone

Dépôt légal : octobre 2019.

MIXTE
Papier issu de sources responsables
FSC® C108412
FSC
www.fsc.org

Pour limiter l'empreinte environnementale de ses livres, HarperCollins France s'engage à n'utiliser que du papier fabriqué à partir de bois provenant de forêts gérées durablement et de manière responsable.

Imprimé en Espagne.